очарование

МЭГГИ ОСБОРН

Да! Да! Да!

РОМАН

АСТ
ИЗДАТЕЛЬСТВО
МОСКВА
2002

УДК 821.111(73)
ББК 84 (7США)
О-72

Серия основана в 1996 году

Maggie Osborne
I DO, I DO, I DO
2000

Перевод с английского Л.И. Желоховцевой

Серийное оформление Е.Н. Волченко

В оформлении обложки использована работа, предоставленная агентством Fort Ross Inc.

Печатается с разрешения автора и его литературного агента Jane Rotrosen Agency LLC c/o Toymania LLC.

Подписано в печать 26.11.01. Формат 84×108 1/32.
Усл. печ. л. 16,8. Тираж 13 000 экз. Заказ № 8663.

Осборн М.

О-72 Да! Да! Да!: Роман / М. Осборн; Пер. с англ. Л.И. Желоховцевой. — М.: ООО «Издательство АСТ», 2002. — 318, [2] с. — (Очарование).

ISBN 5-17-011877-5

Могут ли стать лучшими подругами женщины такие разные, как изысканная аристократка Джульетта Марч, веселая хозяйка небольшого отеля Клара Клаус и грубоватая уроженка Дикого Запада Зоя Уайлдер?

Возможно. Если, конечно, Джульетта, Клара и Зоя все-таки надумают отомстить авантюристу, ухитрившемуся жестоко обмануть их всех!

Однако… долог и труден путь трех одиноких женщин к заветной цели. И, возможно, среди приключений и опасностей на этом пути каждая из них сумеет найти своего героя, свою любовь и свое счастье!..

УДК 821.111(73)
ББК 84 (7США)

Пролог

10 сентября 1896 года
Линда-Виста, штат Калифорния

— Берешь ли ты, Жан-Жак Вилетт, в жены Джульетту Марч согласно закону и обычаю?

— Да.

2 января 1897 года
Сэнди-Холлоу, штат Орегон

— Берешь ли ты, Жан-Жак Вилетт, в жены Клару Клаус?

— Да.

30 апреля 1897 года
Сиэтл, штат Вашингтон

— Берешь ли ты, Жан-Жак Вилетт, в законные жены Зою Уайлдер?

— Да.

Глава 1

— Я уверена, что Жан-Жак прислал бы весточку, если бы мог. Должно быть, произошло нечто непредвиденное и ужасное.

— Непредвиденное и ужасное заключается в том, что он соблазнил тебя, прикарманил твои деньги, а потом бросил. — Тетя Киббл опустила свои пяльцы с вышиванием на колени и потянулась за веером из пальмовых листьев, чтобы отогнать надоедливую мошкару. — Всей округе это ясно, ты же отказываешься признать очевидное.

Джульетта сложила руки на груди и прислонилась к столбу террасы, устремив взгляд на грязную дорогу, которая вилась за домом тети Киббл. Прошло девять долгих месяцев с тех пор, как Жан-Жак уехал верхом ровно в час дня. Это означало, что и вернется он ровно в час дня, если она будет преданно ждать его на пороге, если будет каждый раз, садясь за стол, ставить прибор и для него. Жан-Жак вернется, если на ней всегда будет тот самый голубой пояс с подвязками, который она надела в день их встречи. Да поможет ей Бог!

— Он мой муж, а не соблазнитель. Он ничего не украл. Я сама одолжила ему деньги. Жан-Жак не бросал меня, он отправился покупать для нас дом.

Тетя Киббл неистово замахала веером.

— Вот что получается, если выскакиваешь замуж в спешке. Знаю, что ты устала слушать, Джульетта, но ведь есть мужчины, которые женятся на женщинах ради денег.

— Да, все эти годы ты постоянно твердила мне об этом. — Джульетта все еще смотрела на дорогу. Проехал фургон, за ним двое всадников, но Жан-Жака не было. Значит, сегодня он не вернется домой.

— Но на этот раз ты потеряла голову. — Отложив веер, тетя Киббл нахмурилась и провела пальцем по розовым бутонам, украшающим наволочку. — Вилетт — привлекательный мужчина, одним своим видом внушающий доверие. Он так заморочил тебе голову, что ты перестала здраво рассуждать. Никогда бы не подумала, что ты польстишься на сладкие речи и смазливую физиономию.

— Неужели мужчина не может полюбить меня? — Джульетта вертела на пальце обручальное кольцо, когда-то принадлежавшее бабушке Жан-Жака, а позднее его матери. Он не отдал бы ей фамильную драгоценность, если бы не рассчитывал вернуться.

— О Джульетта! — Глаза тети Киббл широко раскрылись. — У тебя много прекрасных качеств, но мистеру Вилетту некогда было их узнать и оценить. Поэтому его настойчивость и то, что он так спешил повести тебя к алтарю, были, увы, продиктованы причиной куда более прозаической.

Несмотря на решительное нежелание Джульетты прислушаться к мнению тетки, постоянно внушаемые ею сомнения делали свое дело. Неужели Жан-Жак польстился на деньги? Неужели она стала его жертвой, а не ангелом, как он ее называл?

Дело в том, что Жан-Жак не мог знать о полученном ею наследстве. Он пробыл в Линда-Виста всего два дня, Джульетта случайно столкнулась с ним в дверях почты. Допустим, Жан-Жак что-то пронюхал о самой богатой незамужней девице Линда-Виста, и, конечно, он мог поджидать ее у дверей почты специально, как утверждала тетя Киббл, но Джульетта ходила на почту в разное время. Более того, мистер Албертсон, почтмейстер, заметил бы ничем не занятого человека и велел бы ему убираться восвояси.

Нет, дело тут не в деньгах! Жан-Жак заявил, что влюбился в нее с первого взгляда. И Джульетта ему поверила.

Причесываясь к обеду, она принялась разглядывать отражение своего бледного лица в зеркале. Жан-Жак нашептывал ей на ушко, что ее серые глаза напоминают ему своим блеском хорошо начищенное олово. Он заставил ее почувствовать себя хорошенькой. Во время их краткого брака на ее губах, припухших от бесчисленных поцелуев, постоянно сияла улыбка. Он умел рассмешить ее. И, поддразнивая, высмеивал добровольные ограничения, которые Джульетта сама на себя налагала, чтобы всегда выглядеть безупречной леди. Он быстро излечил ее от ложной скромности и комплексов в постели, заставив забыть, что когда-то эта скромность, а точнее, жеманство, казалась очень важной. В постели с ним она была кем угодно, только не леди. Джульетта прижала руки к пылающим щекам. Нет, не может быть, что его интересовали только деньги!

После обеда тетя Киббл вернулась к их утреннему разговору:

— Долго еще ты собираешься обманывать себя и окружающих, утверждая, что мистер Вилетт вернется? Год? Пять лет? Всю оставшуюся жизнь?

Джульетта, сложив руки на коленях, вертела обручальное кольцо на пальце.

— Может быть, его ударили по голове. Я где-то читала, как нечто подобное случилось с одним человеком и он потерял память, никого не узнавал, в том числе и героиню романа.

— В реальной жизни, Джульетта, амнезия встречается крайне редко. И я сильно сомневаюсь, что мистер Вилетт растратил твои деньги, не помня, откуда они взялись.

— Но такое могло произойти, — горячо настаивала Джульетта.

— Он — мошенник, и только этим объясняется его отсутствие и молчание. — Тетя Киббл выждала, пока Говард подаст кофе и покинет столовую, потом продолжила свою речь: — Выбор небогатый: возможно, мистер Вилетт умер, возможно, он бродит по стране в беспамятстве, но скорее всего — бросил тебя и теперь обхаживает новую жертву. — Она положила кусок сахара себе в кофе. — И что ты по этому поводу скажешь?

— Не знаю, — прошептала Джульетта, ломая руки.

Тетя Киббл откинулась на спинку стула.

— Ты почти ничего не знаешь об этом человеке.

— Нет, знаю! Он француз во втором поколении. — Джульетту бросало в дрожь, когда Жан-Жак шептал ее имя, мягкий акцент придавал его голосу особое очарование. — Он одинок, у него нет родных. И он владелец импортно-экспортной компании.

Когда брови тети Киббл недоверчиво взметнулись вверх, Джульетта раздраженно отмахнулась от нее:

— Большая часть его состояния вложена в дело.

— Ты это проверяла?

Джульетта предпочла проигнорировать иронию тетки.

— Жан-Жак владеет двумя компаниями. Одна из них в Сан-Франциско, а вторая в Сиэтле. Он считал, что нам стоит поселиться в Орегоне, между этими двумя важными для него пунктами.

— А как ты отнеслась к его предложению? Ты же никогда не покидала родных мест, однако согласилась собрать вещи и отправиться в Орегон?

Конечно, известие о том, что ей предстоит оставить свой уютный мирок, испугало и встревожило Джульетту. И Жан-Жаку пришлось приложить немало усилий, чтобы преодолеть ее сопротивление. Но он обладал даром убеждения.

— Дорогая, вокруг раскинулся прекрасный мир, которого ты никогда не видела. Ты никогда не гуляла по пляжу и не чувствовала песка, струящегося между пальцами твоих ног. Ты ни разу не почувствовала, как снежинка тает у тебя на губах. Ты никогда не окуналась в жизнь большого города и не ездила по нему в омнибусе. — Жан-Жак положил руки ей на плечи и заглянул в глаза. — Я хочу, чтобы ты испытала все это.

Для начала он собирался построить для нее дом с видом на океан. Пришла пора расстаться с тетей Киббл. Каждой семье нужен собственный дом, новобрачные должны начинать жизнь самостоятельно. Ему трудно заниматься своим делом, живя в таком городишке, как Линда-Виста. Он терпеливо убеждал ее, и наконец Джульетта согласилась переехать на побережье океана в штат Орегон. Затем она отправилась в банк, Жан-Жак настаивал, чтобы получение им денег было оформлено как заем. Вскоре он уехал.

— Я еще раз напоминаю тебе, что он ничем не подтвердил свои россказни! Ты поверила на слово мистеру Вилетту, что он богатый бизнесмен и что все его состояние вложено в дело. А может, он все это придумал?

Что деньги? Что компании? Джульетта знала о нем куда более важные вещи. Она знала, что Жан-Жак наслаждался каждой минутой жизни. Он жил так, будто каждый день был последним. Джульетта никогда не встречала человека, который бы получал такое удовольствие от мелочей. Он восхищался бликами солнца, играющими в ее волосах, он видел поэзию в очертаниях ее уха. Он любил стихи и читал ей их перед сном на двух языках. Он высмеивал ее пристрастие к этикету, но Джульетту это не раздражало. В брачную ночь она обнаружила, что ее муж необычайно терпелив и нежен. В последующие недели Жан-Жак старался доставить в первую очередь удовольствие ей, пренебрегая собственным. Но самое важное заключалось в том, что он позволил ей почувствовать себя любимой, желанной и оберегаемой, хорошенькой, незаурядной и намного моложе своих двадцати девяти лет.

И только это действительно имело для нее значение. Его происхождение и деньги, его банковский счет не могли бы сделать того, что осуществил он сам, а именно: превратил Джульетту из старой девы в женщину.

— Я хочу, чтобы он вернулся.

— Этого никогда не произойдет, дорогая. И чем скорее ты поймешь это, тем быстрее сможешь снова наладить свою жизнь.

Но Джульетта не могла продолжать жить так, будто ее брака никогда не существовало. Она должна была что-то предпринять. Это бесконечное ожидание сводило ее с ума.

— Пора начать бракоразводный процесс, — заметила тетя Киббл, наливая себе вторую чашку кофе.

Джульетта глубоко вздохнула и выпрямилась:

— Уважающие себя люди не разводятся. — Помолчав, она осмелилась продолжить: — Я собираюсь разыскать Жан-Жака. Возможно, он писал мне, но письмо затерялось. А возможно, он лежит в больнице, тяжело раненный, и удивляется, что я не спешу к нему на помощь.

Углы губ тети Киббл опустились, и она молча уставилась на племянницу. Потом спросила:

— Ты хочешь сказать, что намереваешься разыскивать его в Орегоне?

Джульетта старалась не думать о необходимости менять привычный образ жизни. Она не стремилась к новизне.

— Я последую за своим мужем, и если это приведет меня в Орегон, то там я и закончу свое путешествие.

— Не могу согласиться с такой глупостью, — заявила тетя Киббл после непродолжительного молчания. — Если бы твоя мать была жива, она бы не одобрила подобного решения.

— При всем моем уважении, тетя, мне не требуется твое разрешение, чтобы отправиться на поиски собственного мужа.

— Но тебе нужна спутница, — решительно напомнила ей тетя Киббл, — а я слишком стара, чтобы трястись по проселочным дорогам и искать ветра в поле. Я не поеду с тобой, Джульетта.

— Этого следовало ожидать, однако я не могу оставаться здесь и ничего не делать. Если потребуется, я и одна разыщу Жан-Жак.

Все в ней протестовало против подобного решения, но у нее не оставалось выбора. Джульетта должна была узнать, что же случилось с Вилеттом.

Тетушка Киббл, задыхаясь, прижала руку ко рту.

— Ты совершаешь еще одну ужасную ошибку. Вместо того чтобы уважать законы общества, ты обрекаешь себя на новое несчастье!

Но Джульетта не могла больше выносить неизвестность. Конечно, уважающая себя женщина не должна гоняться за мужчиной, даже если он ее муж. Она подозревала, что, будь ее мать жива, она посоветовала бы Джульетте высоко держать голову и доживать свои дни, притворяясь, что муж вот-вот вернется.

В течение последних девяти месяцев Джульетта так и поступала, но продолжать так жить и дальше она не могла.

По случаю отъезда Джульетты тетя Киббл надела свое лучшее домашнее платье и напудрила нос. Джульетта дотронулась кончиками пальцев, затянутых в перчатки, до щеки тетушки Киббл, пока та хлопотала вокруг дорожного костюма племянницы, поправляла воротник, шляпу, снимала воображаемые пушинки и нитки с ее рукава.

— Спасибо, что приютила меня.

Тетя Киббл спасла ее от желтой лихорадки — страшной болезни, унесшей родителей Джульетты.

— Ты говоришь так, будто не собираешься возвращаться.

— Не знаю, почему я так сказала. — Руки Джульетты дрожали от волнения. Только бы ей отыскать Жан-Жака, уж она постарается убедить его вернуться вместе с ней и никогда больше не покидать Линда-Виста.

— Знаешь, почему я не еду с тобой? Это вопрос принципа. — Тетя Киббл глубоко вздохнула. — Это так не похоже на тебя. Почему бы не послать вместо себя на розыски своего поверенного?

Однако Джульетта не хотела посвящать постороннего человека в свои тайны. Неизвестно, что она может узнать о

Жан-Жаке, в конце концов, у нее есть гордость. Правда, она отказывалась верить в то, что Жан-Жак ее бросил. Но на всякий случай предпочитала встретиться с ним лично. Без свидетелей.

Тетя Киббл поднесла к глазам платок.

— Еще не поздно передумать, — сказала она, бросая полный негодования взгляд на кучера.

— Я должна это сделать, — настаивала Джульетта.

— Но ты ведь даже не знаешь, куда ехать!

Джульетта уже изучила карты и планы и представляла, куда мог отправиться ее Жан-Жак. Он часто говорил ей об океане, поэтому она решила, что не поедет поездом, а станет держаться поближе к воде.

— Я буду очень скучать по тебе!

Это признание только рассердило и озадачило тетю Киббл.

Джульетта внимательно вглядывалась в ее лицо, запоминая сурово сжатые губы, надменно выпяченный подбородок, тонкие морщинки, копну темных, посеребренных сединой волос. Потом она прильнула к ней, сжала ее в яростном объятии, бормоча слова прощания, как если бы они и в самом деле видели друг друга в последний раз.

Кучеру пришлось кашлянуть трижды, прежде чем Джульетта вытерла слезы и забралась в экипаж.

— Это мой долг, — крикнула она, выглядывая из окошка, — я должна найти его!

— О Джульетта!

Тетя Киббл стояла на нижней ступеньке крыльца, теребя в руках платок и качая головой. Племянница махала ей из окошка, пока экипаж не завернул за угол и дом не скрылся из виду, потом она откинулась на подушки и крепко зажмурилась. Отъезд и прощание с теткой совсем измучили ее, так же как и неотступные мысли о том, что́ ей предстоит. Мистер Ральф довезет ее до побережья, где она остановится на ночь. Утром она отправится в наемном экипаже вдоль побережья до Орегона.

Глава 2

Дилижанс Петерсона сегодня запаздывал, поэтому Клара успела сбегать наверх и осмотреть номера. В четвертом возле кровати она нашла дамскую шпильку, в шестом занавески висели криво, а в седьмом плющ в горшке погибал от засухи.

Это было то, чего она больше всего опасалась. Новые владельцы погубят ее гостиницу! Миссис Кэллисон никогда бы не оставила шпильку на полу, не забыла бы расправить занавески и полить плющ. Нет, при ней такое было бы невозможно! Но новые владельцы настаивали на том, чтобы Клара перестала вмешиваться в дела управления, и наняли новых служащих, которые и распоряжались здесь до прибытия новых владельцев. Те желали иметь в своем распоряжении людей, преданных им, а не Кларе или ее покойному отцу.

Нанять хороших работников было нелегко. Клара успела поговорить с пятью претендентками, прежде чем выбрала из этого сброда наилучшую кандидатуру — мисс Ривз. Если бы гостиница по-прежнему принадлежала ей, если бы мисс Ривз была ее служащей, Клара набросилась бы на девушку, сунула бы ей под нос неубранную шпильку, а потом рассчитала бы, не дав рекомендации. Но новые владельцы желали, чтобы гостиница была полностью обеспечена персоналом к их прибытию. И потому неряшливая мисс Ривз станет их, а не ее головной болью. Хотя, возможно, они не станут обращать внимания на такие мелочи. Прикусив губу и стараясь заглушить в себе угрызения совести от того, что она решила продать гостиницу, Клара поспешила вниз, на кухню, чтобы убедиться, что обед поспеет к прибытию дилижанса. Гостиница могла предложить самые удобные постели на свете, но, если еда окажется невкусной или будет подана с опозданием, люди уже не станут возвращаться сюда. Вот и приходилось вкладывать средства, но это окупалось.

— Вон из моей кухни! — заорал герр Бош, увидев Клару, мечущуюся в ароматном пару.

— Гутен таг, — бодро приветствовала его Клара. Она зачерпнула ложкой душистую мясную похлебку из котла, томившуюся на маленьком огне, чтобы решить, не пора ли добавить в нее печеночные клецки. — Отлично, — выдохнула она с облегчением.

Новые владельцы все-таки не были полными идиотами. Они оставили герра Гуго Боша, двух его помощников и мальчишку-поваренка. К сегодняшнему ужину был приготовлен венский шницель с гарниром из жареного картофеля, а также гарнир из красной капусты, тушившейся на маленьком огне вместе с яблоками и тмином. Пекущиеся в духовке хлеб и струдель распространяли по кухне божественные запахи.

Герр Бош отнял у Клары ложку и зашикал на нее:

— Вон, вон, вон! Мне невыносима мысль о том, что завтра ты уедешь, — добавил он, понизив голос, потому что эти слова предназначались только для ее ушей. С отсутствующим видом он похлопал себя по карманам накрахмаленного белого халата. На памяти Клары это был первый случай, когда герр Бош покидал кухню в ответственный момент перед самым ужином. — Я ждал тебя, давай-ка пройдемся.

Они вышли через заднюю дверь, обогнули огород и остановились в тени развесистого клена, откуда открывался вид на дорогу и можно было заметить приближающийся дилижанс.

Герр Бош закурил сигару и бросил спичку.

— Ты делаешь ошибку, Клара.

— Что сделано, то сделано, — ответила она, пожимая плечами. — Знаю, что папа не одобрил бы этого, но сейчас самое время продать гостиницу. Рядом с нашим домом пройдет железная дорога, и если ты спросишь меня, что я думаю по этому поводу, то я скажу: скоро бесконные экипажи, то есть поезда, вытеснят дилижансы. Откуда тогда возьмутся постояльцы?

— Ты знаешь, что я не это имел в виду, — сказал Гуго, попыхивая сигарой, — я имел в виду его. Глупо бросать все и мчаться вслед за этим твоим мужем. Он обходится с тобой неблагородно. Ведь ни одного письма не прислал с той минуты, как уехал! Разве так мужчина должен обращаться с молодой женой?

— Я не писала ему, — ответила Клара непринужденно.

— Никогда я не пойму, почему ты выбрала его. Мы с тобой вместе могли бы сделать из этой гостиницы настоящее чудо, мы привлекли бы столько постояльцев, что нам не помешала бы и железная дорога, не говоря уж о дилижансах.

Бош, как и многие другие претенденты на ее руку, на самом деле хотел жениться на гостинице, а не на ней. Клара же была неким приложением к предмету его вожделения, рабочей лошадкой. Она закрыла глаза и приблизила к нему лицо:

— Какого цвета у меня глаза?

— Что?

— Мои глаза, какого они цвета?

— Они... может, черные?

Клара знала, что его рассердил ее вопрос и он хмурился, пока она не открыла глаза и снова не взглянула на него.

— Светло-карие.

Ее муж ответил бы правильно и без малейшего колебания, потому что он был единственным мужчиной, смотревшим на нее и видевшим в ней женщину, а не владелицу процветающего постоялого двора. Первые слова, которые произнес Жан-Жак, приблизившись к регистрационной стойке, были:

— Бог мой! Никогда не видел такой ослепительной кожи!

Никто и никогда не говорил ей ничего даже отдаленно напоминающего о том, что и она, Клара Клаус, сама по себе представляет какую-то ценность. Этот комплимент был столь неожиданным, удивительным и волнующим, что ее ничуть не задело, что он был произнесен с французским акцентом. Втайне Клара всегда мечтала познакомиться с французом. Ее родители-немцы настолько презирали французов, что все исходящее из Франции казалось ей таинственным, греховным, экзотическим, волнующе-запретным. И вдруг перед ней появился красивый француз, расточавший ей комплименты. Он смотрел на нее так, будто она была самым удивительным Божьим созданием, которое он когда-либо удостоился лицезреть.

— Продать гостиницу было его идеей?

Клара попыталась вспомнить, когда ей пришло в голову продать гостиницу. Сейчас она уже не помнила, кто первым высказал эту мысль — Жан-Жак или она сама. Зато она очень хорошо помнила их долгие разговоры о кипящем жизнью городе Сиэтле в штате Вашингтон. Столько желающих хлынуло в эти места на пути к золотоносным полям Аляски, что не хватало отелей и пансионов, чтобы дать им приют. Жан-Жак рассказывал ей, что люди спали на голых досках и на газонах, накрываясь газетами вместо одеял. И не потому, что у них не было денег, чтобы заплатить за приличный ночлег, а потому, что не было приличного ночлега для всех желающих.

— Решение продать гостиницу мы приняли вместе, но избавиться от нее сейчас я надумала сама.

Вероятно, Жан-Жак будет недоволен, что она поспешила с продажей, не дождавшись его письма и сообщения о том, что он купил что-то взамен. А они договорились именно об этом. Но купить подходящий дом и участок при нем было столь хлопотным делом, что ее охватило нетерпение. Клара скучала по нему так, что и не рассказать, и мечтала снова оказаться в его объятиях.

Гуго Бош казался смущенным и шокированным.

— Ты же теперь замужняя женщина. Ты не должна была принимать такого решения и тем более приводить его в исполнение, не поставив об этом в известность своего мужа! Даже если он только наполовину мужчина, ему следует вздуть тебя за непослушание.

Ага! Теперь Клара знала, чего стоило ждать от Гуго Боша, выйди она за него замуж. Следующие пятьдесят лет они провели бы, строя планы, как извести друг друга.

— Сиэтл — большой город. Ты знаешь, где остановился Вилетт?

— А?

Ну конечно, нет, но Клара не сомневалась, что найдет его. Их с Жан-Жаком притягивало друг к другу как магнитом. Их брак был счастливым, радостным, спаявшим двоих людей в единое целое дикой, безумной и страстной любовью. У нее не возникало ни малейшего сомнения в том, что они обязательно найдут друг друга. Как большинство рыжих, Клара легко заливалась краской. Когда герр Бош уставился на нее, подняв брови, она отвела глаза.

— Ну, вот и дилижанс.

— Клара, прошу тебя! Разведись с этим французом!

— Развестись?

Она считала себя современной женщиной, но не настолько, чтобы признавать развод. Одна мысль о разводе приводила ее в ужас.

— Я мог бы сделать тебя счастливой. Я бы кормил тебя тортами и струделем, и лапшой с паприкой, и жарким в кисло-сладком соусе. — Глаза Гуго засверкали, когда он принялся перечислять ее любимые блюда и десерты.

Клара вздохнула. Она была крупной женщиной, но, должно быть, еще далека от идеала герра Боша. И представила, какой бы стала, если бы Гуго удалось убедить ее. Она была широкоплечей, высокогрудой и широкобедрой. У нее были крупные руки, но там, где женщине полагается иметь изгибы, они у нее были. Ее фигура обладала всеми выпуклостями и вогнутостями, какие должна иметь женщина. Однако она не была толстой. Ее отец любил говорить, что Клара — типичная немецкая девушка, ширококостная пышнотелая красавица. Но насколько ей было известно, никто, кроме отца, красавицей ее не считал до тех пор.

— Мне надо встретить дилижанс, — сказала она мягко, дотронувшись до руки Гуго. Она верила, что у него были самые лучшие намерения. И кто знает? Если бы Жан-Жак не взял ее штурмом... может быть, в конце концов Гуго Бош со своим превосходным струделем женился бы на ее гостинице. Возможно, она смогла бы убедить себя, что не так уж важно, что он не помнит, какого цвета у нее глаза, или согласилась бы с тем, что, по его мнению, все жены заслуживают, чтобы время от времени их хорошенько вздули.

Она так и оставила его под кленом и поспешила в дом, чтобы снять передник, разгладить складки юбки и пригладить выбившиеся пряди волос. Потом Клара изобразила на своем лице гостеприимную улыбку и вышла на главную веранду приветствовать гостей. Из дилижанса высадилась только одна женщина, и это лишний раз убедило Клару, что она выбрала самый удачный момент для продажи гостиницы. Во времена ее отца дилижанс прибывал дважды в день и оставлял каждый раз у порога не менее дюжины постояльцев.

Подавив вздох, она оглядывала стройную женщину, любовавшуюся открывающимся видом. Женщина показалась Кларе взволнованной. Ее гостья была одета в хорошо сшитый дорожный костюм. Под маленькой изящной шляпкой каждый волосок прически был на своем месте, ее перчатки были в безукоризненном состоянии, и она не суетилась, а держала себя достойно, как и подобает леди.

— Что, она одна? — спросила Клара Оле Петерсона после того, как тот выгрузил и отнес на веранду дорожные сумки пассажирки.

— Остальные едут дальше, — ответил Оле.

Клара кивнула и пожелала ему доброго пути, потом, поколебавшись, перешла лужайку и присоединилась к гостье.

— Красиво, не правда ли? — спросила она любезно, кивком указывая на океан.

— Удивительное зрелище, восхитительное, великолепное! У меня не хватает слов, чтобы выразить свой восторг. — Она перевела взгляд на Клару, потом снова на океан. — Здесь, в Орегоне, краски такие яркие. Мой муж обещал мне, что я полюблю море, но я и представить не могла, что оно такое огромное, такое могучее и завораживающее.

Так как Тихий океан всегда был на месте, за задним двором Клары, то она принимала его как должное. Приезжая заставила Клару взглянуть на знакомый пейзаж.

— Должно быть, это ваше первое путешествие на побережье?

Клара почувствовала, как стройная фигура женщины напряглась. Она сложила руки, обтянутые перчатками, и устремила хмурый взгляд прямо перед собой. Кларе случалось видеть таких и прежде. Надутые маленькие гордячки, принимавшие дружелюбие за попытку проникнуть в их тайны, покопаться в грязном белье, потому что глупые книги по этикету сообщали им, что ни одна достойная особа не станет обсуждать личные проблемы с незнакомцами и, естественно, ничего не расскажет о себе.

— Ладно, — сказала Клара, заметив, как на щеках женщины вспыхнул яркий румянец, — пожалуйста, входите. Думаю, у меня найдется комната и на ваш вкус. Обед подадут в столовую ровно в семь. У вас есть время привести себя в порядок.

— Вы владелица этой гостиницы?

— Да, но завтра прибудут новые владельцы. — Клара остановилась на веранде, чтобы захватить дорожные сумки гостьи.

— Не могли бы вы позвать кого-нибудь, чтобы внести вещи?

— В этом нет необходимости, — бодро ответила Клара. — Я не такая хрупкая, как вы.

Она тотчас же мысленно услышала слова отца: «Моя Клара здорова как бык». Его не было на свете уже два года, но она все еще тосковала по нему. Кларе иногда так хотелось посидеть вместе с отцом за кружкой пива и объяснить ему, почему она решила продать гостиницу.

Клара пошла впереди гостьи мимо отцовских часов с кукушкой и материнской коллекции крошечных фарфоровых чашечек в уютном холле, где она поставила дорожные сумки и встала за стойку.

По-видимому, женщина из дилижанса никак не могла приспособиться к обстоятельствам и чувствовала себя не в своей тарелке. Должно быть, ей не часто приходилось путешествовать. Она продолжала смущаться и краснеть, избегая изучающего взгляда Клары.

— Я бы хотела... — Ее румянец запылал еще ярче, она смущенно заморгала, и слова ее посыпались, как горох из мешка. — Знаю, что это покажется вам странным, но мне хотелось бы просмотреть ваш регистрационный журнал за последние девять месяцев. Человек, которого я ищу, мог останавливаться в вашей гостинице. И если мои предположения подтвердятся, это, возможно, облегчит мои поиски.

Все прояснилось. Клара готова была побиться об заклад, что речь шла о деньгах, которые муж этой женщины истратил, и теперь она пыталась разыскать его. Ей и прежде приходилось выслушивать похожие печальные истории. Ее взгляд смягчился — теперь она испытывала сочувствие к бедняжке. Несчастная не была красавицей, ее можно было бы назвать хорошенькой, но она скорее всего намеренно старалась не показывать своей женственности и очарования, дабы не привлекать к себе нежелательного внимания мужчин. Клара подумала, что самое чудесное в ее лице — глаза. У незнакомки были красивые серые глаза, опушенные густыми ресницами.

Клара протянула гостье регистрационный журнал вместе с пером и сказала:

— Конечно, вы можете его просмотреть — весь журнал за последний год. Я буду счастлива показать вам... — Она осеклась, глядя на женщину.

Та с ужасом смотрела на ее обручальное кольцо. Незнакомка вцепилась в край конторки, чтобы не упасть, и краска на ее лице медленно сменялась мертвенной бледностью.

— Ваше кольцо! — хрипло выдохнула она.

— Это мое обручальное кольцо! — медленно пояснила Клара, пытаясь понять, что за оказия приключилась с гостьей. — Это семейная реликвия, кольцо было заказано еще дедом моего мужа, и его бабушка носила его много лет. После нее кольцо досталось его матери.

Женщина покачала головой:

— Нет-нет, этого не может быть.

— Мэ-эм? Могу я вам чем-нибудь помочь? Может быть, стакан воды?

— Вы не понимаете. Вот взгляните! — Она поспешно сдернула перчатки и протянула Кларе левую руку. — Должно быть, это совпадение, невероятное совпадение.

В свете лампы, стоявшей на конторке, сверкнуло ее обручальное кольцо. Кларе показалось, что кто-то схватил ее за горло, сердце на мгновение перестало биться. На пальце женщины было точно такое же кольцо, как ее собственное: два тонких перекрученных серебряных обруча, а между ними филигранное серебряное сердечко. Жан-Жак говорил, что кольцо сделано в единственном экземпляре по специальному чертежу.

— О! — Этот возглас был похож на крик раненого животного. Клара покачнулась, отказываясь верить в увиденное. — Нет, этого не может быть!

— Пожалуйста, — прошептала незнакомка, — скажите мне, как зовут вашего мужа?

— Жан-Жак Вилетт. — Это имя Клара выговорила с трудом, потому что лицо женщины, и так пепельно-серое, стало просто болезненным.

— Боже мой! Мы замужем за одним и тем же человеком!

В ушах у Клары зазвенело, ноги подкосились. Она почувствовала, что близка к обмороку. Но, к счастью для Клары, это произошло не с ней. Она увидела, как вторая миссис Вилетт рухнула на пол возле ее конторки.

Клара с трудом пережила обед. Когда все ушли, она подумала, что не помнит ни единого слова из того, о чем говорилось за столом. Она заметила, что стоит посреди столовой, бессмысленно глядя на Ганса и Герхарда, накрывавших столы для утреннего завтрака. Время от времени они украдкой поглядывали на хозяйку и обменивались удивленными взглядами, словно та вдруг тронулась умом и они не знали, что делать.

Клара резко повернулась и направилась в холл, где принялась ходить вдоль конторки.

Что же теперь делать? Стоит ли ехать в Сиэтл, как она собиралась? Но и остаться Клара не могла. Завтра новые владельцы гостиницы въедут в хозяйские апартаменты, ее мебель уже сдана на долгосрочное хранение. Оставалось только упаковать часы с кукушкой и мамины крошечные фарфоровые чашечки.

Клара повернула голову и посмотрела на лестничную площадку второго этажа. Она слишком долго откладывала неизбежный разговор! И сейчас, вероятно, мисс Марч уже пришла в себя. Клара наполнила две кружки добрым немецким пивом и направилась в третий номер. Мисс Марч лежала в постели, одетая в простую ночную рубашку без всяких украшений и с высоким воротом. Она расчесала и заплела волосы в косу, готовясь ко сну, но Клара сомневалась, что сегодня им обеим удастся уснуть.

— Вы чувствуете себя получше?

— У меня разрывается сердце. — Лицо второй миссис Вилетт было белым как мел. — Я не могу ни двигаться, ни думать. Никогда в жизни я не испытывала такой боли, мне невыносимо признавать, что тетя Киббл оказалась права.

Джульетта знала, что не следует откровенничать с незнакомыми людьми. Но отчаяние заставило ее отказаться от привычной сдержанности.

— Я принесла вам пива, — сказала Клара.

Она просто не могла называть эту женщину миссис Вилетт и не могла думать о ней как о другой жене Жан-Жака. Это было слишком больно и мучительно. И она решила считать ее мисс Марч.

Брови Джульетты удивленно изогнулись, она с отвращением фыркнула:

— Я не употребляю спиртных напитков.

— Ну так пора начинать, сейчас самое подходящее время. Могу вас заверить, что после пива вы почувствуете себя гораздо лучше, — заявила Клара, глядя на чайник с чаем, принесенный раньше мисс Ривз. Она поставила одну из кружек на край кровати и пододвинула стул поближе к ней. Теперь, оказавшись здесь, Клара не могла вспомнить вопросы, которые собиралась задать, — она сравнивала мисс Марч с собой. Судя по тому, как уставилась на нее Джульетта, она была занята тем же самым.

Насколько могла судить Клара, между ними не было ни малейшего сходства. В то время как Клара была ширококостной и крепко сбитой, мисс Марч была стройной и изящной. Волосы Клары вились и были темно-рыжими, почти цвета красного дерева. Волосы мисс Марч были гладкими и светло-каштановыми. У мисс Марч глаза были серыми, у Клары — светло-карими. Щеки Клары были румяными, как яблочки, и она отличалась смешливостью. Мисс Марч была бледной согласно моде и улыбалась крайне редко и неохотно. Клара сознавала, что ее происхождение и воспитание существенно отличались от происхождения и воспитания мисс Марч, так же как отличалась их внешность.

— Все дело в деньгах, — неожиданно произнесла Джульетта. Едва сдерживая слезы, она сделала маленький глоток из кружки, потом с трудом перевела дух. — Тетя Киббл предупреждала меня, но я не хотела верить.

— Второй глоток пойдет намного легче.

— Он говорил о временных денежных затруднениях, говорил, что ему необходима ссуда. — Джульетта тряхнула головой и проглотила очередную порцию пива. Она снова тяжело вздохнула, но не так шумно, как в первый раз. — Мистер Вилетт взял деньги и у вас?

Клара неохотно кивнула, опустив голову.

— Значит, сначала он женился на вас... не могу поверить.

В глазах Джульетты засверкали слезы, и голова ее поникла над кружкой пива.

— Я думала, он любит меня.

— А я думала, что он любит меня. Я никогда не сомневалась в том, что каждое слово, произнесенное Жан-Жаком, — правда. — Клара, хмурясь, разглядывала свое обручальное кольцо. Жан-Жак утверждал, что это кольцо — семейная реликвия и досталось ему по наследству, однако оно оказалось одним из многих. Ей и в голову не приходило, что он мог лгать. Мерзавец!

— Жан-Жак объяснил мне, что занимается импортом и экспортом, что все деньги его в деле, — сказала Джульетта.

— А мне он заявил, что его бизнес связан с отелями, — откликнулась Клара, — он якобы вложил все деньги в гостиницу в Калифорнии, которую пытался продать.

— Все это ложь. Но... Я что-то припоминаю... — Щеки Джульетты залил пунцовый румянец. Она беспомощно всплеснула руками. — Не понимаю, как ему удавалось быть таким убедительным? Я должна была догадаться, но надеялась, что он меня любит.

Мысли, обуревавшие Клару, были похожи на размышления Джульетты. Жан-Жак не мог жениться на ней только из-за денег! Он не мог знать о семейных сбережениях, отложенных на старость. И женился он на ней вовсе не для того, чтобы завладеть гостиницей. Ведь Жан-Жак настоятельно предупреждал ее, чтобы она не продавала гостиницу, пока он ей не напишет. Теперь-то Клара понимала, что он и не собирался вызывать ее к себе. Никогда. Он уехал, чтобы не возвращаться. Она попалась на удочку красивому и обаятельному охотнику за женщинами.

Когда Клара подняла глаза, то увидела, что мисс Марч плачет, прикрыв глаза кружевным носовым платочком.

— Я не могу заставить себя обращаться к вам как к миссис Вилетт, — заявила она решительно.

Впервые в жизни Клара испытала жгучую ревность. Острые ядовитые клыки вонзались в ее мозг, отравляя его, когда она представляла, как Жан-Жак занимался любовью с Джульеттой. И ей никак не удавалось отогнать эти ненавистные видения. Джульетта содрогалась от рыданий, но Клара не могла видеть выражения ее лица, спрятанного в ладонях.

— И я тоже не могу называть вас миссис Вилетт!

— Зовите меня Кларой, а я буду звать вас Джульеттой, или, если вам угодно, будем называть друг друга мисс Клаус и мисс Марч.

Джульетта машинально отставила в сторону мизинец, будто собиралась отпить глоток пива из наперстка, а не из кружки. Клара никогда ничего подобного не видела. Как мог Жан-Жак жениться на такой жеманнице? Он не мог ее любить. Просто не мог, и все тут.

— Я первой стала женой мистера Вилетта, — заявила Джульетта после довольно продолжительного молчания. Она вздернула подбородок. — Я рада, что вы это признаете.

Ее тон удивил Клару. Возможно, за хрупкой внешностью скрывалась настоящая женщина.

— Мой брак был таким же законным, как и ваш, — резко возразила Клара.

— Не понимаю, как вам удалось соблазнить его, если он уже был женат на мне?

— Соблазнить? Да Жан-Жаку достаточно было бросить на меня один только взгляд, как он страстно влюбился! И с этой минуты преследовал меня и убеждал выйти за него, пока я не согласилась! Это он оказался соблазнителем, а не я.

— Жан-Жак называл меня своим ангелом. Он говорил, что я сделала его счастливым! Не знаю, к каким чарам вы прибегли, чтобы отнять у меня мужа, но когда он уезжал из Линда-Виста, то выглядел вполне счастливым и довольным своим браком!

— Ну, это счастье продлилось недолго. Спешиваясь с лошади у порога этой гостиницы, Жан-Жак уже начисто забыл о вашем существовании.

Джульетта довольно долго смотрела на Клару, не отводя глаз, потом уставилась в потолок. Клара допила свое пиво и сердито напомнила себе, что ей не за что извиняться. Потом Джульетта извинилась, и от этого Клара почувствовала себя маленькой и жалкой, как старый сморщенный гриб.

— Прошу прощения, — сказала Джульетта, вытирая глаза и нос, — вы, должно быть, подумали обо мне бог знает что. Я вела себя как торговка. Прошу прощения, просто мне хочется, чтобы в этом кошмаре был виноват кто-нибудь другой, а не мой муж. Нам следует сочувствовать друг другу, нас обеих предали.

Клара заметила, что над верхней губой Джульетты образовались усы из пивной пены, но предпочла, чтобы Джульетта обнаружила это значительно позже и почувствовала себя униженной.

Клара привыкла считать себя доброй женщиной, но другая жена Жан-Жака вызывала в ней самые низменные чувства.

— Я тоже сожалею, — сказала она наконец, — думаю, в какой-то момент нам придется обратиться к правосудию, и пусть наши разногласия решит закон.

Джульетту эта мысль привела в ужас.

— Чтобы моего мужа посадили в тюрьму?

— Я начинаю думать, что это самое подходящее место для моего мужа. Я считаю, что он украл мои деньги. Я просто в ярости!

Они молча смотрели друг на друга.

Наконец Джульетта вздохнула:

— Я устала искать объяснения его поступку и продолжаю поиски. Амнезия это или что-то другое, я должна знать, почему он так поступил.

Клара внимательно изучала усы из пивной пены над верхней губой Джульетты, крошечные пузырьки уже начали засыхать.

— Причина одна — деньги. Он украл мои деньги, я знаю, как мне поступить. Я отправляюсь в Сиэтл, чтобы вернуть свои сбережения.

Джульетта протянула ей кружку и вытерла лоб платком.

— Мне бы не хотелось ехать в Сиэтл вместе с вами.

— Потому что мы питаем друг к другу отвращение?

— Скорее мы ничего не желаем знать друг о друге.

— К сожалению, завтра будет всего один дилижанс. Если вы не хотите бессмысленно провести здесь еще день, то он — ваша единственная возможность выбраться на север, в Сиэтл. — Клара направилась к двери. — Лично я уеду этим дилижансом.

У двери она остановилась и обернулась. Джульетта представляла собой печальное зрелище.

— Завтрак в семь утра, — сказала Клара и, тяжело вздохнув, добавила: — У вас над верхней губой усы из пивной пены. Вы выглядите нелепо и смешно.

Закрыв за собой дверь, она спустилась вниз по лестнице и направилась в свои комнаты, чтобы дать волю измученному сердцу.

Глава 3

Городок Ньюкасл приютился на склоне крутого холма, лес на котором был полностью вырублен. Его использовали для строительства маленьких жалких домишек. Теперь склон пестрел пнями, как верфь сваями. Некрашеные изгороди обозначали границы крошечных двориков. Чаще всего они были грязными, покрытыми зарослями сорняков, по ним бродили немногочисленные замученные куры, охраняемые тощими петухами.

Зоя помнила все это, но сажа и угольная пыль по-прежнему ввергали ее в уныние. Если бы кто-нибудь спросил ее, что она помнит из прежней жизни, Зоя назвала бы эту угольную пыль. Она заползала сквозь щели окон и оседала на подоконниках, покрывала полы и мебель толстым слоем, скрипела под ногами. Снаружи угольная пыль пачкала вывешенное свежепостиранное белье и оседала на шляпах и плечах, на листьях растений и крышах.

Прежде чем сесть за стол в доме своей матери, Зоя стряхивала пыль с юбок, остерегаясь чистить их щеткой, потому что пыль могла оставить на ткани пятна. Всего два часа назад она вытерла стол после завтрака, но на его поверхности красовался жирный пыльный слой.

Мать поставила на стол чашку с кофе и посмотрела на часы над печкой.

— Я хочу, чтобы ты как-нибудь погостила подольше.

— Я бы тоже хотела, — ответила Зоя, но она слукавила. Четверо из ее шести братьев еще жили в этом доме, где было всего две спальни. Выделить место для Зои было затруднительно, и потому ее визит ни для кого не был радостью.

Она корила себя за то, что не приезжает домой чаще, но свободная и независимая жизнь в Сиэтле избаловала ее. Там Зоя обрела то, чего у нее никогда не было прежде, — уединение. В двух комнатах, которые она снимала в пансионе, ей не приходилось одеваться и раздеваться за ширмой, она была избавлена от гвалта, который то и дело поднимали ее шестеро братьев, не сражалась за место за столом. Но самым прекрасным было то, что теперь ей не надо было делить жизненное пространство ни с кем, кроме собственного мужа. А против этого Зоя ничего не имела.

— Ты ведь счастлива, правда? — спросила Зою мать, внимательно вглядываясь в ее лицо.

— Да, — тихо ответила Зоя с улыбкой.

Мать подлила ей в кофе остатки сливок, а не снятое молоко, как остальным.

— Я свыклась с мыслью, что ты никогда не выйдешь замуж. Думаю, ты разбила все мужские сердца в Ньюкасле, — с улыбкой заметила Элис Уайлдер, и лицо ее на мгновение утратило свое суровое выражение. — Когда мне было двадцать четыре, я уже успела похоронить двоих младенцев, а еще двое малышей цеплялись за мои юбки.

Зоя, слава Богу, избежала подобной участи. Она не хотела прожить всю жизнь рабыней в тесном крошечном домике при мужчине с траурной каймой под ногтями, от которой невозможно избавиться. Она не хотела нарожать полдюжины младенцев и превратиться в старуху раньше времени.

— Я поступила правильно, не поспешив с браком, мама.

Если бы она вышла замуж за человека из Ньюкасла, то навсегда бы застряла здесь. Вместо этого Зоя использовала время, чтобы пополнить свое образование. И наградой ей стал Жан-Жак Вилетт. Зоя и мечтать не смела о таком мужчине.

Ее мать улыбнулась:

— Я постоянно твердила твоему отцу, что если с тобой это когда-нибудь произойдет, то именно так. — Она щелкнула пальцами. — Ты выскочишь замуж прежде, чем мы узнаем, что ты встретила достойного человека.

Зоя улыбнулась в ответ:

— Та неделя была самой волнующей в моей жизни. Сначала я спасла малыша Ван Хутена, упавшего с мола во время прилива, а потом состоялась торжественная церемония награждения.

— И появилась статья в газете! Не забывай об этом. Я вырезала ее и наклеила внутри нашей семейной Библии. Они назвали тебя героиней! — Гордость вернула блеск и яркость выцветшим глазам ее матери.

— Через три дня после появления этой статьи Жан-Жак явился на склад дядюшки Милтона. Ты знаешь, что он мне сказал, как только увидел? — О Боже! Она никогда не забудет его первых слов! — Я работала в глубине амбара, пересыпала горох в мешки и вдруг услышала голос мужчины с легким акцентом, от которого любое произнесенное им слово звучало как музыка. Он сказал: «Ваши волосы похожи на шелковую пряжу, сделанную из ночной темноты».

— О Господи! — Ее мать с трудом перевела дыхание, прижимая руку к сердцу. — Он так и сказал?

Зоя дотронулась до блестящего локона, спустившегося на шею.

— Это было похоже на вспышку молнии, осветившую потолок и поразившую меня прямо в сердце. Он был самым красивым мужчиной, какого мне доводилось видеть в жизни, и под ногтями у него не было траурной каймы.

— Да, я всегда считала, что тебе не стоит выходить замуж за мужчину с мозолями на руках. Ты достойна лучшего. — Ее мать смотрела куда-то вдаль невидящим взглядом. — Когда же твой муж вернется?

— Думаю, когда найдет золото. И, мама, у нас такие планы! — Глаза Зои заискрились, она подалась вперед. — После того как Жан-Жак вернется с Юкона, мы купим склад и магазины дядюшки Милтона или заведем собственные. Кроме того, мы собираемся построить большой дом.

— Но, Зоя, что, если твой муж так и не нападет на богатую жилу на Клондайке?

— Я тебе не все сказала, мама. Жан-Жак из богатой семьи. То, что он отправился добывать золото, — просто прихоть, его погнала туда жажда приключений. Он хотел бы сам заработать состояние и не трогать семейных денег, но если его постигнет неудача... — Зоя покачала головой, как бы удивляясь тому, что собиралась сказать. — Это не будет иметь особого значения.

— Ты вышла замуж за богатого человека? — Мать откинулась на спинку стула и хмуро посмотрела на дочь. Она постоянно твердила: «Оставайся со своими. Если выйдешь замуж за человека, который выше тебя по положению, познаешь боль и разочарование». Выражение ее лица свидетельствовало о том, что мать с трудом удерживается, чтобы не повторить своего мрачного пророчества. На несколько минут она погрузилась в молчание, потом спросила: — Но помнится, ты говорила, что заплатила за одежду, инструменты и проезд своего мужа из тех денег, что получила в благодарность за спасение мальчика?

— Там произошла какая-то неувязка с переводом денег Жан-Жака с одного счета в Сиэтле на другой. И чтобы не откладывать его отъезд, я оплатила путешествие, снаряжение и все дорожные расходы.

Теперь мать смотрела на Зою пронзительно и пытливо.

— Но ты имеешь доступ к его счетам?

— По правде говоря, Жан-Жак отплыл до того, как этот вопрос был решен. — Зоя чувствовала себя неуютно под пристальным взглядом матери. Собственное объяснение показалось ей каким-то неубедительным.

— Я подозрительна по натуре, — сказала Элис Уайлдер, — пожалуй, эти объяснения с натяжкой можно принять. Но согласись, странно, что твой богатый муж надолго уехал, не оставив тебе денег на житье.

— Я же продолжаю работать на складе у дядюшки Милтона, и у меня осталось кое-что от полученного вознаграждения. К тому же мне удалось скопить приличную сумму.

Зоя не стала повторять, что вышла замуж за богатого человека и теперь ей никогда больше не придется беспокоиться о том, как раздобыть деньги! Больше никто не посмеет смотреть на нее сверху вниз! Конечно, у матери другой взгляд на жизнь, и ее встревожило поведение Жан-Жака, однако в свое время Зое не показалось странным то, что он собирался уплыть неизвестно куда, оставив молодую жену зарабатывать себе на хлеб насущный. Она помнила, как сама убеждала Жан-Жака ехать, уверяя, что прекрасно со всем справится, как чувствовала гордость от его похвал ее независимости и самостоятельности.

Мать снова наполнила чашки кофе из закопченного кофейника, все еще стоявшего на плите.

— У тебя еще есть время на одну чашку кофе, прежде чем ты тронешься в путь.

Поезд с углем доставит её обратно в Сиэтл. Мистер Каммингз, инженер, не имел права брать пассажиров, но делал вид, что не замечает, когда шахтер или член его семьи садился в служебный вагон.

— Жаль, что я не предупредила тебя о готовящемся празднике владельца шахт. Знаю, ты никогда не жаловала такие праздники.

Зоя повернулась к окну, упрямо сжав губы. Ей было не больше пяти-шести лет, когда она осознала, что элегантно одетые мужчины и женщины, проезжавшие в колясках, смотрят на выстроившихся вдоль улиц Ньюкасла людей со смешанным чувством превосходства и презрения. Она случайно услышала замечание одного из этих нарядных людей:

— Они такие грязные, и посмотри, как они живут!

Как будто говорил о животных! Как будто у них был выбор — словно они могли избавиться от угольной пыли и своих жалких лачуг. Зоя пообещала себе, что никогда не будет копошиться в грязи, подбирая леденец, брошенный из коляски какой-нибудь надменной леди. Но ведь это был единственный случай, когда она могла попробовать сладости, и в конце концов девочка не выдержала, упала на колени и схватила горсть леденцов, опередив остальных.

Ей исполнилось одиннадцать, когда ее гордость взыграла с новой силой и она смогла преодолеть свое томление по сладкому. И все же ее гордость страдала! С таким же успехом она могла бы схватить подачку. Богатые люди наблюдали из своих колясок за бедняками Ньюкасла, смеясь и показывая на них пальцами, словно они были зверями в зоологическом саду и сидели в клетках. С таким же брезгливым любопытством приезжие разглядывали и их лачуги. Зоя сгорала от стыда за платье, из которого давно выросла, и босые ноги. Их смех был унизителен для нее, и она изо всех сил старалась не расплакаться.

— Ненавижу этот праздник, — спокойно произнесла она, продолжая смотреть в окно. — Они приезжают сюда, как феодальные лорды, чтобы взглянуть на своих крепостных крестьян.

— Да не обращай на них внимания, как делаем мы все, — пожала плечами мать, — это просто праздник. Мужчины в этот день не работают. После парада будут пикник и танцы. Когда ты можешь ухватить кусочек счастья, Зоя, не надо зевать.

— Это я понимаю, — согласилась Зоя, чтобы сделать приятное матери.

Элис Уайлдер внимательно смотрела на дочь до тех пор, пока кровь не прихлынула к щекам Зои, потом сказала:

— Иногда ты меня пугаешь.

— Не волнуйся за меня, мама. У меня есть голова на плечах, и работает она неплохо.

— Ты так думаешь, Зоя? Надеюсь, ты права. Эти люди, устраивающие парады, ничуть не лучше нас с тобой. Люди в Ньюкасле не богаты, они не умеют красиво говорить, но они добрый, порядочный и работящий народ.

— Ты хочешь что-то сказать о Жан-Жаке, мама? — спросила Зоя.

— Я не видела этого человека и не знаю его, но меня удивляет его поведение, и я думаю, что он воспользовался твоей доверчивостью.

— Как ты можешь так говорить? — Глаза Зои расширились от обиды.

— А ты поразмысли сама, Зоя. Твой отец никогда бы не уехал, оставив меня без денег или возможности брать их с его счета.

— Это не одно и то же, и мне не нужны деньги Жан-Жака. Я зарабатываю достаточно, чтобы оплачивать свои расходы. Нельзя жить на семейные сбережения.

— Много лет назад я предложила твоему отцу купить ему новые приличные башмаки и заплатить за него взнос в профсоюз, чтобы мы могли пожениться поскорее, но он и слышать не хотел об этом и не взял ни цента у меня, женщины. Мы так и ждали, пока он не встал на ноги и у нас не появилось жилье. Я чувствовала бы себя спокойнее, если бы видела в твоем муже нечто подобное. Он должен был навести порядок в своих делах и позаботиться о жене, прежде чем пуститься в свою авантюру и отправиться на Юкон.

Щеки Зои запылали от гнева еще ярче.

— Я не для того отвергала все предложения! Я не идиотка, мама! Если бы ты увидела Жан-Жака, то сразу бы поняла, что он замечательный и любит меня. Он никогда бы не поступил со мной плохо.

— Я только беспокоюсь о тебе, Зоя, вот и все.

— Богатые люди поступают не так, как мы. Жан-Жаку никогда не приходилось считать каждое пенни. Вероятно, ему и в голову не пришло, что он оставляет меня без доступа к своему банковскому счету.

— Еще один вопрос, а потом я замолчу.

— Хорошо.

— Сколько денег из своего вознаграждения ты истратила на то, чтобы снарядить мистера Вилетта в поездку?

— Много, — призналась Зоя, раздражаясь оттого, что за простым вопросом матери крылся неприятный для нее намек. — Я бы и все деньги потратила на него, потому что такой человек, как он, привык иметь все самое лучшее, но он и слышать не хотел об этом.

— Ты говорила мистеру Вилетту о нас? О своей семье?

Зоя встала и принялась оглядывать комнату в поисках своей шляпы и перчаток. Оказалось, мать сложила их в ее небольшой саквояж. Зоя взяла шляпу и пришпилила ее перед мутным зеркалом, повешенным возле окна.

— Я рассказывала Жан-Жаку о Ньюкасле, Коул-Крик и о своей семье. — Она никогда бы не осмелилась лгать матери в глаза, поэтому не поворачивалась от зеркала. — Он знает, что я выросла не в роскоши.

Последнее было правдой, но о деталях Зоя предпочла умолчать.

— А его семья примет тебя? Ты не боишься встречи с этими богатыми людьми?

Неизбежность этой встречи приводила Зою в ужас. Она натянула перчатки, разглаживая каждый палец. Жан-Жак обещал, что его семья полюбит ее так же сильно, как и он сам. Но Зоя понимала, что, конечно, они предпочли бы женщину своего круга.

— Ничего, я преодолею все, когда придет время, — пробормотала она, оправляя платье, чтобы вытряхнуть пыль из его складок.

Мать встала и обошла стол.

— Я провожу тебя на поезд, — сказала она.

Больше Элис Уайлдер не заводила разговоров о Жан-Жаке до тех пор, пока Зоя не взошла на узкую ступеньку лестницы служебного вагона. Тогда она сжала лицо дочери ладонями и заглянула ей в глаза:

— Я так горжусь тобой. Знаю, что ты слишком умна, чтобы дать какому-то проходимцу обвести себя вокруг пальца. И все же я беспокоюсь о моих цыплятках. Я только хочу, чтобы ты была счастлива.

— Не волнуйся, мама.

— Я доверяю твоему суждению, я уверена, что мистер Вилетт именно такой, каким ты его описала, а иначе ты не вышла бы за него замуж.

Зоя стояла на узкой подножке и махала платком до тех пор, пока не увидела, что мать повернула к складам компании. Потом она вошла в вагон, чтобы не простудиться на ветру и уберечь себя от летевшей сажи и дыма. Посещение родного дома оставило в ней смешанное чувство, тревожившее и беспокоившее ее.

Опустив голову, Зоя закрыла глаза и дотронулась до своего обручального кольца, нащупав его сквозь перчатку. Она продолжала думать о разговоре с матерью. Решения, представлявшиеся ей вполне разумными, когда она их принимала, теперь, после разговора с матерью, показались нелепыми и странными.

Зоя не усомнилась в своем муже, она просто пришла к выводу, что не сумела толково объяснить матери обстоятельства своего замужества. И все же она чувствовала какую-то странную нервозность, снедавшую ее.

Кучер дилижанса сообщил, что в Сиэтле обитает сорок тысяч человек. Но Джульетта подозревала, что он скорее преуменьшил, нежели преувеличил его население. Еще никогда в жизни она не видела столько людей, и это настораживало и пугало ее. К счастью, для них с Кларой нашлись номера в гостинице «Приют странника», забитой постояльцами до самой крыши. Собственно говоря, клерк за конторкой регистрации сообщил Джульетте, что мест нет, но после того как Клара переговорила с ним, их поселили. Ее раздражало, что Клара смогла заполучить комнаты, а ей это не удалось.

Отель располагался рядом с железнодорожным депо и доками, но они все равно радовались, что им удалось найти пристанище. Им повезло еще и в том, что деловую часть города можно было обойти пешком. Отсюда Джульетта и начала свои поиски импортно-экспортной конторы Жан-Жака. Однако через день она поняла всю тщетность своих усилий.

Город был огромным и раскинулся на много миль. Джульетта поняла, что ей никогда не найти его компании. После сорока восьми часов бесполезных поисков, заламывания рук и нервного расхаживания по комнате она пришла к мысли, что ей следует просмотреть записи во всех регистрационных книгах мэрии города и округа. Посещение городской ратуши, а потом и суда округа Кинг подтвердило то, чего она не хотела признавать.

— Итак, город не выдавал лицензии импортно-экспортной компании на имя Вилетта. Жан-Жак не имеет никакой собственности в округе Кинг. — Клара отложила вилку с куском лимонного пирога на ней. — Вы зря потратили время на эти розыски.

По правде говоря, в Кларе Клаус Джульетта не находила ничего достойного восхищения или симпатии, вообще ничего приятного. В то же время Клара обладала бесчисленными достоинствами, об отсутствии которых у себя Джульетта могла только сожалеть.

— Было бы несправедливо делать из этого вывод, что мой муж всегда лгал и никогда не говорил ни слова правды, — возразила она холодно. — Я предпочитаю сохранять объективность. — Джульетту раздражало то, что ее даже не поблагодарили за проделанную работу.

— Ну уж теперь-то это очевидно: Жан-Жак лжец, каких поискать, — заключила Клара, отправляя в рот кусок пирога.

Аппетит Клары, то, как она подчищала тарелку, чего никогда не позволила бы себе настоящая леди, приводили Джульетту в ярость.

— Я отказываюсь верить, — настаивала она.

— Ну, он не солгал только о том, что отправляется в Сиэтл, — заметила Клара, откидываясь на спинку стула, чтобы официант убрал ее тарелку из-под пирога и налил еще кофе.

Официанты обращались с Кларой с такой же подчеркнутой учтивостью, как и с Джульеттой, хотя в Кларе не было даже намека на хороший стиль. Она гордо носила соломенное сооружение поверх ярко-рыжих растрепанных волос и, когда выходила на улицу, на яркое солнце, щурилась, потому что поля ее шляпки не затеняли лица, а зонтик от солнца она постоянно забывала. Клара носила уродливые, тяжелые, прочные башмаки под тем предлогом, что они годятся для ходьбы пешком, хотя Джульетта считала, что они больше подходят мужчине, а не женщине.

Джульетта никак не могла понять, что общего могло быть у утонченного Жан-Жака с таким приземленным существом, как Клара Клаус.

— Откуда вы знаете, что Жан-Жак побывал в Сиэтле? Не могли же вы обойти все отели и пансионы? — раздраженно спросила она.

— В этом городе шесть банков. Я начала с ближайшего к отелю и сказала управляющему, что мистер Вилетт выразил желание снять у меня помещение и назвал этот банк в качестве посредника. Я хотела убедиться, что у него есть счет в банке, и узнать, знаком ли он служащим.

— Значит, вы ввели их в заблуждение! — воскликнула Джульетта, ни при каких обстоятельствах не позволившая бы себе ничего подобного.

Клара удивленно воззрилась на нее и продолжила:

— Я нашла его счет в четвертом банке.

Джульетта прижала руку к бешено забившемуся сердцу.

— Он здесь? — прошептала она.

— Был. Управляющий банком сказал мне, что Жан-Жак закрыл свой счет две недели назад. — Клара скрипнула зубами. — Мы опоздали всего на две недели.

— О нет, — беспомощно пробормотала Джульетта. — Мы теперь не имеем представления, куда он мог отправиться отсюда!

Клара неторопливо помешивала кофе.

— Ну почему же? Подумайте, зачем мужчина приезжает в Сиэтл?

Джульетта пробыла в этом городе достаточно, она насмотрелась на длинные очереди мрачных мужчин, с решительным видом толпившихся в магазинах и на складах, где продавали походное снаряжение. Их отель находился неподалеку от верфи, она даже прогулялась до пирса, чтобы посмотреть на перегруженные до предела корабли, отплывающие на Аляску.

— Вы хотите сказать, что Жан-Жак отправился на Юкон искать золото? — спросила она.

— Я начинаю думать, что такое вполне возможно. Чего я не понимаю, так это почему он не отплыл немедленно, почему дождался конца июля?

— Но люди все еще отплывают на Юкон. Корабли отправляются на Аляску ежедневно.

— Верно, но искатели приключений сильно рискуют, отправляясь так поздно. Зима там наступает рано. Так почему же Жан-Жак не отплыл в апреле или мае?

— Может быть, ему не хватало денег, чтобы заплатить за проезд и снаряжение? Кто-то рассказывал мне, что канадская таможня не пропускает людей, если у них нет годового запаса продовольствия и одежды.

Клара горько улыбнулась:

— Уверяю вас, денег у него достаточно.

Мстительное чувство от того, что Клара оказалась не умнее ее, охватило Джульетту. Клара была живым свидетельством предательства Жан-Жака. Опустив голову, Джульетта уставилась на свои руки, сложенные на коленях, на обручальное кольцо, ненавистное уже потому, что Клара носила точно такое же.

Мисс Клаус будила в ней самые низменные чувства.

— И что вы предлагаете предпринять? — спросила Джульетта, стараясь не замечать рыжих завитков, выбивавшихся из-под шляпы Клары.

— Не знаю, что собираетесь делать вы, но я хочу прочесать все магазины и склады, где продаются одежда и оборудование для добычи золота, и убедиться, что Жан-Жак действительно отправился на Юкон.

— Но разве мы не можем узнать об этом на пристани? Пароходство располагает списками пассажиров.

Однако они не знали даты отплытия, не знали, услугами какой пароходной компании он воспользовался, а также назвал ли Жан-Жак свое настоящее имя.

Джульетта понятия не имела о том, что делать дальше. Вздохнув, она исподтишка бросила взгляд на Клару. Только выдержка, присущая хорошо воспитанным леди, позволяла ей путешествовать вместе с женщиной, у которой были шашни с ее мужем. Клара Клаус внушала ей отвращение, потому что Жан-Жак прикасался к ней, ласкал ее. Стоило Джульетте представить их вместе, как она начинала задыхаться. Она никогда не представляла, что человек может так страдать, как страдала она.

Большая часть магазинов и складов с оборудованием и одеждой для золотоискателей располагалась вдоль Первой Южной авеню, неподалеку от пирса. Горы товаров высились прямо на тротуаре. Их охраняли зоркие мужчины, тщательно проверявшие списки товаров и их соответствие оплате, обозначенной в чеках.

Клара не заметила ни одной женщины, но даже при таких обстоятельствах они с Джульеттой не привлекали к себе особого внимания. Головы мужчин, толпившихся на улице и внутри складов, у прилавков, были заняты другим: они мечтали о богатстве, а не о женщинах. Многие, казалось, не замечали царившего вокруг шума и хаоса. Они были заняты исключительно подбором необходимой одежды и оборудования, а также тем, как втиснуть в свои мешки и сумки побольше припасов.

Клара с Джульеттой начали свой поход с верхней части улицы и медленно продвигались к билетной кассе Тихоокеанского северо-западного пароходства, останавливаясь у каждого магазина и склада, чтобы переговорить с лихорадочно возбужденными продавцами о красивом французе. Но ни один из них не помнил Жан-Жака Вилетта.

Потеряв надежду, путешественницы зашли в один из последних складов и остановились как вкопанные. Джульетта схватила Клару за руку:

— Боже милостивый! На этом складе работает женщина!

Клара полностью поддерживала право женщин на работу, но и она была несколько шокирована тем, что женщина работала на складе, предназначенном исключительно для клиентов мужского пола. То, что женщина была молода и привлекательна, делало ее присутствие здесь еще более неуместным. С другой стороны, некоторые люди считали неприличным и то, что женщина вручала мужчинам ключи от их комнат в отеле.

Клару и Джульетту потянуло к ней как магнитом. Они миновали двух спешащих куда-то продавцов и направились прямо к женщине в глубине магазина. Она настороженно следила за их приближением.

— Чем могу быть полезна? — спросила она, стряхивая с рук кукурузную муку.

«Развешивать муку — дело вполне достойное и почтенное», — решила Клара.

— Мы бы хотели навести справки...

— О! — воскликнула Джульетта и тяжело опустилась на бочонок с мукой, прижав руки ко рту.

Клара хмуро уставилась на нее:

— Что с вами?

— Посмотрите на ее руку, Клара! Посмотрите на ее обручальное кольцо!

— О нет!

Сомнений быть не могло: на пальце женщины красовалось серебряное кольцо с сердечком, принадлежавшее прежде бабушке Жан-Жака.

Черноволосая женщина опасливо переводила взгляд с одной на другую, ожидая, что в любой момент у одной из них или у обеих сразу появится пена на губах и они забьются в припадке падучей.

— Дядя Милтон! — крикнула она, не сводя глаз с Клары и Джульетты. — Помогите.

— Мы не страдаем от припадков, и мы не сумасшедшие, — прошептала Клара. Уголком глаза она видела, как Джульетта срывает с руки перчатку. — Смотрите!

Она и Джульетта одновременно протянули вперед левые руки. Женщина покачнулась, словно получила сокрушительный удар. Онемев от изумления, она смотрела то на свою левую руку, то на руки Клары и Джульетты.

— Господи! — Она поднесла дрожащие пальцы к губам. — Как такое возможно?

— Мы обе замужем за Жан-Жаком Вилеттом, — объявила Джульетта бесстрастно, — впрочем, так же как и вы.

— Бог мой! — прошептала черноволосая женщина. — Значит, у него есть еще две жены? — Она подняла полные слез глаза к обитому жестью потолку. — Я доверяла ему... — Наступило молчание. — Значит, все, что он говорил, было ложью?

— Мне очень жаль, — сказала Клара мягко. — Мы знаем, какой это тяжелый удар для вас. Поверьте, что и для нас это тоже было потрясением.

— И все время... он был женат на вас обеих. А я... — Ее глаза сузились, превратившись в щелки. — Ах, сукин сын! Он говорил мне приятные вещи, которые я хотела слышать, и дурачил меня.

— Зоя! — Из задней комнаты появился бородатый мужчина в длинном переднике. — У тебя все в порядке? — Он окинул любопытным взглядом Клару и Джульетту.

— Сожалею, дядя Милтон, но мне сейчас надо уйти. — Женщина сорвала с себя передник, разгладила юбку, потом огляделась, вспоминая, куда положила шляпу и перчатки. — Мне необходимо побеседовать с этими леди.

Зоя Уайлдер небрежно нахлобучила шляпу на голову и схватила небольшую сумочку.

— Следуйте за мной, — отрывисто приказала она Кларе и Джульетте, потом опрометью выбежала из лавки.

— Мне дурно, — прошептала Джульетта. Лицо ее приобрело цвет сыворотки. — Чем дольше длится этот кошмар, тем становится страшнее.

Клара чувствовала то же самое, и от этой реальности, в которую трудно было поверить, у нее кружилась голова. Они последовали за Зоей, и Клара мрачно наблюдала за тем, как жена номер три сворачивает в сторону небольшого парка. Там она упала на деревянную скамью и, склонив голову к коленям, закрыла лицо руками. Клара и Джульетта молча ждали, заново переживая отчаяние и ужас и сравнивая свои чувства с чувствами этой женщины.

Глава 4

Зоя выслушала истории Джульетты и Клары, потом поведала им свою. Когда она, рыдая, закончила ее, капли теплого летнего дождя упали на поля ее шляпки и оросили юбку. Вскочив на ноги, она бросилась к зданию пансиона, где жила, сделав знак обеим мадам Вилетт следовать за ней.

Войдя внутрь, Зоя тотчас же поняла свою ошибку. Боль исказила лица ее соперниц, когда они оглядели ее небольшую и скромную гостиную, а потом обратили взоры на дверь спальни.

Боясь упасть, Зоя прислонилась к стене и закрыла глаза. Как она могла быть такой глупой? Почему видела только его красивое лицо?

— Нам не разрешают готовить в комнатах, но все так делают. Я сейчас сварю кофе.

Если бы Элис Уайлдер была сейчас здесь, она бы вмешалась, она бы держала дочь за руки. Зоя не только привела к себе домой других жен своего мужа, она собиралась угощать их, как и подобает леди, каковой и считал ее Жан-Жак. Или он не считал ее леди?

Открыв глаза, Зоя уставилась на Джульетту, которая сидела, примостившись на краешке дивана, не опираясь спиной на подушки. Колени ее были скромно и плотно сжаты, руки сложены на коленях. Зоя с тоской почувствовала, что Джульетта, вероятно, родилась леди. Зое не хватало спокойного достоинства Джульетты, не хватало ее чувства стиля. Она никогда не научится так сидеть. Все в Джульетте Марч Вилетт говорило о ее благородном происхождении, о породе. А Зоя Уайлдер Вилетт была простой девушкой из Ньюкасла с мозолями на ладонях. Она знала, что такое труд, и умела работать, драться и браниться, и подозревала, что и ее родословную невозможно скрыть, как и происхождение Джульетты. Зоя машинально налила воду в кофейник и поставила его на огонь, на пузатую чугунную печку. Тотчас же в комнате стало невыносимо жарко, и она открыла окно, не заботясь о том, что капли дождя попадут в комнату. На мгновение ее взгляд задержался на ее нечетком, размытом отражении в оконном стекле — это было лицо дуры.

Ей следовало знать, что прекрасные принцы не появляются в жизни таких женщин, как Зоя Уайлдер, и не слагают к их ногам королевства. Что за безумие овладело ею?

— О мама, — пробормотала она чуть слышно, прижимаясь лбом к холодному стеклу. Она предала людей, которых любила. Аристократизм Жан-Жака, его россказни о богатстве и жизнь, которую они вели вместе, жизнь, полная страсти и несбыточных обещаний, заставили ее стыдиться своей семьи. Она заранее чувствовала себя униженной, представляя, что подумают его слуги, увидев ее мать в поношенной старой шляпке и штопаных-перештопаных чулках.

Она никогда не простит Жан-Жаку того, что он заставил ее стыдиться собственной семьи.

— Благодарю вас, прекрасный кофе, — пробормотала Джульетта, когда Зоя разлила его по чашкам. Джульетта держала блюдце и чашку с кофе на коленях так, будто это не составляло для нее ни малейшего труда.

Брови Клары возмущенно поднялись до самой рыжей челки.

— Что вы делаете? Это самая ужасная минута в нашей жизни, а вы расточаете комплименты и болтаете о качестве кофе! — Ее губы скривились, выражая крайнюю степень отвращения, когда она опустила блюдце на пол возле своих уродливых, но прочных башмаков.

Зоя жалела, что поскупилась и не купила стол, который можно было бы поставить перед диваном. Позже Жан-Жак и обе его жены, вероятно, будут смеяться над ней, отпускать на ее счет едкие замечания и вспоминать о том, как они были вынуждены ставить чашки с кофе на пол.

— Мы не должны забывать о хороших манерах только потому, что расстроенны и растерянны, — заявила Джульетта, вздергивая подбородок. — Хорошие манеры — щит цивилизованных людей. В любой трудной ситуации манеры — ваша визитная карточка.

В ответ Клара тяжело вздохнула. Сначала Зоя слушала их, потом до нее наконец дошла вся чудовищность происходящего, и она чуть не потеряла сознание. Должно быть, каждый раз, когда Жан-Жак называл ее леди, он с трудом удерживался, чтобы не рассмеяться. Зоя всегда считала себя умной, расчетливой, проницательной, слишком рассудительной, чтобы так глупо попасть впросак. Но что оскорбляло ее больше всего, так это то, с какой легкостью она отдалась своим чувствам. Несколько нежных взглядов, ласковых слов, польстивших ее самолюбию, и она тотчас же ринулась в любовь, как в пропасть.

— Я собираюсь разыскать его, — сказала она яростно, цедя слова сквозь зубы, — а когда найду, клянусь, я всажу ему пулю между его лживых глаз!

— Я бы была вам очень признательна, если бы вы не спешили так и не сделали меня вдовой до того, как я получу назад свои деньги, — безапелляционно заявила Клара.

— А также до того, как я объяснюсь с ним, — добавила Джульетта.

Клара бросила на Зою яростный взгляд:

— Она отказывается верить, что и на вас он женился из-за денег!

— Ну, если бы речь шла только о деньгах, то почему он не получил с нас больше? — с непривычным для нее жаром возразила Джульетта, сверкнув глазами. — Он мог бы подождать, пока вы продадите свою гостиницу, Клара, и забрать все ваши деньги. А вы, Зоя, вы ведь отдали бы ему все вознаграждение плюс все свои сбережения. Разве не так?

— Да, — ответила Зоя, ненавидя себя за то, что Джульетта права.

— Я согласна, что главным для него было получить деньги, — мягко добавила Джульетта, роняя слезы, — но мне хочется верить, что он немного любил меня. Во всяком случае, он обязан дать нам объяснение.

Зоя подумала, что никогда и ни к кому в жизни не питала такого отвращения, как к этим двум женщинам. Она убеждала себя, что они ни в чем перед ней не провинились и что винить надо Жан-Жака — за его ложь, подлость, за то, что он присвоил их деньги, за то, что этот сукин сын готов был волочиться за каждой юбкой, но сердце отказывалось ей подчиниться.

Вскочив с места, она подбежала к двери и открыла ее:

— Я хочу, чтобы вы ушли. Сейчас же, немедленно!

Джульетта отпрянула, сохраняя на лице неодобрительное выражение, губы ее дрожали. Она поставила чашку с блюдцем на пол и грациозно поднялась. Клара тоже встала.

— Мы понимаем ваши чувства. Мы...

— Не знаете вы ни меня, ни моих чувств! Я не могу видеть вас обеих! — Осознав, что стены ее комнаты слишком тонкие и что крик могут услышать соседи, Зоя продолжала, понизив голос: — Вы разрушили мою жизнь, а теперь убирайтесь! Я надеюсь, что никогда больше вас не увижу!

— Благодарю за кофе, — сдержанно сказала Джульетта, выходя в коридор.

Клара остановилась:

— Мы не обсудили, что нам делать дальше!

Зоя с ненавистью смотрела на них.

— Ни о каких «нам» не может быть и речи! — Она с грохотом захлопнула дверь, больше не заботясь о том, что подумают другие жильцы.

Бранясь вполголоса, Зоя пыталась стащить с пальца ставшее ненавистным обручальное кольцо, потом отказалась от бесплодной затеи и разразилась бурными, отчаянными рыданиями, от которых сотрясалось все ее тело. Упав на колени перед окном, она закрыла лицо руками и раскачивалась взад и вперед, а из глаз ее все лились и лились обжигающие слезы. Она любила Жан-Жака, но оказалось, что она любила человека, которого никогда не существовало. Он был всего лишь отражением ее мечты.

Когда слезы утихли, а желание мучить и бичевать себя прошло, она вспомнила все, что должна была вспомнить, и обдумала все, что ей давно следовало обдумать. Зоя поняла, что совершила еще одну глупость, отослав прочь двух других жен своего мужа и сочтя это счастливым избавлением. Если и они намеревались искать Жан-Жака на Клондайке, то разумнее путешествовать вместе. Им бы хватило одного набора кухонных принадлежностей, одного утюга на троих и одной пары щипцов для завивки. Достаточно будет и одной палатки. Зоя отчаянно хотела совершить что-нибудь разумное, чтобы хоть отчасти восстановить уважение к себе и почувствовать себя достойной доверия матери. Признаться ей, что она стала жертвой вымогателя, было бы для нее самым тяжелым испытанием в жизни.

Джульетта и Клара сидели спиной друг к другу за разными столиками в ресторане отеля. Вчера они вышли из дверей пансиона, где обитала Зоя, бросая друг на друга суровые взгляды, потом разошлись в разные стороны. Теперь не было никакого смысла соблюдать вежливость. Джульетта питала отвращение к Кларе, Клара к ней, и обе они терпеть не могли Зою.

Джульетта отхлебнула маленький глоточек кофе, жеманно отставляя мизинец.

— И как вы собираетесь возвращать свои деньги? — спросила она, бросая взгляд через зал ресторана.

За своей спиной она услышала вздох Клары:

— Должен же он когда-нибудь вернуться в Сиэтл. Я останусь ждать здесь и буду встречать все корабли с Аляски.

Джульетта могла бы сделать то же самое. Господь свидетель, она не могла вернуться в Линда-Виста к тетушке Киббл и рассказать ей правду.

— О, кого я вижу! — Джульетта не могла поверить своим глазам.

В дверях стояла Зоя Уайлдер, оглядывая зал ресторана, и это продолжалось до тех пор, пока она не заметила Джульетту, с изумлением взиравшую на нее. Тогда, с мрачным выражением лица, сжав губы, она решительно направилась к ней.

Клара резко повернулась на стуле, чтобы видеть происходящее.

— Она очень хорошенькая.

Так и есть, подумала Джульетта и почувствовала острый укол ревности. Соломенная шляпка, украшенная искусственными маргаритками, с трудом удерживала массу густых черных волос. На Зое была белоснежная летняя блуза, доходившая до талии, отделанная черной лентой у горла, и черная юбка. Ее живые синие глаза не были такими выразительными, как у Джульетты, а кожа не была такой нежной и ослепительной, как у Клары, но многие мужчины поворачивали головы ей вслед, пока она шла по залу. Прежде чем официант успел броситься к ней, чтобы предложить свои услуги, Зоя выдвинула стул и расположилась за столиком Джульетты.

— Клара, пересаживайтесь сюда.

— Если вы хотите поговорить со мной, то обе можете перебраться за мой столик.

Глаза Зои сузились, превратившись в щелочки, и она пробормотала какое-то ругательство, потом сделала знак Джульетте встать, и они обе пересели за столик Клары. Джульетте показалась отвратительной торжествующая улыбка Клары. Она перехватила взгляд официанта и заказала еще кофе.

— Раз уж мы ваши гостьи и сидим за вашим столом, то вам придется заплатить за кофе, — заметила она.

Клара оставила ее реплику без внимания и повернулась к Зое:

— Конечно, ваше появление — сюрприз для нас. Кажется, вы утверждали, что не переносите нас, и выразили желание никогда больше не видеть наших лиц. Поправьте меня, если я ошибаюсь, но разве вчера вы не выкрикивали это, выпроваживая нас?

— Я не отказываюсь от своих слов. Я сказала то, что хотела сказать. Думаю, вы не станете возражать, если я замечу, что мы ненавидим друг друга и имеем на то веские основания, но это не должно мешать нам поступать разумно.

Она кивнула официанту, потом устремила взор на Джульетту, отпившую маленький глоточек кофе из своей чашки. Она, подражая ей, тоже отвела в сторону мизинец, потом с отвращением поставила свою чашку на блюдце. Джульетта с интересом наблюдала за ней. Зоя Уайлдер никогда не была леди и никогда ею не станет, как и Клара. Жан-Жак заключил только один брак, достойный его.

— А что вы имеете в виду, говоря о разумном поведении? — спросила она.

— Большая часть оборудования и одежды весит от восьмисот до тысячи фунтов, — объяснила Зоя, наклоняясь вперед. — Если мы отправимся вместе, то сможем сократить расходы. Но есть вещи, без которых обойтись нельзя, потому что в противном случае мы можем застрять там. А это весьма вероятно, потому что мы отправляемся слишком поздно.

Джульетта смотрела на нее широко раскрытыми глазами, чувствуя, что у нее начинается мигрень; знакомая боль зарождалась где-то позади глаз.

— О чем вы толкуете, ради всего святого? — Она не сомневалась, что ответ, каким бы он ни был, ей не понравится.

Клара нахмурилась:

— Если я правильно поняла вас, вы предлагаете нам отправиться на Аляску?

Брови Зои удивленно поднялись.

— А разве вы не собирались туда? Вы же сказали, что намереваетесь найти Жан-Жака.

Клара с минуту раздумывала, потом медленно кивнула:

— Да. Именно это я и намереваюсь сделать.

— Нет, — возразила Джульетта, — вы собирались ждать Жан-Жака здесь, пока он не вернется в Сиэтл.

— Этот план лучше, — возразила Клара.

Джульетте показалось, что сердце ее сейчас разорвется, разбившись о ребра.

— Я? Мы? Собираемся отправиться на Юкон? Разве порядочным женщинам место среди золотоискателей?

— В гораздо большей степени, чем вы полагаете, — ответила Зоя. — Нельзя сказать, что для женщин обычное дело присоединиться к искателям приключений, но в то же время это случается не редко. — Ее взгляд критически пропутешествовал по фигуре Джульетты. — Откровенно говоря, я не думаю, что вам следует ехать. Клара производит впечатление достаточно сильной и здоровой, чтобы противостоять тяготам путешествия, и привыкла к тяжелому труду, а вот вы можете не выдержать.

От гнева щеки Джульетты покрылись красными пятнами.

— Если вы обе можете туда отправиться, то и мне это под силу! Я еду!

— Каждый день после многих пройденных миль нам придется ночевать в палатке. Вам будет так холодно, как не было еще никогда в жизни. Вам будет угрожать обморожение, и вы все время должны быть начеку из опасения, что на нас нападут медведи. Никто не станет нянчиться с вами. Вам придется безропотно выполнять свою долю грязной работы. Ну как, это путешествие все еще представляется вам привлекательным?

Разумеется, нет! Но кто такая Зоя Уайлдер, чтобы разговаривать с ней в подобном тоне?!

— Так вы беспокоитесь обо мне? Я смогу о себе позаботиться.

Зоя пожала плечами и вытащила записную книжку из своей сумочки.

— Сейчас уже конец лета. Список пароходов, ждущих пассажиров, сильно сократился, но они пока еще есть. Первое, что мы должны сделать, — это попасть в список.

Она что-то записала, потом испытующе посмотрела на Клару:

— Можем ли мы доверить вам покупку билетов?

— Прошу прощения, я надежна как скала, — огрызнулась Клара. — И кто дал вам право распоряжаться нами?

— А что вы знаете об Аляске и необходимом для такого путешествия снаряжении?

— Я смогу узнать.

— Ну а я уже знаю.

— Ладно, продолжайте. Что еще мы должны сделать? — спросила Джульетта.

— Я предлагаю вам побродить по крутым холмам вокруг Сиэтла, поупражнять мышцы ног, — посоветовала Зоя, бросая на Джульетту взгляд, полный сомнения, что вызвало у той новый приступ ярости.

— Что еще? — огрызнулась она.

Если бы Жан-Жак мог видеть ее теперь, он бы не стал сравнивать ее глаза с расплавленным оловом. Взглянув на

Клару, Джульетта заметила, что ее кожа уже не так хороша, как прежде, и теперь Жан-Жак едва ли стал бы ею восхищаться. Ее лицо раскраснелось от возбуждения и гнева и соперничало цветом с ярко-рыжими волосами. Да и густые волосы Зои больше не напоминали блестящий шелк.

— Я уверена, что мой дядюшка продаст нам провиант по закупочной цене. И все же и провизия, и снаряжение стоят недешево. — Зоя сделала еще одну пометку в своей записной книжке. — К тому же нам придется заплатить таможенный сбор при пересечении границы Канады. У вас есть средства на такое путешествие?

— А у вас? — спросила Клара.

— У меня еще кое-что осталось от вознаграждения и собственных сбережений, — ответила Зоя. — Но после этого путешествия почти ничего не останется.

В течение всего следующего часа они обсуждали то, что им предстоит сделать и как подготовиться к путешествию на Юкон. Потом Джульетта извинилась и вернулась в свою комнату. Она положила влажную салфетку на лоб, потом рухнула на постель и уставилась в потолок бессмысленным взглядом. О Господи! Она собирается отправиться на Юкон!

Клара с трудом верила, что через неделю они отплывут на Аляску. Это путешествие будет самым волнующим событием в ее жизни! С ранней юности ей приходилось думать только об удобствах постояльцев, останавливавшихся в гостинице ее родителей на пути в интересные экзотические места — Сан-Франциско, Канаду, Мексику... Но сама она нигде не бывала, да и не надеялась когда-нибудь побывать. Теперь же все изменилось. Она наблюдала суету и своеобразную прелесть большого города, ей предстояло познакомиться с таинственной жизнью Аляски. Будет о чем рассказать внукам!

Ее отражение в оконном стекле потускнело. У нее никогда не будет внуков, потому что ее муж не был ей настоящим мужем. Ощутив новый приступ боли от несправедливости судьбы, Клара перевела хмурый взгляд на отражения Джульетты и Зои. Они стояли на улице, разглядывая горы снаряжения и обсуждая, как лучше и практичнее его упаковать. По крайней мере Зоя занималась как раз этим. Джульетта же, по обыкновению, заламывала руки и смотрела на тюки ошеломленным взглядом, будто не верила тому, что видит. Клара вздохнула. Находясь с двумя другими миссис Вилетт, она чувствовала себя сенбернаром рядом с двумя поджарыми борзыми. Втайне она гадала, что же Жан-Жак нашел в ней, в то время как две другие его жены были намного изящнее ее. Она представлялась себе досадной аномалией.

Клара не была худой, волосы ее никогда не лежали как положено. Она предпочитала удобство моде, любила свой огород, любила выращивать овощи, полировать до блеска серебро. Но больше всего остального Клара любила хорошо приготовленную и обильную еду. Она была крестьянкой. Снова вздохнув, она посмотрела на отражение в стекле Джульетты и Зои — их головы были склонены над списком. Через минуту в дальнем конце улицы Клара заметила мужчину, стоявшего, прислонившись к горе тюков, и курившего сигару. Он наблюдал за Джульеттой. Его прищуренные глаза вглядывались в нее очень внимательно, и взгляд его следовал за ней неотступно. Внимание Клары было обострено, и она погрузилась в созерцание незнакомца. Как и большинство искателей приключений, покупавших необходимую одежду, снаряжение и продовольствие у Уайлдера, этот человек носил бороду, но, судя по всему, он начал отпускать ее недавно. На нем были брюки из грубой синей ткани, подтяжки, рубашка с открытым воротом. Шляпу он сдвинул набок, чтобы уберечься от жаркого августовского солнца. Незнакомец был высок ростом, привлекателен, но от всех остальных мужчин его отличала не внешность, а манера держаться.

В то время как многие имели вид безумцев и в их лицах Клара замечала признаки отчаяния, ничего подобного во внешности и манерах этого человека не было. Он не был увлечен выбором снаряжения настолько, чтобы окружающее перестало для него существовать. Напротив, он обращал особое внимание на все, что творилось вокруг. И в первую очередь его внимание было приковано к Джульетте. Он в течение нескольких минут не сводил с нее глаз. Когда Клара убедилась, что ей это не почудилось, она принялась пробираться между рядами жестянок со снедью и горами одежды.

— Джульетта, — сказала она, понизив голос, — на той стороне улицы стоит мужчина и пожирает вас глазами, будто не ел сто лет и теперь увидел вожделенную пищу.

Джульетта не подняла глаз от списка.

— Он широкоплечий и красивый? Курит сигару, и тулья его шляпы украшена зеленым шарфом?

Клара не заметила шарфа, пока не повернула голову и не бросила на него подозрительного взгляда. Мужчина улыбнулся и приподнял свою шляпу, приветствуя ее, потом снова переключил внимание на Джульетту.

— Вы его знаете?

— Конечно, нет. — Джульетта метнула возмущенный взгляд из-под полей шляпы. — Но мы все время натыкаемся на него. Он был в парке, когда мы разговаривали с Зоей, и, я думаю, он остановился в том же отеле, что и мы.

Клара могла поклясться, что ни разу не видела этого человека прежде, но, вероятно, она просто не замечала его.

— Ну, похоже, он очень вами интересуется.

— Если вы намекаете на то, что я его поощряю, то, уверяю вас, я этого не делала. Я ведь замужняя женщина! — Джульетта оскорбленно фыркнула.

— О, ради Бога, я ничего подобного не имела в виду. Я только... А впрочем, забудьте об этом!

Раздраженная Клара резко повернулась, чтобы удалиться, и столкнулась с таким великаном, какого ей еще не доводилось видеть. Она чуть было не упала, но исполинские руки поддержали ее.

— Прошу прощения, — пробормотала она.

— Нет, нет, это я виноват.

Так как он был ростом не менее шести футов и шести дюймов, то Кларе пришлось запрокинуть голову, чтобы увидеть его лицо. Шляпу он предпочитал носить в руке, а не на голове. Никто не назвал бы его красивым. По лицу его было заметно, что ему многое пришлось пережить, о чем напоминали следы многочисленных потасовок, в которых он, несомненно, участвовал, сломанный и неровно сросшийся нос и шрам, перерезавший надвое правую бровь. Это было угловатое и даже внушающее страх лицо, но только до тех пор, пока оно не освещалось улыбкой. И когда гигант улыбнулся, Клара подумала, что все-таки его можно назвать красивым.

— Я отдавил вам пальцы?

Она как идиотка уставилась на свои крепкие башмаки.

— Не думаю.

— Ну и отлично. — Отвесив ей легкий поклон, он взмахнул шляпой: — Бернард Т. Барретт к вашим услугам. — Улыбка обнажила его белоснежные зубы. — Все зовут меня Медведем.

Клара поняла почему. Голос его звучал как раскаты грома, поднимавшиеся из бочкообразной груди, и у него были хитро поблескивавшие небольшие медвежьи глазки.

Она уже собралась было назвать ему свое имя, как вдруг ощутила за спиной неодобрительное молчание. Джульетта и Зоя наблюдали за ней и слышали их разговор. Уж Джульетта, как замужняя женщина, была бы оскорблена до глубины души, если бы Клара, будучи тоже замужней женщиной, представилась незнакомцу. Продолжая смотреть на нее сверху вниз, Барретт еще раз взмахнул своей шляпой, потом водрузил ее на голову и слегка сдвинул на затылок.

— Ну, если вы уверены, что я не нанес вам ущерба...

— Ничего страшного не случилось. Я слишком стремительно повернулась и не посмотрела, куда иду.

Клара опустила голову, но мистер Барретт по-прежнему не сводил с нее глаз.

— А вы прехорошенькая малютка, — заметил он своим громоподобным голосом, что заставило нескольких мужчин оглядеть ее с головы до ног. Прежде чем Клара успела обидеться, Бернард Т. Барретт ухмыльнулся, небрежно поклонился и зашагал прочь между горами ящиков и мешков. Шаги его были такие же гигантские, как и он сам.

Часом позже, во время демонстрации опасностей, которым можно подвергнуться, пользуясь походными плитами, Клара перестала бороться с неотступными мыслями о нем. Мистер Бернард Т. Барретт сделал ей комплимент, назвал ее хорошенькой малюткой. За двадцать шесть лет жизни никто ни разу не назвал Клару Клаус малюткой. Это определение очаровало ее, наполнило незнакомым восторгом — по телу побежали сладкие мурашки, и эта неожиданная реакция вызвала у нее мгновенную вспышку раскаяния. Где были мужчины, подобные Бернарду Т. Барретту, когда она была одинокой и незамужней женщиной? Уж во всяком случае, Клара могла быть уверена, что он не тянул за собой целую цепь фальшивых жен. Он не мог быть низким, мелким и никчемным человеком.

— Клара, вы слушаете? — спросила Зоя, пронизывая ее взглядом. — Нам всем надо знать, как пользоваться этой плитой, потому что мы будем готовить по очереди.

— Подождите минутку! — Серые глаза Джульетты округлились от ужаса. — Не станете же вы требовать от меня, чтобы я занималась стряпней? О Господи! Неужели вы хотите обязать меня готовить?

Клара прослушала едкую реплику Зои. Похоже, Джульетта не обратила внимания на мужчину, столь неотступно разглядывавшего ее. А это означало, что Джульетта была намного лучше ее, Клары. Сама она продолжала исподтишка бросать любопытные взгляды на мистера Бернарда Т. Барретта. Она, конечно, никогда не увидит его больше. Оно и к лучшему, ведь в известном смысле она замужем.

Глава 5

Пирсы у Пятой авеню были запружены мужчинами, стоявшими плечо к плечу и пытавшимися с криками и пинками пробраться к кораблю и взойти на борт «Аннасетт». В надежде привлечь внимание вооруженного члена команды, следившей за посадкой пассажиров на борт, за их приближением к трапу, Зоя размахивала своим билетом, держа его над головой. Бесполезно было кричать, потому что кричали и вопили все. И Зоя осознала, что она слишком мала ростом для того, чтобы в этом хаосе, в этой толпе ее могли заметить с корабля. Оглянувшись через плечо, она крикнула Джульетте и Кларе, чтобы они держались поближе. И, опустив голову, принялась работать локтями, расчищая себе путь. Когда один из находившихся впереди мужчин, удивленный и рассерженный, отступил, она проскользнула вперед и оказалась ближе к сходням, чем он, и тотчас же принялась теребить и толкать следующего. К тому времени, когда Зоя добралась до сходней, шляпка ее съехала набок, брызги сока от табачной жвачки запачкали юбки, а локти были в синяках, оттого что она молотила ими по чужим ребрам, но свой билет Зоя протянула с торжествующей улыбкой.

Глаза моряка вылезли на лоб при виде трех женщин с билетами, но он справился с изумлением, улыбнулся им и помог взойти на борт, но при этом окинул пассажирок взглядом, не оставлявшим сомнений в том, что счел их безумными.

Оказавшись на палубе, Джульетта вцепилась в перила и смотрела вниз на сражавшихся за место на корабле мужчин. Все они надеялись, что в последнюю минуту для них найдется свободное местечко.

— А что, если наш багаж не погрузят? — спросила Джульетта, стараясь держаться поближе к Кларе.

— Именно из опасения, что его не погрузят, мы отправили багаж вчера, — напомнила ей Клара.

— А пароход надежен? — поинтересовалась Джульетта. Поправив шляпу и плащ, она оглядывала груды тюков и палубу. — Я слышала, что «Аннасетт» рассчитан на шестьдесят пассажиров, но, как я вижу, у поручней столпилось вдвое больше людей.

— Я так полагаю, что у нас будет не менее трехсот спутников, — заметила Зоя, пожимая плечами, — и не могу осуждать судовладельца за то, что он хочет получить максимальную прибыль.

Джульетта побледнела, у нее перехватило дыхание.

— Но мы ведь потонем!

Зоя подняла глаза к холмам Сиэтла и мысленно отправила Джульетту на один из них. Все, что она слышала от нее за последние недели, было: «Я не могу этого делать!», «А хватит ли нам съестных припасов?», «А что, если мы замерзнем насмерть?» Что, если... что, если... что, если... и это продолжалось до тех пор, пока Зоя не почувствовала, что терпение ее на исходе и она готова совершить убийство, не покидая Сиэтла. Зоя совершенно не понимала, почему Джульетта решилась на это путешествие, если оно так ее пугало. Должно быть, она очень сильно любила Жан-Жака, если отважилась на такую авантюру, преодолев свое отвращение к путешествиям вообще и к этому в особенности, в надежде найти его.

Зоя почувствовала, что ее гложет ревность. Последние несколько дней она при каждом взгляде на Клару или Джульетту представляла, как Жан-Жак целует их. Она приходила в ярость и не желала чувствовать ничего, кроме ненависти, при мысли о Жан-Жаке, и единственное, что ей хотелось бы видеть, — это как пуля пронзит его черное сердце. В отличие от Джульетты у Зои не было к нему вопросов, в отличие от Клары она не рассчитывала получить назад свои деньги. Она жаждала отмщения. Ей просто хотелось убить его. Бросив взгляд вниз, Зоя увидела Медведя Барретта, быстрыми и решительными шагами пробиравшегося сквозь орущую толпу, отшвыривающего пинком ноги мужчин более мелкого калибра, а таковых было большинство. Она знала его в лицо, потому что он несколько раз в год заходил в магазин ее дядюшки Милтона и заказывал снаряжение и припасы, чтобы отправить их в Доусон. Вслед за ним по сходням поднимался мужчина, проявивший недвусмысленный интерес к Джульетте в тот день, когда они выбирали снаряжение и припасы для своего путешествия. Сегодня зеленый шарф, украшавший в прошлый раз его шляпу, был обернут вокруг его талии как пояс. Зоя скользнула взглядом по Кларе и Джульетте, отметив про себя, что и они смотрят на мужчин, поднимавшихся на борт. И вдруг ей в голову пришло, что они найдут других мужчин и новую любовь, как только она сделает их вдовами. А как же быть ей? Какой мужчина заинтересует ее после Жан-Жака? Такого мужчину девушка из Ньюкасла могла встретить только раз в жизни, если уж такое счастье выпадало на ее долю. Если не считать того, что все было иллюзией и фальшью.

— Пойду поищу нашу каюту, — объявила она отрывисто, отворачиваясь от перил.

Слово «каюта» было слишком пышным для того места, которое ей удалось отыскать. Глубоко в недрах корабля Зоя обнаружила крошечную комнатенку, похожую скорее на стенной шкаф, с трудом вмещавшую походную кровать и две полки. В качестве уступки прекрасному полу к «каюте» прилагались ночная посудина, расписанная незабудками, но вся в трещинах, и мутное зеркало, висевшее над полкой, поддерживавшей раковину для мытья.

— О мой Бог! — выдохнула Джульетта, появляясь в дверях. Ее серые глаза расширились, и в них Зоя увидела выражение безмерного изумления и ужаса, столь раздражающее и столь знакомое Зое.

— Здесь и одному-то человеку тесно, — заметила Клара, входя вслед за Джульеттой. — Не говоря уж о нас трех. —

Своим мощным торсом она загородила свет одинокой коптящей масляной лампы.

— Три недели такой жизни! Я не выдержу этого! — захныкала Джульетта, опускаясь на нижнюю полку.

Возможно, она доставит себе удовольствие подстрелить Джульетту после того, как разделается с Жан-Жаком, размышляла Зоя и уже склонялась к такому решению. Ну а потом, для ровного счета, она подстрелит и Клару. Но если две другие жены будут мертвы, может, не стоит убивать Жан-Жака? Может быть, они могли бы...

Да о чем она, черт возьми, думает? Изо всех сил тряхнув головой, Зоя поставила свой мешок с вещами на дощатый пол. В нем были ее туалетные принадлежности, пара ночных рубашек, смена одежды, теплое пальто, теплое шерстяное белье, потому что по мере приближения к Аляске температура начнет стремительно падать.

Джульетта заговорила о неудобствах первая, что было вполне естественно:

— Здесь нет места, чтобы разложить наши вещи.

— Мы можем запихнуть наши ящики и тюки под кровать и полки, — резко возразила Клара. Наклонившись, она извлекла из бокового кармана своего мешка с вещами молоток. — Я вобью несколько гвоздей, чтобы повесить наши плащи и шляпы.

У Зои от изумления открылся рот.

— Вы взяли с собой молоток и гвозди? — С крайней неохотой Зоя была вынуждена признать, что поражена. Оказалось, в характере Клары были неизведанные глубины, о которых Зоя и не подозревала. — Будьте осторожны. Не пробейте дыру в корпусе нашего судна, а то мы все потонем!

Глаза Джульетты широко раскрылись от страха.

— Я не умею плавать!

— Если наш корабль может пойти ко дну из-за одного гвоздя, то мы в любом случае погибли, — сказала Клара, не выпуская изо рта гвоздей. Через пару минут работа была сделана. — Это внутренняя стена, — поспешила она успокоить Джульетту. — А теперь встаньте с кровати. Мне нужна доска, и если мы возьмем по одной от каждой полки, думаю, они под нами не рухнут.

Зоя тотчас же поняла ее намерения:

— Дополнительные полки!

Кивнув, Клара приложила доску к выступавшему краю стенной обшивки. Несколько ударов молотком, и у каждой из них появилось по полке для вещей.

— У нас не будет из-за этого неприятностей? — спросила Джульетта. — Я вам благодарна, но... — Она умолкла на полуслове и приложила руку к животу. — Мы уже отплыли?

— Нет еще.

Чувствуя, что сердце ее упало, Зоя внимательно изучала лицо Джульетты.

— А в чем дело? Вы скверно себя чувствуете?

— Не знаю, — ответила Джульетта неуверенно.

Клара прислонилась спиной к стене и прикрыла лицо рукой:

— Мне даже думать противно, что придется делить каюту с человеком, страдающим морской болезнью.

Где-то высоко над ними раздались свистки, потом корабль покачнулся, их тряхнуло, и пол выскользнул у них из-под ног. Джульетта уцепилась за край своей полки:

— Я никогда прежде не плавала на корабле.

Оказалось, что ни одна из них прежде не плавала.

— Не вздумайте поддаться морской болезни! — зашипела Зоя.

Каюта была такой крохотной и так забита вещами, что запах сока от табачной жвачки, попавшего на их юбки, когда они пробирались на корабль, распространился повсюду. От тепла их тел в каюте стало нестерпимо жарко, так что на лбу у них выступили мелкие капельки пота. А жирный чад от масляной лампы вызывал тошноту.

— Клянусь, Джульетта, если вас вырвет хоть раз, я брошу вас за борт! — пообещала Зоя.

— Я вам помогу, — поддержала ее Клара.

Странное покачивание и скольжение подсказали Зое, что «Аннасетт» дрейфует. Никогда в жизни она не испытывала ничего подобного. Ощущение было странным — будто тело ее потеряло способность ориентироваться в пространстве, а заодно утратило и вес. Плащ, повешенный ею на один из вбитых Кларой гвоздей, мерно раскачивался. Масло в корпусе лампы мягко плескалось о его стенки. Содержимое ее желудка делало то жс самое.

На лбу у Зои выступил холодный пот. Отвратительный привкус появился во рту. В глазах ее заметалась паника, когда она услышала свистки во второй раз. Они двинулись с места.

Что-то поднималось наверх из ее желудка. Упав на колени на пол, Зоя принялась лихорадочно шарить между мешками под полкой, отчаянно пытаясь найти ночную посуду. Она нашла ее и тотчас же опорожнила в нее содержимое своего желудка, весь свой завтрак, пока Джульетта и Клара с ужасом наблюдали за ней. У нее еще хватило времени, чтобы испытать чувство унижения до того, как нахлынула новая волна тошноты.

Так как Джульетта и Клара были готовы на все, лишь бы не оставаться в каюте, то им пришлось без конца совершать круги по палубе их перегруженного «ковчега». Маслянистый черный дым дул им в лицо, когда ветер менял направление, крошечные капли воды, поднятые ветром, донимали их. Вторым источником раздражения было постоянное внимание мужчин, ничуть их не привлекавших, нудных и скучных, которым было нечего делать, кроме как глазеть на своих спутников и тем более спутниц.

Джульетта остановилась у перил, чтобы не приближаться к толпе мужчин, собравшихся вокруг двоих развлекавшихся кулачным боем в дальнем конце палубы. Как всегда, зеваки предпочитали спорить или даже держать пари об исходе боя, вместо того чтобы разнимать драчунов. Хмурясь, она пыталась представить Жан-Жака, ввязавшегося в подобную потасовку и демонстрирующего столь неподобающее поведение. Для этого он был слишком хорошо воспитан, слишком изыскан и рафинирован.

— У вас опять этот «жан-жаковский» взгляд, — заметила Клара, качая головой.

— Конечно, я думаю о своем муже. А вы нет?

— Стараюсь не думать.

Они устремили взгляды на воду, все еще рябую после утреннего дождя. Море никогда не бывало одинаковым, оно все время менялось, хотя Джульетта ожидала как раз обратного. Вместо этого его цвет и характер волн постоянно менялись. Иногда вода казалась похожей на зеленое стекло. Иногда высокие синие волны плевали в небо пышной пеной. Нередко Джульетта видела дельфинов, стрелой выпрыгивавших из воды и пробивавших морскую гладь, как большие серые иглы, тянувшие за собой невидимую нить.

— Теперь ваша очередь проведать Зою.

Клара скорчила гримаску:

— Господи, как я ненавижу эту каюту внизу! Мне противно там бывать!

В их крошечной каюте обстановка напоминала кошмар — было невыносимо душно и пахло рвотой. Спать было почти невозможно, оттого что Зою постоянно рвало и она непрерывно стонала. Никогда в своей жизни Джульетта не видела никого, кто страдал бы так, как Зоя Уайлдер. Зоя молила о смерти, и Джульетта опасалась, что ее молитва будет услышана.

— Вы помните, что сказал капитан? Мы должны попытаться впихнуть в нее какую-нибудь еду.

— Это меня не пугает, — ответила Клара с несчастным видом. — Самое ужасное — выносить горшки.

Теперь их у них было три.

Откинув голову, Клара глубоко вдохнула свежий морской воздух, напоенный солью, потом распрямила плечи и решительно двинулась на свой пост, но ноги несли ее туда неохотно. Джульетта радовалась, что не ей досталась в удел морская болезнь и что не ей приходится молить о смерти. Не очень искренне браня себя за чувство превосходства, испытываемое ею по отношению к Зое, Джульетта раздумывала, не стоит ли уйти в салон. Но и он был заполнен мужчинами. В большинстве они производили приличное впечатление и старались не сквернословить в ее присутствии, но она знала, что стесняет их. Более того, они не понимали, зачем Джульетта отправилась на Аляску, и, вероятно, считали это пустой затеей. Впрочем, если они так считали, то, разумеется, были правы, потому что она думала точно так же.

— Красиво, — услышала она тихий и вкрадчивый голос у самого уха.

Джульетта вся сжалась, потом резко выпрямилась и посмотрела на высокого мужчину, появившегося рядом с ней у перил. Краем глаза она заметила зеленый шарф, торчавший из кармана его рубашки. Борода его уже отросла и оказалась того же мягкого и богатого оттенка, что и его каштановые волосы. Но что она отметила про себя, так это его ослепительные ярко-синие глаза.

— Море. Я говорил о море. Красиво, не правда ли?

При обычных обстоятельствах Джульетта не подумала бы завести беседу с незнакомцем. Но после двух недель плавания на судне, где пассажиры были упакованы плотно, как сельди в бочке, больше никого нельзя было считать незнакомцем.

— Действительно, это так, — пробормотала она смущенно.

Джульетта никогда не отличалась красноречием, если ей приходилось беседовать с малознакомыми людьми, особенно с мужчинами.

— Разрешите представиться. Я Бенджамин Дир из Сан-Франциско, Калифорния. — Сняв шляпу, он изучал ее лицо, очевидно, ожидая ответа.

Джульетта, поколебавшись, назвала свое имя. На все время путешествия они договорились пользоваться своими девичьими именами, чтобы не вызывать сплетен и непристойных пересудов.

— Я не причиню вам неудобства, если закурю, мисс Марч?

Значит, он не собирается уходить. А она не могла продолжать свою прогулку по палубе, потому что потасовка все еще продолжалась.

— Пожалуйста, курите. — Было бы невежливо протестовать, когда густой черный дым висел сплошным облаком над палубой.

— Похоже, мы довольно часто встречаемся здесь, — сказал он, выбрасывая спичку.

— Прошу прощения? — Джульетта скорее взошла бы на костер, чем признала тот факт, что тоже это заметила.

— Мы жили в одном отеле в Сиэтле, — пояснил он, — и я встречал вас на складе снаряжения и инструментов. А теперь мы оказались на борту одного корабля. Интересные совпадения, правда?

Джульетта тоже подумала об этом, но ничего не сказала, а продолжала смотреть на море, краем глаза ухитряясь следить за ним. Ей льстило, что он ее запомнил. Правда, ее удивило отчасти то, что и она запомнила его.

— Меня удивляет, зачем такая леди, как вы, отправилась на Юкон. Извините, но вы не похожи на искательниц приключений, стремящихся урвать свой кусочек счастья на золотоносных нивах Клондайка.

Большинство людей смотрят друг на друга, видя только внешнее и составляя лишь общее впечатление. Но Бен Дир смотрел на нее так внимательно и проникновенно, словно видел ее насквозь. Смущенная этим взглядом, Джульетта с трудом преодолела соблазн провести рукой по волосам, пригладить их или увлажнить губы языком. Даже Жан-Жак не смотрел на нее так внимательно, так задумчиво и нежно. Она ощутила, как непривычное тепло растеклосъ по ее телу, и поспешно опустила глаза, хмурясь и кусая губы.

— А вы собираетесь искать золото, мистер Дир?

Несмотря на бороду и обычную одежду старателя, Дир не походил на золотоискателя. Для простого рабочего он изъяснялся на очень хорошем языке. В нем отсутствовала лихорадочная нервозность, характерная для искателей приключений, этакая смесь возбуждения и отчаяния.

— Конечно.

— О! — В ее восклицании было столько разочарования, что оно прозвучало резче, чем она хотела бы. Невольно Джульетта показала, что считает его выше других пассажиров.

Ее внезапная мрачность позабавила его, и Бен рассмеялся. Джульетту поразили богатый тембр его голоса и красота лица, освещенного улыбкой. Темные волосы, синие глаза, широкие плечи, высокий, стройный и поджарый. Смутившись, она покраснела.

— За исключением вас и, вероятно, ваших подруг или спутниц, — сказал Бен, — здесь каждый намерен составить состояние в Клондайке.

— Намерен или мечтает об этом?

— Надеется — это слово самое точное. И большинство из них ждет разочарование. Я слышал, что весь берег реки Клондайк уже застолблен. — Он положил руки на поручни и подался вперед, потом выпустил колечко дыма. — Только первые старатели набрели на несметные богатства, ну и, конечно, следующая партия претендентов тоже. Но годом позже... Я сомневаюсь, что те, кто направляется в Доусон сейчас, найдут достаточно золота, даже чтобы оправдать путешествие туда.

Брови Джульетты изумленно взметнулись вверх.

— Но... если это правда, зачем же вы едете на Аляску?

Она тотчас же пожалела о своем вопросе.

— Год назад моя жена умерла от менингита. — Его пальцы прикоснулись к уголку зеленого шарфа, торчавшего из кармана рубашки.

— О, прошу прощения, — пролепетала Джульетта.

— Единственное, что интересовало меня в течение этого года, — Клондайк. — Выпрямившись, Бен посмотрел на нее в упор. — Мне надо испытать себя и узнать, смогу ли я снова стать тем мужчиной, которым был. — Он, видимо, почувствовал некоторую неловкость от своей откровенности, пожал плечами и улыбнулся. — Может так получиться, что я найду самородок или пару.

— Надеюсь, вам повезет, — серьезно ответила Джульетта.

Они оба потеряли дорогих людей. Его жена умерла. Ее так называемый муж сбежал от нее и предал. Хотя она и не смогла бы сказать этого вслух, но в их печали и горечи было нечто общее. Если исключить то, что мистер Дир двигался вперед, а она застряла на месте.

— Ну, — сказал он, выбрасывая сигару в море, — мисс Уайлдер чувствует себя лучше?

О Боже! Он наводил справки и знал ее имя и имена ее спутниц еще до того, как заговорил с ней. Глубоко вздохнув, Джульетта сделала отчаянное усилие, стараясь придать своему лицу трагическое выражение:

— Я боюсь, мисс Уайлдер умирает.

К своему стыду, Джульетта не могла заставить себя скорбеть об участи Зои и неотвратимости ее смерти. Зоя не обнаруживала ни малейших признаков благодарности за все то, что Джульетта и Клара делали для нее. Смех Бена Дира вернул Джульетту к действительности — ей все еще предстоит быть сиделкой Зои.

— Люди редко умирают от морской болезни, хотя мисс Уайлдер, вероятно, желает себе смерти. Она поправится на следующей неделе, как только мы прибудем в доки Дайи.

Бен Дир заметил Клару, поднимавшуюся на палубу. На животе ее красовалось большое влажное пятно, и вид у нее был далеко не счастливый.

— Она еще жива, — рявкнула Клара, — но только потому, что у меня в руках не оказалось оружия! — Она кивнула Бенджамину Диру: — Я Клара Клаус, а вы мистер Дир. Я слышала, как капитан обращался к вам. — Она повернулась к Джульетте: — Теперь ваша очередь спускаться в ад.

— Клара! Что за выражения!

— Мистер Дир, прошу прощения за фамильярность, но не подскажете ли вы, где на этом судне можно достать выпивку? И не угостите ли вы меня?

Плутоватая улыбка появилась на губах Дира.

— Думаю, нам удастся раздобыть виски.

— Отлично! Из-за ядовитой гадюки, с которой я вынуждена делить каюту, я очень нуждаюсь в укрепляющем средстве. Ведите меня к нему!

Смеясь, Бен Дир предложил Кларе руку, и они направились в салон, оставив Джульетту одну. Она почувствовала нечто весьма похожее на ревность, видя, как мистер Дир удаляется под руку с Кларой. И тотчас же Джульетта твердо решила не допустить, чтобы эта чертова Клара Клаус отняла у нее еще одного мужчину.

Теперь, когда сообщили, что через день они причалят к берегу, все возрастающее возбуждение сменило скуку, изнурявшую пассажиров. Привлеченная гулом громких мужских голосов, Клара подняла ворот своего плаща, чтобы защитить щеки от пронзительного холодного ветра, и направилась в салон. Скоро наступит ее очередь дежурить возле Зои.

Клара подошла к двери в салон, откуда доносился гулкий, как набат, голос Барретта, перекрывавший все остальные голоса. Удивившись собственной нерешительности, она помедлила.

Они встречались на палубе десятки раз, и при каждой встрече он приветствовал ее, приподнимая шляпу, и смотрел так, словно в ней заключалось его спасение, но ни разу не сделал попытки заговорить.

Проскользнув в дверь, Клара села за один из длинных столов почти в самом конце салона и прислушалась.

— У нас будет столько раундов, сколько потребуется, чтобы свалить обоих противников, — говорил он, время от времени бросая на Клару выразительный взгляд своих карих, как у медведя, глаз. — Мы напишем имена на бумажках и бросим их в шляпу, а потом начнем вытягивать по две зараз до тех пор, пока у каждого не будет партнера для первого раунда турнира.

— О каком турнире идет речь? — спросила Клара человека, сидевшего слева от нее.

— Собираются мериться силой рук, мэм. Кто кого перетянет.

Клара так и думала.

— А приз для выигравшего есть?

— Сто долларов и бесплатная выпивка от пуза в течение месяца в салуне «Голый медведь». — Видя ее недоумение, он пояснил: — Барретт — хозяин этого местечка в Доусоне.

Значит, Медведь был владельцем салуна! По мнению Клары, это было куда надежнее, чем золотоискательство, потому что не каждому удавалось найти заветный металл. А продавая еду, виски и ночлег, вам трудно разориться.

Заинтересованная, она наблюдала, как мужчины тянули бумажки из шляпы, а Медведь составлял пары бойцов и записывал их имена на доске мелом.

Сто долларов! Это была огромная сумма за столь ничтожно малую работу. Гуго Бошу приходилось стоять над пышущей жаром сковородкой по два месяца, чтобы заработать такие деньги, в Сиэтле средний служащий работал бы три месяца. Если учесть бесплатные напитки в любом количестве, то сумма, вероятно, удваивалась.

Подумав с минуту, Клара встала и устремила пристальный взгляд на Медведя Барретта. Она смотрела на него до тех пор, пока он не почувствовал ее неотступного взгляда и не повернулся. Тогда она обратилась к нему:

— Могу я задать вопрос?

— Вы все, чичако*, заткнитесь! Я хочу послушать, что скажет эта маленькая леди.

Комплимент Кларе очень понравился. Однако, судя по хмурым взглядам и не слишком любезному бормотанию, уча-

* Чичако — новичок. — *Примеч. ред.*

стникам соревнования этот перерыв пришелся не по вкусу. Но спорить с Медведем никто не отважился.

Его прищуренные карие глазки разглядывали ее, особое внимание уделяя полоске тела, видневшейся между краями плаща. Взгляд Барретта был вызывающе дерзким.

Наконец Клара спросила:

— В этом соревновании может участвовать любой пассажир?

Его губы растянулись в усмешке, показав крупные и крепкие зубы.

— А у вас есть кто-то, на чье участие вы готовы поставить?

— Да. Я сама.

Все засмеялись, однако смех тут же стих, когда люди поняли, что Клара говорит серьезно. Потом две дюжины голов повернулись к Медведю.

— Она же женщина! Это несправедливо. Это все равно что позволить ее противнику без труда перейти на другой, более высокий уровень. Мы не допустим, чтобы женщина участвовала в борьбе!

Пока звучали эти возмущенные возгласы, Медведь и Клара уже начали свою борьбу, она наблюдала за ним и за тем, как менялось выражение его лица. Когда Клара заметила, что в глазах его заплясали смешинки, она поняла, что победила.

— Право участвовать в соревнованиях стоит пять долларов, — прогудел Медведь, предполагая, что высокая оплата, возможно, отпугнет ее.

Буря криков протеста пронеслась по салону, пока Клара считала имена участников соревнований, написанные на доске. Ей стало ясно, что мистер Барретт, предлагая награду победителю, тем не менее недурно заработает на этом турнире. Она пожалела, что не задумалась об этом раньше. Медведь откинул со лба всклокоченные золотые кудри и презрительно улыбнулся:

— Вы что, маменькины сынки, боитесь одной крошечной женщины?

Клара чуть не лишилась чувств. После жаркой дискуссии мужчины наконец смирились и молча уставились на нее. Она уже слышала достаточно, чтобы понять, что их раздражает ее вмешательство в их мужские забавы и ни один из них не согласится сразиться с ней.

— Похоже, кроме меня, нет желающих, мисс Клаус. — Медведь улыбнулся ей как сообщнице полной особого значения улыбкой. — Заранее прошу прощения за то, что отбираю у вас деньги и собираюсь положить вас на обе лопатки.

Из толпы послышался недовольный голос:

— Ты не можешь принимать участие в своем турнире, это против правил.

— Но я буду принимать в нем участие. — Барретт поднял свои огромные ручищи, чтобы заставить публику замолчать. — После того как я ее побью, я выйду из игры.

Клара-то рассчитывала на какого-нибудь тощего мужичонку, но ничего, она могла потягаться и с достойным противником. Запрокинув голову, Клара изучала Медведя прищуренными глазами. Сила, конечно, была главным в этом поединке, но стратегия важнее. Он был крупным, мощным и уверенным в себе, но оставался мужчиной. И его можно было одолеть!

— Когда начало? — спросила она. Ей было лестно то, что он продолжал разглядывать ее с головы до ног.

— Первый раунд завтра утром после завтрака.

Отлично, у нее оставалось время на подготовку.

Их каюта выглядела и пахла так же чудовищно, как и раньше. Зоя, распростертая на нижней полке в точно такой же позе, в какой она ее покинула, продолжала метаться и стонать. Как всегда безукоризненно одетая Джульетта дремала на своей походной кровати.

— Мне понадобится ваша помощь, — объявила ей Клара, опускаясь на колени, чтобы достать свой дорожный мешок. Она рассказала им о турнире и что первое соревнование намечено на утро.

— Что вы наделали! — Зоя села на своей полке и уставилась на нее. — Да вы рехнулись! — пробормотала она, прежде чем снова рухнуть навзничь.

Клара разыскала свое лучшее платье и принялась разглаживать образовавшиеся на нем складки и морщины, расправляя его перед чадящей лампой. Оно прекрасно подойдет для ее цели.

— Что бы вы ни задумали, Зоя вам не помощница. Она все еще умирает, — заметила Джульетта покорным тоном великомученицы.

— Зато на ее могильном камне будет достойная надпись о том, что она умерла с иглой в руке. Поднимайтесь, Зоя, необходимо объединить наши усилия. Это платье придется переделать.

Глава 6

Ночью сильно похолодало, и словно по волшебству на горизонте появился берег Аляски. Восходящее солнце высветило снежные шапки гор, казалось, поднимавшиеся прямо из моря.

Клара зябко поежилась, она наконец осознала, что находится на пороге величайшего приключения в своей жизни. Ей захотелось раскинуть руки и обнять все, что она увидела с палубы в этот рассветный час. Клара еще долго стояла, наслаждаясь величественным зрелищем, потом решительно направилась в дымный и шумный салон корабля.

Первый раунд борьбы уже начался. На доске были вычеркнуты имена нескольких пар борцов. Мужчины боролись почти возле каждого столика, а за этим процессом придирчиво наблюдали те, чей поединок уже закончился или еще не начинался.

Золотистая голова Барретта возвышалась над окружающими, как утес. Накануне он вымыл и красиво причесал волосы, подбородок и верхняя губа были тщательно выскоблены. Он переоделся — теперь на нем были темные шерстяные штаны, жилет с золотистыми полосками и черный галстук-бабочка.

Клара смотрела на него, когда он отлепил от губ сигару и опустился на колени, чтобы получше оценить расстояние между столом и руками потных и разгоряченных мужчин.

— У нас появился победитель! — выкрикнул он, и наблюдавшие за схваткой в этом углу салона издали одобрительные вопли. Человек, стоявший у доски, добавил новое имя к списку участников второго раунда соревнований. И в этот момент Медведь заметил ее. Челюсть его отвисла, а рука непроизвольно дернулась. И в этом не было ничего удивительного, потому что Клара выглядела просто сногсшибательно.

Для начала следует сказать, что на ней не было шляпы. Джульетта и Зоя причесали ее так, что теперь голова Клары напоминала фонтан, брызжущий рыжими кудрями. Они завили ей челку и спустили длинные локоны вдоль щек и ушей. Это сооружение венчало черное страусовое перо, удерживаемое причудливой шпилькой с бриллиантами.

Черный плащ, принадлежавший Джульетте, сидел на ней в обтяжку, но его высокий стоячий ворот оттенял ее лицо и длинные серьги с цейлонскими бриллиантами Джульетты. Платье принадлежало ей, но башмаки были украшены матерчатыми розами, созданными руками Зои, как и лучшая Зоина сумочка, к которой она тоже пришпилила розу. Слегка смутившись и покраснев под внимательным взглядом Барретта, Клара открыла сумочку и извлекла из нее пятидолларовую бумажку.

— Могу я заплатить свой взнос за участие в соревнованиях? — спросила она, когда он поспешно приблизился к ней.

— Есть правило, согласно которому плата за участие с леди не взимается. — Взгляд Барретта медленно скользил по ее волосам, сверкающим серьгам, потом спустился ниже, к шее, и еще ниже — до первой ленты, придерживавшей у шеи плащ.

— Вчера такого правила еще не существовало.

— Это новое правило, — перебил он, продолжая ее разглядывать. — Сегодня утром, мисс Клаус, вы выглядите прелестно. Очень, очень изысканно.

— О, благодарю вас, мистер Барретт. — Клара уронила пятидолларовую купюру в лучшую сумочку Зои. Он продолжал смотреть на нее, и от его восхищенного взгляда по всему ее телу разливалось тепло.

— Должно быть, вы удивлены, что я не заговаривал с вами до вчерашнего дня.

— Вовсе нет, — солгала Клара.

— Пока вчера кто-то не назвал мне вашего имени, я думал, что вы замужем.

— Неужели?

Так вот что значили его выразительные взгляды: «Я бы хотел заговорить с вами, но вы замужем». И тотчас же настроение Клары улучшилось.

— Я хочу сказать, что вы выглядите как порядочная, уважаемая дама, и я не замечал, чтобы вы беседовали с кем-нибудь из мужчин. Казалось, приблизиться к вам и заговорить с вами совершенно невозможно.

Только теперь Клара поняла всю сложность своего положения. Она была замужем и в то же время оставалась незамужней. Она не могла поощрять мистера Барретта и не должна была этого делать.

— Я просто хочу сказать, что вы не производите впечатления женщины, готовой поощрить ухаживание... О черт возьми! Я и сам не знаю, что говорю. — Медведь широко улыбнулся ей. — Так вы готовы со мной сразиться?

— Думаю, да, — сказала Клара, опуская глаза и медленно стягивая с рук перчатки палец за пальцем. Обручальное кольцо, казавшееся ей когда-то необыкновенным, теперь потеряло свою ценность. Кроме того, обручальные кольца ведь обычно делают из золота, а не серебра. И это тоже было подделкой, как и ее брак.

В подтверждение тому Медведь, как она заметила, не обратил особого внимания на кольцо, оно не вызвало у него никаких подозрений. С его точки зрения, кольцо было просто украшением, а не свидетельством того, что у Клары где-то был муж.

— Вы правша? — спросил Барретт, направляясь к столу, где их дожидалась толпа мужчин.

— Да, я действую правой рукой.

Она старалась быть достойной его, а он вел себя как вельможа. Клара рядом с ним казалась себе маленькой и хрупкой. Еще никогда в жизни она не встречала мужчины, который заставил бы ее чувствовать себя маленькой. Свидетели их предстоящего единоборства смотрели на Медведя, собиравшегося представить Клару Бену Диру, который должен был стать судьей их поединка.

— Мисс Клаус и я встречались, — сообщил Бен Дир, улыбнувшись при виде ее удивительной прически и бриллиантов в волосах и ушах.

— Эй, Медведь, ты не переживешь, если она тебя побьет! — заявил кто-то под общий хохот.

Медведь ухмыльнулся и подмигнул Кларе:

— Я достаточно большой мальчик, чтобы принять поражение с достоинством.

Его тон и подмигивание убедили Клару в том, что он не верил в возможность своего проигрыша. Ему это и в голову не приходило.

— Каковы правила? — спросила она Бенджамина Дира. — Ведь, кажется, не существует особых правил для такого рода соревнований.

— Вы можете опереться локтем на книгу, — сказал тот, указывая на толстый словарь, — это даст вам возможность приподнять свой локоть до уровня руки Медведя. Но как только вы поставите локоть на книгу, вы уже не имеете права двигать рукой или поднимать ее.

«Все эти объяснения для тех, кто не имеет ни малейшего понятия о такого рода состязаниях», — подумала Клара, но ничего не сказала. Она скрестила ноги, при этом ее юбка слегка приподнялась, обнажив лодыжки, обтянутые черными чулками. Для ее роста и комплекции они выглядели довольно стройными. Эти лодыжки, как и башмаки, украшенные матерчатыми розочками, казались изящными рядом с массивными ножищами Медведя.

Барретт невольно бросил взгляд на ее ноги, на что Клара и рассчитывала, и тотчас же отвернулся. Но в его глазах она увидела именно такое выражение, какое и должна была увидеть. Такой взгляд бывает у мужчин, когда они ненароком увидят часть женского тела, не предназначенную для обозрения, и понимают, что женщина знает об этом, и у них возникает непреодолимое искушение посмотреть снова. Поэтому во взгляде Медведя Клара прочла выражение удивления, смущения, удовольствия и вины. Однако важнее всего было торжество, которое он не мог скрыть, торжество от того, что ему удалось подглядеть часть женских прелестей, обычно скрытых от чужих глаз.

— Ладно. Отойдите все назад! — скомандовал Бенджамин Дир, делая знак зрителям. — Дайте соревнующимся пространство, чтобы они могли собраться с силами и свободно дышать.

Никто, разумеется, не принимал этого состязания всерьез, и никому и в голову не приходило делать на них ставки. Дир кивнул Медведю и Кларе:

— Начинайте.

Она подняла руку, выпростав ее из-под плаща, подалась вперед и уперлась локтем в словарь. Клара опасалась, что ее рука утонет в массивной лапище Медведя, хотя у нее были крупные руки. Но что ее действительно поразило, так это собственная реакция на его прикосновение. Ее будто ударило электрическим током.

Рука Медведя была теплой и крепкой, и Клара почувствовала быстрое биение крови в ней, когда их запястья соприкоснулись. Рукава его рубашки были закатаны, и падающий сверху свет позволял видеть густые волосы на руках, отливавшие темным золотом. Клара ощущала его запах: крахмал от рубашки, сладкий запах мыла, чуть заметный аромат хорошей сигары, уже почти выветрившийся, и приятный для нее аромат брильянтина, который, она была готова поклясться, он обычно не употреблял, потому что его собственные волосы обладали живым и естественным блеском. Его глаза были не далее чем в шести дюймах от ее собственных.

— Какими духами вы пользуетесь? — спросил он своим раскатистым голосом.

— Настоящей немецкой туалетной водой Хойта.

Это был ее собственный одеколон. Она не одалживала его у своих спутниц. Жан-Жак утверждал, что этот аромат возбуждает в нем безумное желание. Сейчас, видя пламя во взгляде Медведя, Клара подумала, что и на других мужчин этот запах действует так же, как на Вилетта. И это было прекрасно! Они сидели так близко, что Клара могла видеть золотистые искры в его карих, как у медведя, глазах и любоваться густыми золотистыми ресницами. Она заметила легкую россыпь крошечных капелек пота на его висках; ей казалось, что он думал о ее стройных щиколотках, о длинных локонах, обрамлявших ее лицо, а также об исходившем от нее аромате, приводившем мужчин в неистовство.

— Готовы? — спросил Дир.

— По правде говоря, нет, — ответила Клара, выпустив руку Медведя и откинувшись на спинку стула. — Здесь слишком жарко, и этот плащ мне мешает. — Она развязала ленты плаща, улыбаясь Бену Диру. — Не будете ли вы так любезны...

— С величайшим удовольствием, — ответил тот, вставая за ее стулом и принимая плащ.

В рядах зрителей послышался странный звук, похожий на шипение пара, за которым последовало странное молчание. Глаза Медведя округлились, челюсть отвисла, и он даже не пытался скрыть своего изумления.

Корсаж Клары, над которым накануне потрудились Зоя и Джульетта, имел столь вызывающе глубокий вырез, что открывал для обозрения значительную часть грудей и верхнюю часть сосков. Ей и самой казалось, что кремовая безупречная кожа, выпирающая из корсажа, представляла весьма любопытное зрелище, а кожа у нее была и в самом деле гладкая и розовая, как персик. У нее были большие и прекрасные груди, будто приглашавшие ласкать и целовать их. Жан-Жак твердил ей это сотни раз.

Снова подавшись вперед и позволив мистеру Барретту насладиться захватывающим зрелищем, Клара оперлась локтем на книгу и сжала его повлажневшую руку. Кости его, казалось, стали мягкими.

— О мой Бог, — прошептал Медведь хрипло, не сводя глаз с внушительного декольте.

— Мы готовы, — сказала Клара, любезно кивнув Бену Диру.

Отчаянным усилием овладев собой, он отвел взгляд от ее груди, проверил положение их локтей, потом с трудом выговорил:

— Все в порядке.

С ошарашенным видом Медведь поморгал, и его запястье напряглось.

— Так соревнование началось?

— Почти, — пробормотала Клара, хлопая длинными ресницами.

— Начали.

— Этот запах... этот аромат... и эти...

— Пошли!

Клара изо всех сил сжала его руку, но ее власть и сила распространялись за пределы их сомкнутых рук. Они подались друг к другу через разделяющий их стол и смотрели друг другу в глаза не отрываясь. Потом Клара медленно и выразительно провела кончиком языка по краю чуть приоткрытых губ.

Медведь шумно вздохнул, продолжая смотреть на нее, на висках его выступили капельки пота. Но Клара уже покончила с ним. Она глубоко вдохнула, позволив своей пышной груди выступить из декольте до последнего возможного предела. Медведь дольше не мог противиться, и его взгляд переместился сначала на подол ее платья, а потом ниже, на щиколотки. И надо же! Клара его подловила! Она выбрала удачный момент, ловким и сильным движением пригнула его руку к столу и держала ее в таком положении до тех пор, пока не встретила взгляд его горячих карих глаз, от которого вся ее обнаженная кожа запылала.

Позже, обдумывая мельчайшие детали этого приключения, Клара вспомнила, что зрители заревели. Но она ничего не заметила — так сильно звенела кровь у нее в ушах. Медведь пожирал ее горящим взглядом, и она отвечала ему тем же.

— Ради Бога, снимите это платье. Вы в нем почти голая! — взывала к ней Джульетта, пока Клара считала доллары. — Я все никак не могу поверить, что вы позволили себе появиться обнаженной в комнате, полной мужчин. Это неприлично!

— Зато практично. Человек должен делать то, что хочет, а мне удалось выиграть турнир. Разве нет?

И Клара снова принялась пересказывать историю своего триумфа, как она победила еще пятерых мужчин после Медведя, пригвоздив их руки к столу, и как в считанные секунды выигрывала каждый последующий матч.

— Но то, что вы сделали, — бесчестно, — вторила Джульетте Зоя, выпростав, впрочем, руку за край полки, чтобы получить свою долю выигрыша. Она все-таки заставила себя улыбнуться и добавить: — И тем не менее вы поступили очень умно.

Джульетта запихнула свои деньги в сумочку, которую всегда носила на запястье. Клара оставила ее на все утро с Зоей, и она отчаянно нуждалась в глотке свежего воздуха. Она мечтала вырваться из затхлой, прокисшей атмосферы каюты. Взглянув в зеркало и обнаружив, что под глазами у нее темные круги, Джульетта пришпилила шляпку и взяла возвращенный Кларой плащ.

— Ее величество сегодня в особенно скверном настроении, — предупредила она, удивляясь, что позволяет себе отзываться о Зое с такой иронией. Но, проведя три нескончаемых недели в тесной и грязной каюте, они перестали быть чужими, и теперь можно было не церемониться.

— У вас, черт возьми, тоже испортился бы характер, если бы вы умирали!

Джульетта скрипнула зубами и выплыла за дверь каюты, поднялась по трапу на палубу и вдохнула свежий холодный воздух.

Вид побережья Аляски поверг ее в изумление. Хотя Джульетта знала, что на Аляске есть горы, она почему-то не рассчитывала их увидеть. Даже покупая теплую зимнюю одежду и тяжелое шерстяное нижнее белье, она и представить не могла, что увидит снег.

На палубе оказался мистер Дир, бродивший вдоль поручней и не спускавший глаз с лестницы, ведущей из недр судна на палубу, будто поджидал ее появления.

— Добрый день, мисс Марч! — приветствовал он ее, снимая шляпу и улыбаясь. — Могу я сопровождать вас на прогулке?

— Пожалуйста, я буду рада, — не раздумывая ответила Джульетта.

— Вы уже знаете, что мисс Клаус выиграла турнир? — Его улыбка стала шире. — А история о том, как ей удалось победить в пяти раундах, уже превратилась в легенду.

Щеки Джульетты запылали. Она сожалела о том, что помогла Кларе изменить корсаж платья.

— Сегодня прекрасный день, — пробормотала она, стараясь сменить тему. Ей не хотелось портить последнюю встречу с ним, представляя, как он глазел на прелести Клары.

— Итак, — сказал Бен, — ваше путешествие заканчивается в Дайе? Или вы отправитесь дальше?

— Мы направляемся в Доусон.

— Но вы едете не для того, чтобы разбогатеть, — спросил Бен, поддразнивая ее, — вы присоединитесь к отряду путешественников в Дайе?

— Нет, нас там никто не ждет.

Резко остановившись, он повернулся к ней — лицо его было хмурым.

— Вы собираетесь путешествовать по Клондайку в одиночестве?

Выражение его лица встревожило Джульетту.

— Почему это вас удивляет? — спросила она, видя, что Бен не отрываясь смотрит на нее.

— Кто-нибудь объяснил вам, каков путь от Дайи до Доусона?

— Мне говорили, что это будет тяжелое и изнурительное путешествие.

— Разумеется, но знаете ли вы, что вам придется совершить это путешествие пешком, а свое снаряжение и припасы нести на себе?

— Но мы не собираемся идти пешком, мы наймем экипаж.

— Черт возьми!

Взяв ее за руку (это был первый случай, когда он прикоснулся к ней), Бен подвел ее к поручням. Испуганная Джульетта хмуро смотрела на свою руку, его прикосновение подействовало на нее, как электрический разряд. Она не могла припомнить, чтобы что-либо похожее происходило с ней, когда до нее дотрагивался Жан-Жак.

— Мисс Марч, — Бен отпустил ее руку, — здесь нет никаких дилижансов, нет поездов, нет карет. Здесь нет даже лошадей, чтобы добраться на них до Чилкутского перевала.

Его слова отвлекли внимание Джульетты от созерцания его рта. Ее глаза расширились от изумления и недоверия.

— Но этого не может быть! Если то, что вы говорите, правда, то как все путешественники переправляются через этот перевал со своими пожитками?

— Они несут их на спине.

Джульетта рассмеялась:

— Но наша поклажа весит не меньше трех тысяч фунтов!

— Вы понесете столько, сколько вам позволят силы, а потом вернетесь за следующей порцией груза, а потом за следующей, и так до тех пор, пока не перенесете все, а потом этот процесс начнется сначала. Вам придется по крайней мере раз десять преодолевать каждый отрезок пути. А возможно, и больше.

Улыбка на ее губах увяла.

— Но в таком случае мы будем бродить там целую вечность.

— Это займет у вас пару месяцев, если вы будете работать семь дней в неделю, — согласился Бен. — Вот почему я подумал, что вы будете путешествовать с большой партией спутников. Это поможет избежать бесконечных возвращений за оставленными пожитками. — Он смотрел на нее сверху вниз с озабоченным видом. — Вы хоть понимаете, что вам, возможно, придется перезимовать на озере Беннетт? В палатке, — добавил он.

Джульетта почувствовала, что ей стало трудно дышать, и поднесла руку к горлу.

— Провести в палатке всю зиму? — Она всхлипнула. Даже подумать о том, чтобы ночевать на воздухе, было страшно, а зимой тем более. То, что она слышала о снеге и морозе, радости у нее не вызывало.

— Некоторые ждут, пока река встанет, а потом едут дальше на санях, которые тащат собаки, — продолжал Бен, — другие ждут, пока лед на реке растает, и добираются на лодках.

Джульетта теребила свои перчатки.

— Вы дали мне пищу для размышлений, — сказала она наконец. Зоя с пеной у рта доказывала, что дилижансов здесь нет, но она и Клара не верили, что Аляска так малообжита.

Внезапно Джульетта почувствовала, что сейчас расплачется. Раз или два она испытывала опьянение собственной отвагой, когда представляла себя бесстрашной путешественницей, преодолевающей опасности в чужой и враждебной стране, чтобы добраться до своего несчастного заблудшего мужа. И этот образ ей нравился. Теперь она поняла всю несостоятельность своих мечтаний. Аляска положила ее на обе лопатки до того, как она ступила на эту землю.

— А есть такие, кто поворачивает назад, узнав обо всем, что вы мне рассказали? — спросила она шепотом.

— «Аннасетт» не вернется в Сиэтл пустым. — Бен махнул рукой в сторону салона. — Некоторые уже поговаривают о том, чтобы вернуться домой.

— Понимаю.

Она тоже будет на борту «Аннасетт», когда корабль отплывет обратно.

— Извините меня, — пробормотала Джульетта, чувствуя, как в ней крепнет решимость, — я должна поговорить со своими спутницами.

Она производила подсчеты в уме. Если от Дайи до Доусона примерно семьсот миль и им придется преодолеть это расстояние по меньшей мере раз десять, чтобы перенести все свои пожитки, то тогда им предстоит пройти семь тысяч миль. От этого открытия Джульетта оцепенела.

— Мне надо идти, — резко сказала она, стараясь смахнуть набегающие слезы. Затем стремительно повернулась и бросилась вниз по лестнице. Бен хмуро закурил сигару и снова принялся разглядывать приближающийся берег.

Его чутье не обмануло его. Она не имела ни малейшего представления о тяготах, которые ее ожидали, и это вызвало у него искреннее недоумение — зачем она отправилась в Доусон?

Джульетта была интересной женщиной. Ее нежное лицо патрицианки и изящная фигура тотчас же приковали к себе его внимание, как только он увидел ее. Бен восхищался ее вкусом, чувством стиля, породистостью и благородством. Он догадывался, что она вела уединенную и защищенную жизнь благородного и привилегированного существа. И все же оказалась в таком месте, где леди обычно не появляются.

У нее не было родственников мужского пола, способных присмотреть, позаботиться о ней, но ведь кто-то же должен был предупредить ее об опасности, отговорить от такого рискованного путешествия.

Скорее всего Джульетта не решится продолжать свой путь, а повернет обратно и вернется в Сиэтл. Хмурясь, Бен выбросил сигару в волны и стал размышлять о том, какой удивительной, загадочной и противоречивой она ему кажется. И удивился, что так много думает о том, действительно ли ее темные волосы такие мягкие, какими кажутся.

Черт возьми! Он еще не готов впустить в свою жизнь другую женщину.

Глава 7

— Я не собираюсь возвращаться в Сиэтл, — решительно заявила Зоя, внимательно вглядываясь в зеркало, висевшее над полкой. — Клянусь, никогда больше ноги моей не будет ни на одном корабле. Если нет дороги домой по суше, я останусь жить и умру на Аляске.

Лицо в зеркале было изможденным, с запавшими щеками, и на какое-то мгновение оно показалось ей чужим. Кожа обтягивала скулы, подчеркивая темные круги под глазами, от которых они казались измученными, а губы были бледными и сухими. Когда она прикалывала шляпу, пальцы ее ощутили безжизненность и ломкость волос. В довершение ко всему она так исхудала, что одежда висела на ней как на вешалке. Она выглядела лет на сто старше, чем всего три недели назад, когда они отправлялись в это адское плавание.

Клара запихнула их общие щипцы для завивки волос в свой мешок, потом встала и отряхнула пыль с рук.

— Меня уже мутит от разговоров о том, что мы не сможем добраться до Доусона! Другие же добираются, и мы сумеем.

Приготовившись к высадке, Джульетта присела на свою походную кровать, ломая руки:

— Почему я никак не могу вам растолковать? Должно быть, моим словам не хватает убедительности. Как вы не можете понять, что там нас ждут страшные лишения?

— Вы объяснили это уже не раз и весьма обстоятельно, — сказала Зоя, все еще изучая свое страдальческое лицо в зеркале. — Вы объясняете нам со вчерашнего дня, и потратили на это занятие весь вечер, и снова взялись за свое после нашего пробуждения.

Если бы она не была такой слабой и измученной, то заткнула бы рот Джульетте шарфом. Зоя скорчила гримасу отвращения неумолимому зеркалу и повернулась к Кларе:

— Ненавижу просить других о помощи, но я слишком слаба, чтобы тащить свой мешок. Не поможете ли вы мне поднять его наверх?

— Ну куда деваться! — Клара повернулась к Джульетте: — Вы собираетесь сойти с корабля или останетесь на борту и вернетесь в Сиэтл?

К этому моменту Зоя уже достаточно хорошо знала характеры своих спутниц, чтобы предугадать, как поступит Джульетта. Конечно, она вместе с ними отправится в Дайю, хотя искренне верит, что вернется на «Аннасетт» до отплытия. Но после долгих причитаний и заламывания рук она решит отправиться с ними в Доусон, скуля и стеная на каждом шагу.

— Если вы решите отправиться в Доусон, то, ради Бога, не останавливайтесь на полпути! Приготовьтесь к долгому путешествию и пройдите его до конца, потому что я не собираюсь тащить вас обратно в Дайю. Я просто брошу вас на дороге, а сама отправлюсь дальше.

Джульетта вся сжалась, но в глазах ее появились льдинки.

— Ну что ж! Я просто потрясена вашей признательностью. Услышать такую благую весть — что вы меня покинете, — после того как в течение трех недель я вас выхаживала, убирала за вами, выносила ведра с нечистотами, купала и кормила.

— Вам обеим не нужна благодарность. Вам нужно вечное угодничество и раболепие! Сколько можно повторять?

— Одного раза было бы вполне достаточно! — огрызнулась Клара.

— Ладно, — процедила Зоя сквозь зубы, — благодарю вас за то, что вы заботились обо мне, когда я была при смерти.

По правде говоря, она действительно была благодарна своим спутницам за все, что они для нее сделали. Зоя признавала, что она действительно умерла бы, не ухаживай они за ней. Но она не собиралась пресмыкаться перед ними. Гордо вскинув голову и слегка пошатываясь, она вышла из каюты.

На палубе Зоя старалась не смотреть себе под ноги, подозревая, что слабое покачивание снова навлечет на нее позор и унижение.

К тому времени, когда появилась Клара с вещами, лоб Зои покрылся бисеринками холодного пота. Ей надо было сойти с корабля как можно быстрее, но впереди нее на палубе выстроилась целая вереница мужчин, горящих нетерпением перейти с корабля на катер.

Вот тогда-то и появился Медведь Барретт. Он взял мешки с вещами из рук Клары, потом внимательно оглядел Зою, после чего двинулся к самому началу очереди и растолкал мужчин, уже приготовившихся спуститься по лестнице.

— Эти леди пойдут первыми, джентльмены, — прогудел он, не обращая внимания на хмурые взгляды. Он подмигнул Зое: — Через десять минут вы почувствуете себя другим человеком.

К ее величайшему облегчению, никто не стал спорить. Очередь расступилась, пропуская Медведя, ведущего Зою к сходням. У подножия лестницы другой мужчина подхватил ее за талию и помог устроиться на катере. Легкое покачивание суденышка, то, что оно клонилось то в одну, то в другую сторону, доконало ее. Господи! Неужели это никогда не кончится?

— Так вы решили ехать дальше? — спросила она Джульетту, чтобы как-нибудь отвлечься.

— Я, как и все, могу осмотреть Дайю, прежде чем уеду обратно.

— Взгляните на эти горы! — воскликнула Клара, когда катер отплыл от «Аннасетт» и двинулся к скалистому берегу.

Прежде чем Зоя со стоном закрыла глаза, чтобы не видеть волн, она заметила целый лес белых палаток, раскинувшихся вокруг первобытного города, который и городом-то нельзя было назвать. Он появился на месте бывшей индейской деревни, стерев ее с лица земли.

Потом наконец какой-то человек помог ей спуститься с катера на берег, и Зоя зашагала по холодной воде, доходившей ей до щиколоток, на отмель. Благословенная тишина охватила ее и ее бунтующий желудок, в голове прекратилось непрестанное кружение и качание, вызывавшее тошноту. Ноги еще плохо держали ее, колени подгибались, но это было следствием затянувшейся болезни. Слезы обожгли ей глаза, и Зоя почувствовала, что готова упасть на колени и целовать неподвижную землю.

— Чувствуете себя получше? — спросила Клара, поставив мешки на землю.

— Это чудо, — пробормотала Зоя.

— Я знала, что так случится! Я знала, что так и будет! — воскликнула Джульетта, спеша присоединиться к ним. — Взгляните-ка туда! Катера все привозят и привозят пассажиров и их пожитки и складывают прямо на берегу. Нам предстоит перенести их.

— Куда? — спросила Клара.

— Посмотрите сами!

Теперь Зоя заметила, что мужчины, сновавшие туда-сюда вокруг, помечали места, где собирались поставить палатки. Горы вещей и припасов громоздились перед вбитыми в землю столбиками, помечавшими уже занятую территорию.

Джульетта прижала к вискам свои обтянутые перчатками руки:

— Сказали, что мы должны перетащить наши вещи немедленно, чтобы освободить место для тех, кто приедет сюда позже нас. Я забыла их предупредить, чтобы они не выгружали мои вещи на берег. А теперь... — Она с мольбой обратилась к Кларе: — Как вы думаете, мистер Барретт поможет нам перетащить наш груз?

— Он будет занят собственными вещами. — Клара метнула недовольный взгляд в сторону Зои: — И я ясно вижу, что от вас никакого проку, нам придется перетаскивать и ваши вещи тоже.

— Я хотела бы обрадовать вас и сообщить, что горю от желания действовать, но, к сожалению, едва держусь на ногах.

— Это ужасно, ужасно! — запричитала Джульетта. — Что же делать? Необходимо высушить башмаки и чулки, у меня даже подол платья мокрый. Будет чудо, если мы не простудимся насмерть. Мои ноги уже как ледышки.

Зоя села на какой-то ящик с чужими вещами.

— Мне снова понадобится ваша помощь, — мрачно заявила она. Эта просьба далась ей тяжело. Уайлдеры никогда не просили никого об одолжениях. Но она вновь оказалась зависящей от людей, которых ненавидела.

— О! — Впервые Джульетта потеряла контроль над собой.

— Для того чтобы перенести три партии вещей, потребуется много времени. Особенно если каждая из нас сможет нести по две вещи во время каждой ходки, — с яростью заметила Клара. — Найдите хотя бы место, где мы сможем сложить поклажу. Уж это-то вы способны сделать?

Палатки, горы тюков и ящиков тянулись до самого горизонта.

— Я найду для нас место, — огрызнулась Зоя.

— Как мы узнаем, где оно?

— У меня ослабело только тело, но не ум! — резко возразила Зоя. — Я привяжу розовый лоскуток к нашему шесту.

Море шестов с лоскутками возвышались перед ними, и все они казались похожими друг на друга. Но розовый лоскуток должен был привлечь внимание.

— Вы отвечаете за ужин, — продолжала Клара, не сводя с нее пристального взгляда. — Можете не спешить и делать все потихоньку. Но когда мы закончим свое дело, то будем уже не в силах готовить еду — ни я, ни Джульетта. Мы сможем только поесть и свалимся замертво. А вы должны поставить палатку и организовать нам ужин.

— Почему бы мне не нарубить деревьев, растущих по левому склону горы, и не построить хижину? — ответила Зоя, с ненавистью глядя на Клару.

— Все, что от вас потребуется, — это найти для нас место и поставить шест с опознавательным знаком. Пойдемте, Джульетта. Чем раньше мы начнем, тем скорее высохнут наши башмаки и ноги.

Не говоря больше ни слова, они направились к куче вещей, громоздившихся, как гора, у самой кромки воды. Джульетта спотыкалась. Клара с мрачным видом решительно шагала вперед. Чертыхаясь сквозь зубы, Зоя сидела на ящике. Похоже, она была единственной представительницей человечества, мечущегося вокруг, кто пребывал в неподвижности. Вся земля в обозримых пределах была уже разобрана и помечена шестами. Ей предстояло пройти не менее мили, чтобы найти свободный клочок земли. С другой стороны, ее ослабевшие от морской болезни и долгой неподвижности ноги могли совершить такое путешествие только один раз, а не дюжину, как это предстояло сделать Кларе и Джульетте.

— Зоя? Зоя Уайлдер!

На берегу копошились сотни мужчин, и потому она не сразу разглядела того, кто окликнул ее по имени. Когда же Зоя его увидела, то тотчас узнала.

Том Прайс из Ньюкасла. Он был другом ее брата Джека. Если бы Зоя чувствовала себя получше, возможно, она улыбнулась бы, встретив парня из Ньюкасла так далеко от дома. Вместо этого она только удивилась, как это он узнал ее.

И Том больше не был мальчиком. Ему, как и Джеку, наверное, было года тридцать три. Когда же она в последний раз видела его? Должно быть, около десяти лет назад.

— Вот сюрприз так сюрприз! — сказал он, срывая широкополую шляпу. — Так ты приехала на «Аннасетт»?

Люди говорят глупости, приветствуя того, с кем давно не виделись. Если она только что не сошла с борта «Аннасетт», то с чего бы это ей сидеть на берегу в мокром платье, неудобно устроившись на каком-то ящике, в то время как из ее башмаков и платья сочится морская вода!

— А ты тоже был на корабле?

Как ни странно, но Зоя вспомнила, что Том Прайс, будучи юношей, не отличался особой привлекательностью. Но, повзрослев, он превратился в необыкновенно красивого мужчину с твердыми, чеканными чертами лица, и у него был вид весьма достойного и уверенного в себе человека. Путешественники, сновавшие взад и вперед, старались обходить его, инстинктивно чувствуя, что столкновение с ним было бы неразумно. Он был не из тех, кого можно задевать безнаказанно. Ее отец и братья были точно такими же, как, впрочем, и все мужчины Ньюкасла. Шахтеры много и тяжело работали, много пили, легко обижались и жестоко дрались, если считали себя оскорбленными.

Том уперся ногой в ящик, на котором сидела Зоя, наклонился к ней поближе и принялся рассматривать ее.

— Я здесь уже пару лет. Может быть, Джек говорил тебе, что у меня свое небольшое дело? Я занимаюсь упаковкой и отправкой вещей.

— Нет, он ничего мне не рассказывал.

Сначала Зоя заметила, что у него темно-зеленые глаза. Потом обратила внимание на его разочарование от того, что ей ничего не известно о его судьбе. Она постаралась загладить неловкость:

— Я теперь живу в Сиэтле и работаю на своего дядю, поэтому, когда приезжаю погостить у своих, не хватает времени поговорить обо всем. А иногда мне и не удается повидать Джека. Он ведь теперь женат, ты знаешь, наверное.

— Джек? Женат? — Улыбка озарила его лицо, и он снова стал похож на мальчугана, которого она помнила. — Ах, сукин сын! Он женился на девчонке Снодграссов? А дети у них есть?

— Он женат на младшей дочери Эйба Магро. У них мальчик, ему около двух лет, и к Рождеству они ждут второго.

— Моя сестра была замужем за одним из кузенов Магро. В прошлом году он погиб на шахте.

— Слышала об этом, — кивнула Зоя. — Мама говорила, что хозяева организовали благотворительный бал, чтобы собрать денег для миссис Магро и ее детей. Так что с твоей сестрой?

— Керри теперь живет в Сиэтле, работает в одном из отелей. Она ведь девушка из Ньюкасла и в жизни не пропадет. — Тут Том вспомнил о том, что Зоя сидит на ящике посреди горы вещей, в то время как ей полагалось бы что-то делать.

— Я отрываю тебя от...

— Мне было довольно скверно на корабле, — заметила Зоя небрежно, — и мои спутницы были так добры, что предложили свою помощь. Они перетащат наши вещи, как только я найду место, где мы разобьем палатку.

Легкая тень омрачила лицо Тома.

— До меня дошло, что ты вышла замуж, — сказал он медленно.

Зоя глубоко вздохнула и слегка наклонила голову, чтобы видеть пики гор, обрамлявших долину.

— Я собиралась замуж, но свадьба расстроилась.

Бог прощает ложь во спасение, особенно произнесенную ради спокойствия матери.

В глазах Тома что-то дрогнуло.

— Значит, у тебя нет мужа?

— Нет. — Уж это-то было правдой.

— Черт возьми, Зоя! Вы все еще сидите там, где мы вас оставили! — Клара катила тачку на колесах, приближаясь к ним. Она мрачно посмотрела на Зою и кивнула Тому: — Прошу простить мне мою несдержанность, мистер. Обычно я не бранюсь, но от всего, что творится здесь, на берегу, и святой потерял бы терпение. — Она отерла вспотевший лоб. — Никто ничего не знает, все вещи перемешались — ничего не найти.

— Где Джульетта? — спросила Зоя, потому что той нигде не было видно.

— Вы полагаете, что толкать такую тачку легко? Не знаю, что она делает с ней, но как только она за нее взялась, тачка накренилась и наши вещи вывалились наземь. После третьей попытки и после того, как я помогла ей собрать вещи в третий раз, я ее оставила среди этого хаоса, чтобы она собрала и поставила их на тачку сама.

Клара плюхнулась на ящик рядом с Зоей и принялась обмахивать разгоряченное лицо.

— Я Клара Клаус, — сообщила она Тому, — единственное здоровое и разумное существо из нас.

Смеясь, Том поклонился ей:

— Я Том Прайс, друг семьи мисс Уайлдер.

— Где вы раздобыли тачки?

Прежде Зоя не могла понять, что привлекло ее мужа в Кларе. Несмотря на ее ослепительную кожу и впечатляющие изгибы обольстительной в определенном смысле фигуры, ей казалось, что Клара не тот тип женщины, которая могла бы привлечь внимание светского мужчины. Но теперь Зоя завидовала изобретательности Клары.

— О, это было легко! — рассмеялась Клара. — Я померилась силами с одним мужчиной на борту корабля. Он пожелал отыграться, потому что победа досталась мне. — Ее глаза торжествующе сверкнули. — Я снова его побила и получила его тачки.

Зоя с изумлением уставилась на нее:

— И на что же вы спорили? Что вы ему пообещали в случае проигрыша?

— Вам лучше не знать об этом.

— Так вы та самая амазонка, отличившаяся ловкостью и силой, о которой я уже слышал? — улыбаясь спросил Том.

Зоя застонала, представив себе нескромный корсаж Клары, из которого ее груди выпирали, как два гигантских персика. Эта история будет преследовать их, пока они не покинут Аляску.

Том смотрел на Клару с восхищением и улыбался.

— Примите мои искренние поздравления. Я встречал мужчин, ставших местными знаменитостями, но вы ухитрились этого добиться, не успев сойти с корабля. Приятно с вами познакомиться!

Беседа между Кларой и Томом потекла без участия Зои. Клара представилась ему со своей обычной бесцеремонностью. Оказалось, что ящик, на котором сидела Зоя, принадлежал Бену Диру, подошедшему за своей поклажей, и теперь мужчины взяли леди под свое покровительство.

Глава 8

Медведь стоял, прислонившись к столбу в конюшне Тома Прайса, и смотрел, как тот грузит тяжелые корзины на спину большого рабочего мула. Приятно было наблюдать за человеком, так хорошо справлявшимся со своей работой. Когда Том ее закончил, на спине мула не оставалось ни дюйма свободного пространства, и Медведь убедился, что хорошо упакованная выпивка прибудет в Доусон в целости и сохранности и ни одна бутылка не будет разбита.

— Пятьдесят один цент за фунт — это чистый грабеж на большой дороге.

Том пожал плечами:

— Индейцы Ноуза Мэлли сделают дешевле. — Он застегнул пряжки на ремнях, стягивавших корзины. — Твоя выпивка отправится в Скагуэй примерно через два часа, поэтому, если ты хочешь нанять Ноуза Мэлли, сделай это сейчас. Я возьму с тебя плату только за погрузку.

Ноуз Мэлли был хорошо известен тем, что мог бросить где попало груз одного клиента, если другой предложит ему более высокую цену за доставку. Большинство упаковщиков поступали как он, но не Том Прайс. После того как Том Прайс ударил с тобой по рукам, ты мог быть спокоен, что сделка состоится во что бы то ни стало, будто договор между им и тобой высечен на камне. Твои товары прибывали нетронутыми, не попорченными долгой дорогой и по той цене, о которой договаривались на месте отгрузки. И Прайс не отказывался от тяжелой и нудной работы. Он сумел переправить и доставить в Доусон пианино для Медведя через перевал — при этом ухитрился не отправить груз ко всем чертям в ущелье и не утопить его в реке.

Так как Медведь не ответил на его реплику и не дал приказания разгружать мула, Том отступил, чтобы оглядеть груз критическим взглядом:

— Ты отправляешься в Скагуэй вместе с караваном?

Медведь тоже оглядел упакованные корзины и остался доволен.

— На этот раз я пойду через Чилкут. А ты поведешь свой караван в Скагуэй сам или вместо тебя пойдет Дэвидсон?

— Дэвидсон — хороший человек. Он обязательно доставит твои напитки в Доусон.

Медведь кивнул:

— А леди наняли тебя запаковать их груз и переправить через Чилкут?

Не было смысла объяснять, о каких леди идет речь. Во-первых, в Дайе было не так уж много женщин, и еще меньше было среди них таких, которых можно было бы назвать леди. Во-вторых, Бен Дир упомянул, что Прайс был другом семьи мисс Уайлдер.

— Мисс Уайлдер сказала, что мы обсудим это нынче утром.

— Когда будешь с ней говорить, скажи, что возьмешь с нее и ее спутниц по тридцать центов за фунт поклажи.

Том поднял голову, и брови его изумленно взлетели вверх, но Медведь не дал ему времени высказаться и добавил:

— Я заплачу разницу плюс премия, если ты доставишь их груз в Доусон невредимым.

— Значит, твой салун процветает, — заметил Том. — Это тебе влетит в копеечку.

Медведь пнул ногой ком глины и нахмурился:

— Не говори им, что я доплачиваю за доставку.

Слова, которые он только что произнес, удивили его самого. Он был изумлен и смущен своей попыткой анонимной благотворительности не меньше Тома. Он не был ничем обязан этим женщинам. Он даже не знал их. Но в Дайе все уже связали его имя с Кларой Клаус. Рыжая амазонка за тридцать секунд уложила Медведя на обе лопатки, и свидетелями тому были не менее двадцати человек. Произошло нечто немыслимое. Бернарда Т. Барретта переиграла женщина! Он не мог сделать и дюжины шагов, чтобы кто-нибудь не ухмыльнулся ему в лицо, а то и не расхохотался. Он уже подрался раз пять, чтобы восстановить свою репутацию, а ведь в Дайе он был всего второй день. Мисс Клара Клаус доставляла ему одни огорчения и неприятности. И все же он вел себя с несвойственной ему галантностью не только по отношению к ней, но и к ее спутницам, платя прямо-таки королевский выкуп за то, чтобы хоть чуть-чуть облегчить их путешествие. Он и сам не мог понять, почему это делает. И не требовал за это ни благодарности, ни славы.

— Значит, и до наших краев добралось, — заметил Прайс, становясь рядом с Медведем в свободном углу конюшни. Он предложил Медведю сигару и закурил сам. — Когда благовоспитанные женщины отправляются сюда на экскурсию, это значит, что к нам пришла цивилизация.

Уже дважды Медведь совершил сегодня поступок, объяснения которому не находил. Обычно он сам сопровождал свой груз до Доусона. В этом не было особой необходимости, но вошло у него в привычку. Однако накануне он принял импульсивное решение отправиться через Чилкутский перевал вместо перевала Дохлой лошади. К тому же он уплатил хороший куш Прайсу за то, чтобы помочь трем женщинам, которых едва знал. Может быть, его мужскому характеру и в самом деле нанесен непоправимый урон?

— Кто это там упражняется в стрельбе за твоими складами? — спросил он, указывая большим пальцем в направлении выстрелов.

— Мисс Уайлдер.

— Она умеет стрелять? Эти дамы не перестают удивлять меня!

— Так ты полагаешь, они отправляются в Доусон ради удовольствия? — спросил Том, глядя на огонек своей сигары.

— А почему бы и нет?

— Ну, у них нет ни капли мозгов, если они воображают, что путешествие в Доусон доставит им удовольствие.

— В таком случае зачем они туда направляются?

Том покачал головой:

— Не знаю.

Конюшня располагалась в конце грязной ложбины, пересекавшей, как шрам, главную улицу Дайи. Со своего места они могли хорошо видеть лошадей, повозки, пешеходов, тянувшихся сплошным потоком мимо наскоро воздвигнутых зданий складов, факторий и палаток, в которых было достаточно пространства, чтобы вместить шумные салуны, залы для азартных игр и примитивное жилье. Перед складом товаров Ханрахана Медведь заметил ярко-рыжую голову, увенчанную маленькой шляпкой с крошечными узкими полями, чтобы защитить бесподобную ослепительную кожу ее владелицы от коварного северного солнца.

Засунув руки в карманы своих штанов, Медведь наблюдал, как она склоняется над вещами, разложенными в витрине склада. Ее нельзя было назвать самой красивой женщиной из тех, что он встречал в жизни, но Барретт назвал бы ее самой волнующей. Ему нравился прямой взгляд ее ясных глаз, а также то, что, как ему казалось, она могла совершить любое задуманное дело. Ему нравилась ее пышная и соблазнительная фигура. Ему нравилось даже то, что она не пасовала перед трудностями и не давала себе поблажки, ссылаясь на принадлежность к слабому полу.

— Скажи своим ребятам, что я отбываю утром. Я встречусь с ними в Овечьем лагере.

Он доберется налегке до Овечьего лагеря, где нагонит индейцев-чилкутов, работающих на Прайса, которые и займутся доставкой основной части груза. Увидев мисс Уайлдер, выходящую из-за угла конюшни с «винчестером» в руках, он приподнял шляпу, поздоровался с ней, обменялся несколькими словами, потом двинулся по Мэйн-стрит. Если бы ему посчастливилось встретиться с мисс Клаус, он мог бы предложить ей выпить чашечку кофе или чаю. Барретт подозревал, что она предпочла бы кружку хорошего крепкого немецкого пива, но в таком месте, как Дайя, не было приличного салуна, куда он мог бы пригласить даму. Клара Клаус заставила его взвешивать свои поступки. Она унизила его в присутствии целой толпы приятелей и знакомых. В историях, которые теперь гуляли по всей округе, она представала амазонкой или феей, но в обоих случаях Медведь играл роль недотепы, а это было обидно и неприятно.

К тому времени, когда Барретт встретился с Кларой, он уже был разъярен до последней степени за то, что она так подпортила его репутацию.

— Я не знал, что ты любишь пострелять, — заметил Том, взял «винчестер», чтобы определить вес, потом проверил, заряжено ли ружье, и вернул его Зое.

— Мой брат Пит научил меня стрелять.

— Неплохо иметь в компании меткого стрелка. Никогда не знаешь заранее, с чем придется столкнуться.

Когда Том увидел Зою на берегу, он был изумлен и отчасти напуган ее изможденным видом. С тех пор она стала выглядеть намного лучше. Сегодня ее щеки приобрели здоровый розовый цвет, руки больше не дрожали, а в глаза вернулся прежний блеск. Том отлично помнил, какой она была раньше. Сестренка Джека Уайлдера была самой хорошенькой девушкой в Ньюкасле. Когда Тому было двадцать два, он поколотил Харви О'Дейла за то, что тот посмел высказать мнение, будто Тилли Уайт красивее Зои Уайлдер. Ни у одной женщины не было таких длинных ресниц, отбрасывавших тени на скулы. Никогда не видел он более прелестного рта и губ, так и звавших к поцелую. И ему всегда нравились ее волосы, черные и блестящие, и где-то в самой сердцевине тяжелого узла, который она носила ниспадающим на затылок, солнце иногда высекало золотые искры. Том имел обыкновение любоваться ею, сидя напротив за ужином у Уайлдеров, и представлять, как вынимает шпильку за шпилькой, а потом пропускает свои пальцы сквозь длинные черные пряди.

— Что-нибудь не так? — спросила Зоя, хмуро поглядывая на него. — Ты пялишься на меня, но, похоже, витаешь где-то далеко отсюда.

— Прошу прощения. — Ему и сейчас хотелось распустить этот жгут волос, обременявший ее шею своей тяжестью, и пропускать пальцы через шелковистые пряди. Кашлянув в руку, он распрямил плечи. — Кажется, ты хотела договориться, чтобы мои люди переправили твой груз в Доусон.

— Я навела кое-какие справки. Ты лучший среди местных упаковщиков, но и самый дорогой...

Том улыбнулся, видя, как высоко поднялись ее брови. Она вовремя сделала паузу. Зоя — девушка из Ньюкасла, она готова торговаться, чтобы сбить цену на что угодно.

— Некоторые оборотистые люди уже лихорадочно строят железную дорогу в Скагуэй через перевал Дохлой лошади. А кое-кто подумывает о том, как облегчить переход через Чилкутский перевал. А иначе и золотоносные места уплывут из-под носа! — Он пожал плечами: — Мой девиз — куй железо, пока горячо, и делай деньги как можно скорее, потому что бум этот не будет продолжаться вечно.

— Я слышала, что твоя цена — пятьдесят один цент за фунт груза, — повторила Зоя. Она никогда не пыталась с ним флиртовать и теперь не кокетничала.

Том отшвырнул сигару в грязную лужу, потом оглянулся на своего рабочего мула.

— Я готов предложить тебе и твоим подругам большую скидку. Мои чилкуты доставят твой груз в Доусон по цене тридцать центов за фунт веса.

Он услышал ее удивленный вздох и понял, что Зоя знала, что названная им цена была невероятно низкой.

— Я так поняла, что ты берешь по пятьдесят одному центу за фунт, если речь идет о доставке груза через Чилкутский перевал. Я не предполагала, что сюда входит и оплата пути до Доусона.

— Обычно так и есть. — Он потеряет деньги на перевозке груза на лишние шестьсот миль, но если Медведь был готов помогать им деньгами, то и он мог раскошелиться. — Старые друзья имеют право на скидку и особое отношение.

Гордость заставила Зою вскинуть голову и выпрямить спину, края ее капюшона затрепетали на ветру.

— Я не могу принять твоего предложения, — сказала она решительно. — Не хочу никому быть обязанной. — Она повернулась, собираясь уйти.

— Подожди минуту, Зоя.

Она остановилась.

— Во-первых, скидка — это не подарок. Тебе все равно придется заплатить. А если ты примешь предложение, то ничем не будешь мне обязана. Это деловое соглашение. Во-вторых, я все равно отправляюсь в Доусон, чтобы доставить небольшой груз для одного старого заказчика. И нет ничего страшного, если к этому грузу я добавлю и твою поклажу. И наконец, я не потеряю деньги, даже если сделаю тебе скидку. Мне доплатят по двадцати одному центу за фунт.

— О! — Зоя нахмурилась. — И кто же заплатит разницу?

— Это лицо настояло на конфиденциальности. Вероятно, мне вообще не следовало упоминать о нем.

— Это ведь Джульетта, да? — В глазах Зои полыхнул огонь, и она гневно сжала губы. — Так скажи ей — нет! Я весьма признательна, но мне не требуется ее благотворительность.

— На твоем месте я не делал бы скоропалительных выводов, — убеждал ее Том.

— Но кто же это тогда? — огрызнулась она. — Ты мог бы снизить плату на несколько центов, чтобы помочь мне, и, откровенно говоря, я на это рассчитывала, но я не предполагала, что ты срежешь почти наполовину. Кто же остается? Только богатая наследница.

— Зоя... могу я называть тебя Зоей?

— Ты так называл меня, когда жил в нашей семье.

— Да, припоминаю, я немало времени проводил в вашем доме, верно? — рассмеялся Том, но тотчас же посерьезнел. — Не отвергай этого предложения, оно намного облегчит тяжелое путешествие. Не позволяй своей гордости взять над тобой верх. Кто-то хочет оказать тебе и твоим друзьям небольшую помощь — прими ее.

— Ты не понимаешь, — сказала Зоя, хмуро уставившись в землю.

— Мне говорили, что я благодарный слушатель.

На какое-то мгновение у нее возникло желание рассказать ему все, но оно прошло, ее лицо вновь стало замкнутым и сердитым.

— Я не хочу быть ничьей должницей.

Вот почему Медведь предпочел анонимность! Он не хотел, чтобы они чувствовали себя обязанными ему.

— Джульетта знала, что мы с Кларой догадаемся, от кого исходит помощь, и мне это отвратительно и ненавистно. — Она сжала «винчестер» так, что пальцы побелели. — Я готова плюнуть ей в лицо!

Том с изумлением смотрел на нее. Если бы он не знал, что Зоя путешествует вместе с мисс Марч, он бы решил, что они — злейшие враги.

— Прежде чем совершить глупость, подумай о том, как будешь одолевать подъем на Чилкутский перевал, и пойми, что тебе придется преодолевать его десять или двенадцать раз, в то время как мисс Марч и мисс Клаус совершат этот подъем только по одному разу, — сказал он резче, чем собирался. — Подумай о том, что ты доберешься до Доусона в десять или двенадцать раз медленнее их. Это высокая цена за сохранение достоинства.

— Я не глупа, в конце концов я приму ее предложение, — сказала Зоя сердито. Даже крошечное перышко на ее шляпе трепетало от негодования. — Но я предпочла бы обойтись без ее благодеяний. Ладно. Каковы наши планы? Когда мы отбываем? И должны ли мы делать что-то особенное с нашими пожитками?

В его жизни не было женщины с тех пор, как он попал на Аляску. Том и забыл, как разрушительно может действовать на мужчину ее общество.

— Так как каждая минута промедления приближает нас к непогоде, я предлагаю отправиться завтра же утром. Подумай, что вы сможете нести на спине из самого необходимого, мои ребята понесут остальное. Но они не будут ни упаковывать, ни распаковывать, поэтому позаботьтесь, чтобы ваши вещи были уложены таким образом, чтобы вы легко могли найти все необходимое — палатку, печку, еду.

Зоя повернулась, собираясь уходить, держа «винчестер» так, что сразу было ясно: она умеет с ним обращаться. И Том подумал, что несладко придется тому, кто окажется у нее на дороге.

— Зоя! — окликнул он ее.

Она бросила на него взгляд через плечо.

— Раньше ты так часто улыбалась. Что изменилось в твоей жизни? Ты не улыбаешься вообще!

Том заметил, как болезненно она восприняла его слова. Подбородок у нее задрожал.

— Ох, Том, — тихо сказала она и бросилась бежать от него к палаточному городку.

Изумленный Том смотрел ей вслед. Он ошибся, вообразив, что Зоя та самая девушка, которую он знал, когда они оба были моложе. Теперь Зоя стала взрослой женщиной и сильно изменилась. В глубине ее взгляда он увидел тайную боль. Том еще больше захотел узнать, зачем она отправляется в Доусон.

— Что вы так смотрите на меня? Что еще я натворила?

Зоя и Клара вернулись в палатку в скверном настроении. Впрочем, и Джульетта была не в лучшем. Сегодня утром «Аннасетт» отчалила без нее.

Клара разлила жидкий суп, приготовленный Джульеттой, в три миски и теперь сурово смотрела на подгоревшую корку на хлебе, прежде чем поделить его на три части.

— Я говорила вам, что не умею готовить! — Слезы разочарования, бессилия и обиды были готовы брызнуть из глаз Джульетты. Она ненавидела эту печку. Сначала надо было разжечь огонь на земле, потом пристроить над огнем эту походную кухню. И конечно, огонь все время стремился погаснуть. Ни печка, ни котел на ней не нагревались равномерно, поэтому хлеб подгорал, а овощи в супе хрустели на зубах, потому что оставались полусырыми, и суп никак не хотел густеть.

— Завтра готовить буду я, — объявила Клара.

— У меня есть кое-какие новости, которыми я хочу поделиться, — сказала Зоя, садясь на одну из складных табуреток. — Сегодня я беседовала с Томом Прайсом. И вы никогда не догадаетесь о чем! Кто-то оплачивает почти половину наших расходов на путешествие. Компания Тома готова упаковать наши вещи и переправить их через Чилкутский перевал по тридцать центов за фунт веса. — В продолжение всей своей речи Зоя смотрела на Джульетту.

— Слава тебе, Господи! — Клара изо всех сил моргала, чтобы убедиться, что не спит. — Меня угнетала мысль о том, сколько раз нам придется возвращаться за своими вещами, чтобы в конце концов переправиться через Чилкутский перевал. Сколько потребовалось бы сил, чтобы дотащить их до самой высокой точки. Но заплатить по тридцать центов за фунт веса я в состоянии. И надо же! Весь путь до самого Доусона!

Зоя вспыхнула:

— Но ведь это благодеяние, Клара! Кто-то жалеет нас, кто-то, кто ставит себя выше нас, снисходит до того, что старается облегчить нам путешествие.

— Я уже решила нанять проводника или носильщика, — сказала Джульетта. После своего неудачного опыта с тачкой на берегу она решила, что для нее просто немыслимо перевозить вещи на тачке или перетаскивать их самой.

— А я считаю, что это очень мило и любезно, что кто-то избавил нас от многих тягот и сэкономил нам кучу денег.

— Правда? И кто бы это мог быть, как вы полагаете? — ядовитым тоном спросила Зоя.

— Понятия не имею, — ответила Джульетта, не понимая, что ее так взволновало.

— А я думаю, что как раз вы-то и знаете, кто этот таинственный благодетель.

Клара нахмурилась:

— Подождите-ка минутку. Вы считаете, что это Джульетта заплатила за всех нас?

— О Господи! И как это могло прийти вам в голову? — спросила Зоя, высоко поднимая брови. — Возможно, вы предположили это потому, что у Джульетты больше денег, чем у всех, кто нам известен, и потому, что она может себе позволить оказать такую услугу людям пониже рангом и победнее? Или потому, что мы на Аляске больше никого не знаем и, следовательно, это должен быть кто-то из нас?

— Ну, — спросила Клара, — это вы заплатили Тому Прайсу за упаковку и доставку наших вещей по столь смехотворно низкой цене?

Изумленная Джульетта переводила взгляд с одной на другую:

— Нет, мне и в голову не приходило платить за вас, чтобы ваши вещи доставили в Доусон.

— Если это не вы, тогда кто же? — спросила Зоя.

— Может быть, ваш друг мистер Прайс? — предположила Джульетта, но она и в самом деле понятия не имела о том, кто мог бы совершить такой благородный поступок.

— Да я не видела Тома многие годы! И он никогда не был моим другом. Он был другом моего брата. Сейчас у Тома свое дело, но не думаю, чтобы он разбогател, разбрасывая деньги.

— Двое других мужчин, кого мы едва знаем, это Медведь Барретт и Бен Дир, — заметила Клара. — Мистер Дир богат?

— Сомневаюсь, — ответила Джульетта, обдумывая этот вопрос. — Мистер Дир отправляется на Юкон искать золото. Не думаю, что богатый человек стал бы это делать.

— А я не думаю, что Медведь Барретт стал бы субсидировать двух незнакомых женщин и одну знакомую, унизившую его в глазах многочисленных знакомых, — добавила Клара. На лбу ее между бровями залегла морщинка, лицо помрачнело. — Он сердит на меня за то, что я победила его в соревновании. Сегодня я случайно столкнулась с ним, и он даже не поздоровался. Просто наклонился и проворчал: «Мы повторим это соревнование. И в следующий раз вы не выиграете».

— Так кто же все-таки позаботился о нас? — спросила Зоя суровым тоном, мрачно косясь на Джульетту. Она по-прежнему ей не доверяла.

— Уверяю вас, что не я таинственный благодетель. Но если бы и была им, почему это вас так раздражает?

— Потому что я знаю, зачем вы это делаете. Вы чувствуете себя выше нас!

Джульетта задохнулась от возмущения:

— Это неправда! Пока «Аннасетт» не отчалила без меня, я собиралась вернуться в Сиэтл!

— Ничего подобного вы не собирались делать, Джульетта. Вы просто позволили событиям идти своим путем. Я подозреваю, что вы все время знали, что вас не будет на «Аннасетт», когда корабль отчалит в Сиэтл. Вы не меньше моего хотите найти Жан-Жака.

Джульетта с ужасом осознавала, что Зоя во многом права. Она позволила событиям и людям увлечь себя. Более того, она втайне относилась к Зое и Кларе с пренебрежением.

— Я приму ваше благодеяние, — продолжала Зоя, при этом глаза ее сверкали, как синие ледышки. — Я приму ваше благодеяние, потому что мои деньги скоро кончатся. К тому же с носильщиками наше путешествие пойдет гораздо легче, но я никогда не поблагодарю вас за это подаяние. — Поставив свою миску с супом на землю, Зоя скрылась в палатке.

Джульетта в недоумении посмотрела на Клару:

— Откровенно говоря, я не платила Тому Прайсу. Это сделал кто-то другой.

Джульетта тоже не смогла больше есть, она была слишком подавленна. Жизнь с тетушкой Киббл была далеко не такой хлопотной и иссушающей душу, как жизнь с женами ее мужа.

— Не понимаю, почему Медведь так разгневан, — задумчиво сказала Клара, внимательно изучая кусок горелой корки, который вертела в пальцах. Она хмуро посмотрела на Джульетту. — До начала соревнований он сказал, что примет поражение с достоинством.

— Так кто бы это мог быть? — Джульетта внимательно разглядывала закрытый клапан палатки, огорченная тем, что Зоя так разозлилась на нее. — Мистер Дир хорошо говорит, у него приятные манеры, но я не думаю, что богатый человек отправится в дальнее путешествие только для того, чтобы покопаться в мерзлой земле. Он даже и не верит, что найдет золото.

Клара уронила корку в миску с супом:

— У меня и в мыслях не было унизить его или поставить в неловкое положение. Я и не помышляла об этом, я только хотела выиграть приз.

Прошлой ночью Джульетта грезила о Бенджамине Дире. В ее снах они гуляли по берегу, но он был покрыт белым песком, а не галькой. Над головой светлое небо, какое бывает весной на Аляске, но она все же смогла разглядеть звезды. В ее сне не было никакого палаточного городка, не было вообще никакого города, не было гор. Только берег, небо и Бенджамин. Он обнимал и целовал ее во сне. Потом они оба опустились на колени на белый песок, и она потеряла сознание, а он начал расстегивать ее корсаж.

Опустив голову, Джульетта смотрела на остывающий суп в своей миске. В течение долгих месяцев она хотела думать только о Жан-Жаке, но это ей не удавалось. Она не хотела ни думать, ни мечтать о Бене Дире, однако в ее снах он уже дважды занимался с ней любовью. И это было нечестно и непорядочно. Через некоторое время она взглянула на закрытый клапан палатки, размышляя о том, что там делает Зоя.

— Вы думаете, Зоя и впрямь убьет Жан-Жака? — спросила она Клару.

— Что? О да, думаю, она на это способна.

Джульетта чувствовала себя сбитой с толку. Как могло случиться, что все ее сны были полны томления по одному человеку, в то время как она была замужем за другим? Оказывается, она себя не знала. И кем после этого она должна была себя считать?

Глава 9

Дорога на Чилкутский перевал, носившая еще одно название — Путь бедного человека, круто и извилисто поднималась вверх на протяжении двадцати пяти миль. Впрочем, первые пять миль можно было одолеть довольно легко, решила Клара, останавливаясь и сбрасывая груз со спины на землю. День был ясным и пронзительно холодным — великий день для великих начинаний, для того, чтобы начать жизнь с чистой страницы. Суровая красота окружавших гор восхищала и пугала ее, а людской поток, стремившийся вверх, к перевалу, вызывал ощущение причастности к чему-то важному и значительному.

Выбрав камень у дороги, Клара присела и принялась рыться в своем заплечном мешке, пока не нашла бутерброды, приготовленные рано утром из хлеба и консервированной ветчины. У нее было также яблоко, кусок зачерствевшего сыра и бутылка настоящего немецкого пива, которое она хранила до сегодняшнего дня как сокровище, но все эти прелести предназначались на ленч.

— Ну и ну! Да неужто это мисс Клаус?

От бесконечного потока отделился Медведь Барретт и подошел к камню, облюбованному Кларой. Его спутанная золотистая грива свисала из-под порядком поношенной шляпы с полями, достаточно широкими, чтобы защитить лицо от яркого солнца. На нем был толстый и тяжелый зеленый свитер, спускавшийся на свободные брюки, из-под которых виднелись крепкие, прочные сапоги.

— Не возражаете, если я составлю вам компанию? — спросил он, спеша скинуть свою тяжелую ношу на землю рядом с ней. — Что у вас там? Ветчина? А у меня яичница с беконом. Не желаете ли обменять один из ваших сандвичей на мой?

Клара приняла его предложение и подвинулась, освобождая для него место рядом с собой, для чего подобрала свою широкую вельветовую юбку.

— Как вы полагаете, многие из этих чичако доберутся до Доусона? — спросил Медведь, прежде чем откусить от полученного от Клары сандвича с ветчиной. Его острый, проницательный взгляд внимательно следил за проходившими мимо людьми.

— Я все время слышу здесь это слово, но так и не знаю, что оно означает.

— Это слово индейцев племени чинук, и означает оно «новичок». Правда, я подозреваю нечто более обидное. Ну, что-нибудь вроде глупого зеленого молокососа. Уж во всяком случае, это не комплимент! — Когда Медведь Барретт улыбался, его угловатое и довольно суровое лицо преображалось и становилось почти красивым.

Глядя на него, Клара пыталась представить, каким он был, когда его нос еще не был сломан, а над бровью не было шрама, но ей это не удавалось. Его сломанный нос и лицо, испещренное шрамами, были неотъемлемой частью его облика, и отчасти по этой причине она начинала краснеть, если их взгляды слишком долго задерживались друг на друге.

— После того как вы пробудете на Юконе с год, вы сможете с полным правом называть себя ветераном, — пояснил Медведь, — но никак не раньше.

Клара улыбнулась и кивнула. Они ели, погруженные в дружелюбное молчание, наблюдая за неиссякающим потоком золотоискателей, с трудом преодолевавших нелегкий путь на перевал.

— Вчера я повел себя гадко, — неожиданно сказал Медведь, — не знаю, что на меня нашло. Черт возьми! Ведь я только хотел угостить вас чашечкой кофе, а вместо этого обозлился. — Через минуту он добавил: — Я всегда испытываю потребность оправдаться перед вами. Больше такой потребности я не испытываю ни с кем. Но каждый раз, когда я вас вижу, у меня возникает чувство, что я должен вам все объяснить, что бы я ни делал и ни говорил в нашу последнюю встречу.

— А вы знаете, объяснения избавляют от недоразумений, — сказала Клара, не осмеливаясь повернуть голову, чтобы избежать его пристального взгляда.

— Если бы я предложил вам чашечку кофе, вы бы не отказались?

— Не знаю, — ответила она, понимая, что играет с огнем, — возможно, согласилась бы.

Конечно, никто бы не воспылал страстью от одной чашки кофе, выпитой в его компании. Клара и не видела в этом ничего дурного.

Зубы Медведя сверкнули в улыбке, а глаза сощурились, и улыбка была такой заразительной, что невозможно было не ответить на нее.

— В таком случае я непременно предложу вам выпить со мной кофе при первой же возможности.

Они доели свои сандвичи и продолжали наблюдать за окружающими, и Клара старалась заставить себя не обращать внимания на тепло, исходившее от огромного тела Медведя и согревавшее ее бок. Она старалась не обращать внимания на свежий запах его волос и одежды.

— Как давно вы на Аляске? — спросила она, главным образом для того, чтобы заставить себя забыть об искушении прислониться к нему.

— Иногда мне кажется, что я живу в этой глуши целую вечность. Мне нравится грубая лихорадочная живость и сила этих вновь возникающих городов. А также возможности, которые они предоставляют предприимчивому человеку. Можно разбогатеть, если двигаться по следам золотоискателей.

— Значит, вы тоже золотоискатель?

Медведь рассмеялся:

— Нет, мэм. Я делаю деньги на другом — я зарабатываю больше на продаже одной бутылки спиртного, чем большинство золотоискателей за неделю.

Клара одобрительно кивнула. Ей был понятен его образ мыслей. Предоставление крова, пищи и выпивки давало возможность процветать честолюбивому и энергичному человеку. Ее отец всегда говорил это.

Но ее папа предпочитал сидеть на месте, а человек вроде Медведя следовал за удачей, куда бы она ни манила его. Что же касалось ее самой, то она с радостью продала свою гостиницу и изыскала возможность отправиться в Сиэтл.

Почувствовав, что Барретт как-то сжался и онемел, сидя рядом с ней, Клара тотчас же вернулась мыслями к настоящему и заметила мрачного человека, остановившегося на тропе, ведущей к перевалу. Он смотрел на Медведя с такой ненавистью, что у Клары перехватило дыхание.

— Кто это? — спросила она.

Мрачный человек с яростью плюнул на землю, будто при виде Медведя у него стало скверно во рту. Потом, пробормотав нечто невнятное сквозь зубы, он двинулся дальше.

Медведь же хмурился, глядя на облака, собиравшиеся на западе.

— Его зовут Джек Хорват. Я обыграл его в покер вчистую, а он утверждает, что я жульничал. — На его лице появилось странное выражение, когда он замолчал и посмотрел на Клару. Минутой позже она решила, что он ждет ее вопроса о том, прав ли Хорват. Но Клара ничего не сказала, а Медведь кивнул и продолжал смотреть на нее, будто пытался проникнуть в ее мысли.

Сколько они так просидели на камне, бог весть. Наконец Клара, как бы очнувшись, заморгала и повернулась лицом к тропе, прижимая ладони к пылающим щекам.

— О Господи! — прошептала она чуть слышно.

— Знаете, все было бы намного легче, если бы вы не были уважаемой и порядочной дамой.

— Прошу прощения? — переспросила Клара.

— Есть вещи, которые я хотел бы вам сказать, но так трудно говорить с респектабельной женщиной. Я должен следить за собой и правильно подбирать слова.

На щеках Клары продолжал полыхать румянец, и он стал еще ярче, когда она представила, с какими женщинами и как он обычно разговаривает.

— Ну! Я могу лишь пожалеть, что моя респектабельность доставляет вам неудобства. — Она пожала плечами, насколько это позволял мешок, прилаженный на спине ремнями. Клара не позволила Медведю поправить их. — Простите, я сама, — сказала она прохладно.

Шагнув вперед, Клара влилась в длинную ленту чичако.

Если бы Джульетта умерла, а она не исключала такой возможности, вина пала бы на Жан-Жака. Если бы не он, ее бы здесь не было.

Выбравшись с участка болотистой, растоптанной сотнями ног в кашу почвы, перемешанной с испражнениями животных, она добралась до склона холма и остановилась, опираясь о него спиной, упершись руками в колени и делая отчаянные усилия отдышаться и наполнить легкие достаточным количеством воздуха, чтобы остаться в живых.

Это было чистым безумием! Здесь не было даже настоящей тропы. Мужчины и животные карабкались вверх как умели, обходя валуны, размеры которых варьировали от сковородки до кареты. Склон порос болиголовом и низкорослыми елочками настолько густо, что их ветки цеплялись за шляпу и одежду. И вдобавок Джульетта услышала, как кто-то сказал, что это только половина пути до первого привала с ночевкой.

Опустившись на поваленное дерево, она сбросила свой мешок и принялась растирать натертые им плечи. Этот мешок не мог весить больше пятнадцати фунтов, но после трех с половиной часов пути ей казалось, что она несет на спине глыбу мрамора. Джульетта не знала, как выдерживали мужчины, за спинами которых возвышались целые горы из мешков весом, вероятно, фунтов в сто. А как только мужчины добирались до Каньон-Сити, они тотчас же поворачивали назад в Дайю, чтобы принести очередные сто фунтов груза и снова проделывать этот путь по чертовски трудному крутому горному склону до тех пор, пока все их ящики и тюки не будут переправлены на новое место. По спине Джульетты пробежали мурашки.

— Вы дрожите? Не может быть, чтобы вы замерзли, — задыхаясь заметила Зоя, только что обогнувшая огромный камень и, шатаясь, приблизившаяся к Джульетте. Она согнулась пополам и жадно ловила ртом воздух, стараясь захватить как можно больше. Когда юбка Зои чуть приподнялась сзади, Джульетта заметила, что ее ноги дрожат точно так же, как ее собственные.

— После того как отдохнешь с минуту, начинаешь мерзнуть, — заметила Джульетта.

Воротник Зои стал влажным от пота, а щеки раскраснелись на солнце. Джульетта подумала, что и сама она, вероятно, такая же растрепанная, как и Зоя, но сейчас ей было все равно.

— Если бы мне пришлось пройти этот адский путь пару дюжин раз, как большинству мужчин, я бы бросила все и вернулась домой. — Она мысленно поблагодарила небеса за доброту их неизвестного благодетеля.

Зоя кивнула и опустилась на бревно рядом с Джульеттой.

— Впервые я согласна с вами. Я тоже благодарна судьбе за то, что мне не придется снова тащить на себе даже лишнюю унцию, не говоря уж о двух тоннах, которые я уже перетащила.

Джульетта берегла дыхание и не стала переубеждать Зою, что благодетельница не она. Джульетта знала: что бы она ни сказала, переубедить Зою ей не удастся. Она закрыла глаза и вздохнула:

— Не думаю, что у меня хватит сил поесть.

— У меня тоже. Скажу вам одну вещь — завтра я не стану надевать корсета. Мне плевать, даже если моя мать об этом узнает, но завтра я не стану шнуроваться.

Джульетта сожалела, что не может упасть и уснуть, а проснуться в Линда-Виста. Она желала бы повернуть время вспять, чтобы никогда не встречать Жан-Жака Вилетта.

— Иногда я думаю, что и сама могла бы пристрелить Жан-Жака. Если бы не он, я сейчас сидела бы в тепле и уюте у себя дома. — Но Джульетта знала, что не смогла бы застрелить даже человека, искалечившего ей жизнь. — А вы могли бы убить мужчину, которого любите?

Зоя ответила не сразу.

— Теперь я не уверена в том, что любила его по-настоящему. Возможно, я влюбилась в тот образ жизни, который он мне посулил. Я не могу этим гордиться, но должно же быть какое-то оправдание.

Зоя порылась в своем мешке и извлекла из него крутое яйцо, но разбить и очистить его от скорлупы у нее не хватало сил. Джульетта отколупнула несколько кусочков коры со ствола, на котором они обе сидели.

— Иногда я вспоминаю, как быстро все произошло, и это меня шокирует. Как я могла выйти замуж за почти незнакомого человека? — Джульетта покачала головой. — Возможно, я опасалась остаться старой девой и всю жизнь пролежать на полке, пересыпанная нафталином? Если бы я встретила Жан-Жака сейчас, я бы высказала ему нечто такое, что надолго осталось бы у него в памяти! Возможно, навсегда! — Мускулы у нее на ногах все еще подрагивали, плечи болели, а тело было влажным от пота. Ее раздражало то, что она выглядела далеко не лучшим образом да и чувствовала себя прескверно. — Я бы хотела никогда не ступать на эту землю.

— Я бы тоже хотела, чтобы вы никогда на нее не ступали, — со вздохом заметила Зоя.

Почему-то это нелюбезное высказывание показалось Джульетте полным горького юмора.

— Я не хочу быть здесь, и никто не хочет, чтобы я здесь была, и все-таки я здесь вопреки всему. — Совершенно неподобающий для леди смех вырвался из ее груди, и все ее тело теперь сотрясалось от хохота. — Я ненавижу это! Я ненавижу все это! Так почему, черт возьми, я здесь, на Аляске?

Зоя уставилась на нее, потом губы ее дрогнули и на лице появилась слабая улыбка.

— Вы здесь по той же причине, что и я. Из-за этого сукина сына Жан-Жака.

— Но ведь он сукин сын, не так ли?

Никогда в жизни Джульетта не произносила подобных слов и в ужасе спешила подальше от мужчин, которые их употребляли. Она не встречала женщин, произносивших подобные слова, до тех пор, пока судьба не свела ее с Зоей и Кларой. Но, Господи, каким облегчением было их произнести! Как приятно было выпустить пар, освободиться от ярости и гнева, постоянно кипевших в ней.

С трудом поднявшись на ноги, она сложила ладони рупором и, приложив их ко рту, крикнула так громко, что эхо прокатилось по ущелью:

— Жан-Жак Вилетт, ты гнусный сукин сын! — Она высказала то, что о нем думала.

Зоя расхохоталась.

— Ты использовал нас и выбросил, как ненужную ветошь, и я ненавижу тебя! Ненавижу! — Лицо Джульетты раскраснелось, руки ее дрожали, но она знала, что не откажется ни от одного своего слова. Она повернулась к Зое: — Не думаю, чтобы прежде слышала ваш смех. Вы очень хорошенькая, когда смеетесь.

— То, что я хорошенькая, не принесло мне ни радости, ни удачи, — ответила Зоя, и улыбка ее тотчас же исчезла и сменилась привычной мрачностью. Она разбила крутое яйцо о бревно, потом аккуратно очистила его. — Я привыкла считать, что моя привлекательность каким-то образом спасет меня от тягот, от тяжелой работы и выводка младенцев. Но вместо этого я оказалась во власти мерзавца, разрушившего мою жизнь, и теперь я помыслить не могу о каком-нибудь другом мужчине. Я действительно собираюсь застрелить его. И если меня повесят за убийство, что с того?

— У меня тоже нет других планов.

— У вас все в порядке? — Бен Дир продрался сквозь густую поросль елей и оглядел прогалину, где они сидели. Ноги его заплетались, мышцы были напряжены, будто он выдержал кулачный бой.

— Конечно. — Джульетта торопливо поправила прическу и стряхнула кору с юбки. Пряди ее волос повисли вдоль лица, и, должно быть, от нее пахло потом, но с этим она ничего не могла поделать.

— Мне показалось, я слышал ваш крик, — сказал он, быстрым взглядом окидывая всю ее фигуру, будто хотел убедиться, что она не ранена и не пострадала.

На ее щеках все еще рдели алые пятна. Жан-Жак всегда окидывал ее всю своим неторопливым взглядом, перед тем как заняться с ней любовью, как Бен оглядел ее сейчас. Глаза Жан-Жака были голубыми, но бледнее, чем у Бена Дира, и Бен был выше ростом. Но то, как Бен смотрел на нее, заставило ее вспомнить о том, что это значит — заниматься любовью. И все ее тело откликнулось на этот взгляд — она испытала такой же трепет и смятение, как когда-то.

Зоя подняла голову, оторвав взгляд от бревна, на котором сидела:

— Возможно, вы слышали, как Джульетта звала меня. Она хотела, чтобы я ее нашла.

— Это было не похоже на зов. — Бен приблизился. — Но я рад, что с вами все благополучно.

— Я чувствую себя прекрасно, — заявила Джульетта. И тут она не выдержала напряжения, упала ему на грудь и горько разрыдалась.

Клара успела уже приготовить рагу и кофе, когда Зоя разглядела столб, украшенный розовой ленточкой, и направилась к нему через весь палаточный городок.

— У нас еще не поставлена палатка и нет табуреток или походных стульев, — бодро объявила Клара, — но вот три удобных пня. Выберите любой и усаживайтесь, вы выглядите измученной.

— Так и есть. — Ступни у Зои болели, спина и ноги тоже протестовали при каждом шаге, а заплечный мешок стер плечи чуть ли не до крови. — У нас есть здесь аптечка, или ее еще не доставили?

— Не знаю. — Клара махнула рукой в сторону целой горы сваленных друг на друга коробок и ящиков. — Я подумала, что лучше начать готовить, прежде чем разбирать наши вещи.

Никогда в жизни Зоя еще не чувствовала себя такой усталой.

— А где наша палатка? — спросила она. Все, чего ей хотелось, — это упасть на свою походную кровать и попытаться расслабить сведенные усталостью мышцы.

— Один из вьючных мулов пал, — сказал Том Прайс, подходя к их походной печке. Клара протянула ему кружку кофе, которую приготовила для Зои. — Мои ребята несут ваш груз на спинах. Скоро они будут здесь.

— Вы знали, что мужчины-индейцы могут нести по сто фунтов поклажи, а их женщины по семьдесят пять? — бодро спросила Клара, и ее светский веселый тон вызвал у Зои желание огреть ее сковородкой.

— Посмотрите только, какая красота! — не унималась Клара, указывая на отвесные стены узкого каньона. — Ну разве это не потрясающе? А воздух! Какой запах!

Зое казалось, что воздух пахнет древесным и табачным дымом, а также экскрементами собак и мулов и всевозможными кухонными ароматами.

— Вы видели ледники, нависающие над западной, верхней частью долины? — Казалось, энтузиазм Клары не имел границ. — Ну разве это не красиво, когда тропинка ныряет вниз, к реке?

Том улыбнулся ее восторгу, и Зое захотелось ударить и его тоже.

— Завтра вы увидите снежные поля. — Том внимательно вглядывался в облака, перемещавшиеся по небу. — Сегодняшняя ночь будет холодной. Чилкуты говорят, что еще до утра пойдет снег.

Зоя застонала, а Том и Клара рассмеялись, глядя на нее.

Потом воцарилось молчание, но Том не выказывал желания удалиться. Клара резко выпрямилась и оглядела их обоих, переводя взгляд с одного на другую.

— Ладно, — сказала она, отступая на задний план. — Думаю, мне надо найти Джульетту и нашу палатку. — Она оправила свой плащ и разгладила поля шляпки. — Не забывайте время от времени помешивать рагу.

— Как прошел первый день? — спросил Том, когда Клара скрылась. Он улыбнулся Зое из-за края своей кружки с кофе.

Зоя не могла поверить, что прошел только первый день.

— Я не думала, что будет так трудно.

Увидев его изумленно взметнувшиеся брови, она подняла руку:

— Знаю, знаю. Все говорят о том, какой это трудный путь. Но я думала одолеть его быстро, идти большими шагами, как это делает Клара.

Она подняла на него глаза, заметив небрежную легкость и изящество его позы. Ноги его были широко расставлены — Том казался прочно стоящим на земле и готовым ко всему. Он не походил на человека, который совсем недавно погонял и улещивал горсточку мулов идти вперед по отвесно поднимающейся дороге.

— Легче не будет. У человека должен быть серьезный мотив, чтобы отважиться на такое путешествие и выдержать его.

То, как он разговаривал с ней, тон его голоса убеждали Зою в том, что его интересует причина ее путешествия в Доусон. Она уже подумывала о том, чтобы рассказать правду. Но тогда он почувствовал бы, что его долг отговорить ее от намерения убить Жан-Жака. А возможно, на правах старого друга семьи Том попытался бы настоять на том, чтобы принять на себя это бремя и убить Жан-Жака ради нее. Зоя не хотела говорить об этом. Ничто из того, что он мог бы ей сказать, не повлияло бы на ее намерение, и она не хотела, чтобы кто-то другой заплатил дорогую цену за работу, которую должна была выполнить она сама.

Когда Том заметил, что у нее нет кофе, он налил ей. Жан-Жак тоже был внимателен, но теперь это не имело для Зои никакого значения. Она бы дорого заплатила за право считать его честным и правдивым человеком. Если бы она знала, что он за фрукт, ни за что не вышла бы за него замуж, никогда бы не искалечила ради него свою жизнь.

— Почему ты отправился в Доусон? — спросила она, глядя ему прямо в глаза. Ей нравилось, что Том носит шляпу слегка сдвинутой набок, это придавало ему плутоватый и отчаянный вид.

Том медленно, крошечными глоточками, цедил свой кофе и смотрел на трубы переносных печей, поднимавшиеся над сотнями палаток.

— Мой главный соперник — Ноуз Мэлли. Мы с ним примерно в одно время вошли в дело, и потому я считаю правильным проявлять разумную осмотрительность и сохранять некоторую дистанцию между нами, опережать его. Поэтому я и решил перезимовать в Доусоне.

Эта новость обрадовала Зою, начинавшую понимать, что она застрянет в Доусоне на всю зиму.

— Ну не забавно ли, как иногда складывается жизнь? Я никогда не думала, что ты покинешь Ньюкасл. Я думала, ты так и останешься работать на шахте, как твой отец.

— Ну, что касается тебя, то я всегда знал, что ты уедешь, — ответил Том мягко, продолжая смотреть на палаточный городок. — Я всегда знал, что судьба приберегла нечто особенное для Зои Уайлдер.

Его замечание польстило ей и одновременно опечалило ее.

— Однако твое предчувствие обмануло тебя.

— Ты слишком скромна, когда-нибудь ты будешь рассказывать своим внукам, что участвовала в великом походе на Клондайк. О великой «золотой лихорадке»! — Его зеленые глаза были устремлены на нее, и время от времени в них посверкивали золотые искорки. — Не многие женщины смогут этим похвастаться.

Это его замечание отчасти подняло ей настроение.

— Том! Я рада, что мы так вот случайно встретились.

— Я тоже рад.

Теперь они надолго замолчали и смотрели друг на друга, будто знакомились заново.

И тут Зоя заметила Джульетту и Бена Дира, петлявших по извилистым проходам между палатками в поисках розовой ленточки. Зоя заморгала. Она не верила своим глазам. Они шли, держась за руки, будто наслаждались неспешной прогулкой в воскресный день.

И тотчас же ее уверенность в себе рухнула куда-то в бездну, а настроение последовало за ней. Она протерла глаза и снова посмотрела. Нет, она не ошиблась!

Что-то скверное творилось с ней. Каждый дюйм ее тела болел, а мускулы начинали деревенеть на холодном воздухе. Зоя была бесконечно измученна и чувствовала, что при мысли о том, что еще придется ставить палатку, готова малодушно расплакаться.

А вот Клара скакала и суетилась, будто спешила и не хотела задерживаться и ждать, пока их вещи доставят сюда. А тут еще эта Джульетта, болтающая, щебечущая, улыбающаяся и вышагивающая так, будто ей не пришлось продираться сквозь цепляющиеся за одежду деревья и корни и не пришлось одолеть девять миль по крутому каменистому склону, который даже вьючные животные преодолевали с трудом, тяжело дыша.

Может быть, Зое стоило пересмотреть свои взгляды на это путешествие? Она воображала, что гораздо лучше приспособлена для тяжелого, утомительного путешествия, но опыт показал, что она самая слабая из них, и этот факт безмерно удивил ее и оказался страшно унизительным.

— Добрый вечер, мистер Прайс. — Джульетта кивнула Зое, потом выпустила руку Бена, подняла крышку горшка и взглянула на рагу, булькавшее на походном очаге. — А где наша палатка?

— Вот она, — объявила Клара, появляясь во главе двоих индейцев из числа проводников Тома.

Джульетта всплеснула руками и посмотрела на Тома и Бена Дира:

— Думаю, нам лучше всего сначала поставить палатку... Это такое долгое дело.

Для Зои действия Джульетты, как и ее необычная болтливость, не представляли ничего загадочного, но, похоже, ни один из мужчин этого не заметил. Они стояли на коленях возле коробок и ящиков, которые индейцы выгрузили на землю, и принялись уверять Джульетту, что палатка будет поставлена в одно мгновение.

Теперь Джульетта была преисполнена энтузиазма. Ей следовало поблагодарить их и пригласить поужинать. Клара перехватила взгляд Джульетты, кивнула на горшок с рагу, а потом на мужчин и наконец выразительно подняла брови. Как и Зоя, Клара отдавала пальму первенства Джульетте в вопросах светской жизни.

Джульетта же ответила Кларе долгим взглядом, но ничего не сказала мужчинам об ужине даже после того, как они поставили палатку и закрепили ее, а теперь оба выжидательно смотрели на горшок с рагу. Том даже сказал, что запах еды очень соблазнителен.

Зоя больше не могла ждать. Она со стоном встала, вздрогнув от боли и ненавидя себя за то, что у нее одной, кажется, так сильно болели мускулы. Пожелав доброй ночи Тому и Бену, Зоя, хромая, направилась к палатке, предоставив Кларе и Джульетте должным образом отблагодарить их. Где-то в одном из ящиков была аптечка с медикаментами — там должна была быть мазь, но искать ее не было сил.

Упав на свою раскладную кровать, Зоя уставилась в потолок. Вскоре клапан распахнулся и в палатку, шатаясь, вошла Джульетта:

— О Господи, Господи! Я думала, они никогда не уйдут! — Она рухнула на свою кровать как камень. — Я умираю. У меня болит спина, болят ноги, у меня все тело болит. — Ее долгий стон заглушила подушка, в которую она уткнулась. — Завтра я не смогу не только идти, но даже сдвинуться с места. Я бы заплакала, но у меня сил для слез не осталось. Если вы хотите кого-нибудь застрелить, то застрелите меня, этим вы окажете мне неоценимую услугу.

Зоя приподнялась на локте и воззрилась на нее:

— Да вы даже глазом не моргнули, когда пришли сюда с Беном! Вы шествовали, будто прогуливались. Вы расставляли кровати так, будто и не устали совсем!

Джульетта лежала лицом вниз, ее руки свисали с обеих сторон, она выглядела так, будто ее парализовало.

— Я не хотела, чтобы Бен считал меня слабой и ни к чему не пригодной, — сказала она в подушку. — Вы не можете представить, как тяжело мне это далось.

Это признание кое-что прояснило для Зои. Джульетта очень дорожила мнением Бена Дира о себе. Точнее сказать, Джульетта продемонстрировала поразительную железную волю и стальное самообладание, и Зоя заподозрила, что она не смогла бы вести себя так же. Она снова легла, подавив невольное восхищение. Она не хотела ничем восхищаться в Джульетте.

Клара отбросила клапан палатки и вошла внутрь.

— Отлично, не собираетесь же вы спать в башмаках и шляпах? Разденьтесь, и я натру вам спины и ноги мазью.

— Я не могу двинуться с места, — простонала Джульетта. — Разве у вас ничего не болит?

Перспектива подняться и сделать движение, чтобы раздеться, вызвала у Зои желание расплакаться.

— Болит, но мне не так плохо, как вам двоим, — призналась Клара. — Думаю, то, что мне приходилось носиться вверх и вниз по лестницам моей гостиницы раз по десять на дню, закалило мои ноги. Кто знает? До того как вы разденетесь, я советую вам выйти из палатки и посмотреть на снег, который пошел несколько минут назад.

Глава 10

Джульетта находила снег красивым примерно полдня, а потом человеческая обувь и копыта вьючных животных превратили его в коричневое месиво, в котором попадались объедки, отбросы и табачная жвачка. Экскременты и моча замерзали, а потом оттаивали и текли грязными зловонными ручейками. Температура в течение дня держалась выше нуля, но к ночи резко упала.

Джульетта чувствовала себя смертельно уставшей от постоянного холода и сырости и еще больше от того, что все время пыталась демонстрировать бодрость духа.

— Мне только надо найти Жан-Жака и покончить с ним, — сказала она на исходе третьего дня пребывания в Каньон-Сити. Еще раньше туман, стлавшийся по земле, объял весь палаточный городок. Потом снова пошел снег. Никогда прежде Калифорния не казалась ей такой далекой и заманчивой.

Зоя жалась к походной печке.

— Том сказал, что его люди доберутся сюда с остатками наших вещей к вечеру. Мы сможем завтра утром двинуться к Овечьему лагерю.

Так называемый путь от Каньон-Сити вдоль реки Тайи к расселине в скалистых стенах каньона имел выход к месту, носившему название Овечьего лагеря. Возможно, не менее двух тысяч палаток окружало его, и возле входа в каждую палатку возвышалась гора вещей. Удушающая дымка окружала этот палаточный городок. От каждой походной печи поднимался дым, постоянно висевший над лагерем.

Ожидая, пока чилкуты Тома доставят их вещи, Зоя бродила возле реки, чтобы избавиться от несносного запаха, исходившего от лагеря, а заодно понаблюдать за усталыми мужчинами, с трудом двигавшимися туда и обратно по мокрой от растоптанного снега дороге. Они шли, уставившись себе под ноги. Спины их гнулись под тяжестью непосильного груза. Иногда, хотя и не часто, она замечала женщину, следовавшую за мужчиной и оказывавшую ему посильную помощь. Она заметила двух женщин, тащивших на руках укутанных, как кули, детей.

К этому моменту Зоя уже знала, что не беременна. Но возможность беременности не давала ей спать ночами после того, как она узнала о существовании Джульетты и Клары. Слава Богу, она избежала этой неприятности вдобавок к тем несчастьям, на которые ее обрек Жан-Жак Вилетт.

— Заплатишь пенни, если угадаю твои мысли?..

Когда Зоя подняла голову, то увидела Тома Прайса верхом на чалом мерине. Руки его покоились на луке седла, будто он уже давно наблюдал за ней.

— Тебе когда-нибудь приходилось убивать человека? — спросила она внезапно.

Брови его изумленно поднялись, потом жесткая улыбка изогнула его губы.

— Мне случалось несколько раз драться и удавалось поколотить соперника, но пока еще я никого не убил. А почему ты спрашиваешь?

— Просто интересно.

Зоя повернулась к скалам и камням, то скрывавшимся под взрываемым ветром снегом, то появлявшимся, когда порывы ветра уносили его. Снег перестал падать ранним утром, оставив мир полосатым. Река казалась расплавленным свинцом. Она стремительно уносила свои воды к морю, и в ней отражалось беспросветно серое небо. Серые камни выглядели на белом фоне как язвы или шрамы. И даже люди, тащившие свой груз мимо них, приобрели сегодня серый цвет. Красновато-коричневый круп коня Тома показался Зое ярким пятном на фоне унылого, однообразного, тоскливого пейзажа.

— Есть кое-что, что и меня интересует и о чем я хотел бы спросить.

— Да? — Черт возьми, как он красив! Иногда Зоя ловила на себе его выразительный взгляд. Это был особенный взгляд слегка прищуренных зеленых глаз, в глубине которых время от времени вспыхивали уже знакомые ей искры, вызывавшие в ней тревогу и беспокойство.

— Мои ребята работают дружно и слаженно. Я все держу под контролем. Похоже, сегодня я целый день буду свободен. — Лошадь под ним переступала с ноги на ногу, казалось, они стали единым целым, так слаженны были их движения. — Я хотел спросить, не согласишься ли ты отправиться со мной на пикник у подножия ледников?

Разумеется, мужчин никогда не устраивают пикники в компании себе подобных, и Зоя поняла, что Том давно обдумывал свое приглашение, строил планы, приготовил еду для ленча. Могла ли она с чистой совестью принять его приглашение? Лицо Зои стало напряженным и хмурым. Она нащупала обручальное кольцо сквозь перчатку. В самом деле, могла ли она считать себя замужней дамой? Она не знала законов, положение ее было двусмысленным. Ведь факты были таковы, что она обменялась брачными обетами с человеком, который, как она полагала, еще не умер и с которым она не была разведена. У нее был муж, занимавшийся где-то на Клондайке поисками золота.

— Зоя?

— Я думаю.

Его губы тронула ленивая улыбка.

— Это не столь уж трудное решение.

— На самом деле очень трудное.

— У тебя есть другие неотложные дела? Обязательства? Деловые свидания?

Том прекрасно знал, что единственным ее занятием было дожидаться его индейцев, чтобы закончить переход от Каньон-Сити в Овечий лагерь.

— С нами еще кто-нибудь отправится на этот пикник?

— Нет.

Зоя пошевелила пальцами в перчатках, потом отряхнула юбку. Конечно, она уже достаточно взрослая, чтобы отправиться с ним на пикник без дуэньи. Но замужней женщине не пристало отправляться на прогулку в обществе молодого мужчины, конечно, если ее репутация и доброе имя ей дороги.

— Я привез свежую рыбу, выловленную из Тайи нынче утром. У меня есть картофель, который можно зажарить или испечь. Есть бисквиты, приготовленные по моему особому рецепту, который я держу в секрете. И в довершение всего есть хлебный пудинг с изюмом. Поможет тебе это сообщение принять решение?

Когда Зоя увидела его улыбку, ей стало смешно — как глупо, должно быть, она выглядела со стороны. Особенно с его точки зрения. Том был другом их семьи. Что за беда, если они проведут этот день вдвоем? Он мог бы пригласить ее сопровождать его на экскурсию, чтобы осмотреть ледники, даже если бы знал, что она законная жена Жан-Жака. Приглашение его было всего лишь знаком дружбы, а не признаком ухаживания.

— Я бы с удовольствием посмотрела на ледники, — сказала она.

— Отлично. Так что же заставило тебя наконец принять решение: мое легендарное печенье или моя обезоруживающая улыбка?

— Ни то ни другое, — ответила Зоя со смехом. — Я начала писать письмо домой и в нем рассказываю матери, что случайно встретила тебя. Она, конечно, захочет узнать все о твоем деле и как давно ты на Аляске, а также каковы твои планы на будущее. Я не решаюсь отправить письмо, пока не узнаю всего о тебе, всех новостей и твоих планов.

Зоя надеялась, что упоминание о встрече с Томом смягчит удар, который ей придется нанести матери известием о том, что ее единственная дочь оказалась на Юконе и с ружьем гоняется за своим мужем. Мать умеет читать между строк и заподозрит, что с браком Зои не все благополучно.

— Тебе надо отправить почту до того, как мы покинем Овечий лагерь. Отсюда отправка почты нерегулярна, и это еще слабо сказано, на самом деле ее как бы и вовсе не существует.

Том толчком направил своего мерина к камню и принялся давать указания Зое, как встать на камень и взобраться на лошадь позади него. Поколебавшись с минуту, Зоя подняла юбку достаточно высоко, чтобы высвободить ногу и взобраться на лошадь. Он смотрел куда-то вперед и едва ли мог увидеть толстые шерстяные панталоны под ее юбкой, а если и заметил, то не подал виду.

Они отъехали от реки и двинулись по склону, поросшему редким лесом. Впрочем, одна сторона его была покрыта более густыми деревьями и кустарником, но сейчас деревья прятались в дыму, поднимавшемся от костров, и так было с первого момента, как только здесь началась «золотая лихорадка».

После того как Зоя чуть было не соскользнула с крупа мерина, она перестала дурить и обвила руками талию Тома, крепко прижавшись к нему. По правде говоря, она не ощущала его тела и чувствовала только прикосновение его тяжелой непромокаемой одежды, плотного плаща.

Они поднимались вверх по склону зигзагами, и это продолжалось до тех пор, пока палатки и телеграфные столбы не скрылись из виду под плотными слоями стелющегося дыма и низко нависших облаков.

— Слышишь ледники? — спросил Том через некоторое время.

— Кажется, слышу.

Слабый, но жуткий звук, нечто вроде скрипа или скрежета, напугал ее до того, что тело покрылось гусиной кожей. Она знала, что никогда не смогла бы описать этот таинственный и мрачный звук, похожий на стон потустороннего существа. До оцепенения напуганная этой ледяной массой, Зоя не издала ни звука, когда Том осадил своего коня в синей тени ледяной стены и помог ей спешиться.

— Как давно существует этот ледник?

— Почему ты говоришь шепотом?

— Не знаю, — ответила она, беря у него из рук скатерть и оглядывая местность в поисках плоского камня, на котором можно было бы ее расстелить. Когда-нибудь, еще очень не скоро, этот камень будет поглощен ледником, и не останется никакой памяти об этом их пикнике.

Пока Том разводил костер из дров, которые привез с собой, он рассказывал ей все, что знал о ледниках, и Зоя с интересом слушала.

— Тебе холодно? — спросил он, закончив свою работу.

— Немного, — призналась она.

— Подергай себя за нос, это помогает.

Смеясь, Зоя последовала его совету.

— Тебе нужна моя помощь, или ты сам приготовишь еду?

— Я ведь пригласил тебя, так что отдыхай.

Том сообщил ей, что две картофелины почти готовы, потом затолкал их в самые угли, под пламя.

— В моей фляжке есть горячее пиво.

Зоя подумала, что горячее пиво едва ли ей понравится, но она ошиблась. Теперь ей понравился бы любой горячий напиток.

Они чокнулись своими кружками, и Том сказал:

— За старую дружбу и за то, чтобы мы стали еще более близкими друзьями. — Он смотрел ей прямо в глаза и продолжал смотреть на нее, пока не отхлебнул из своей кружки добрый глоток. — Ты все еще самая хорошенькая девушка во всем Ньюкасле.

— Но ведь мы не в Ньюкасле, — возразила Зоя, однако покраснела от удовольствия. — Мать говаривала, что «этот паренек Прайс мог бы заговорить зубы и ангелу с крылышками», — с улыбкой добавила она. — Возможно, это комплимент тебе и предостережение мне.

Смутившись от этих слов, она принялась расставлять тарелки.

— Ты захватил соль?

— Соль и масло в моем мешке.

— Масло?

— Да, наслаждайся едой. Масло здесь большая редкость, а если ты и найдешь его, то оно будет стоить целое состояние.

Дожидаясь, пока картошка испечется, они сидели на камнях в тени ледника и пили горячее пиво.

— Скажи мне, что ты делаешь на Аляске, Том Прайс?

— Тебе, вероятно, известно, что я пошел работать на шахту одновременно с твоим братом Джеком. Я проработал там несколько лет, — сказал Том, снова наполняя их кружки из фляжки, — и поклялся себе, что выберусь из Ньюкасла и поищу удачи в другом месте. Но не торопился, ведь в Ньюкасле у меня были друзья, а это много для меня значило. В конце концов я перешел в другую штольню и стал брать в долг со складов компании.

— Моей семье это известно.

— Помнишь субботние ночи?

— Да, это были дни выплат.

— Ночь предназначалась для выпивки, драк и кутежей. — Том улыбнулся и пожал плечами. — Как-то наша компания собралась в пабе Неда, и, признаюсь, я перебрал лишнего. Вошли какие-то парни и спросили нас, не мы ли та мразь, что мутит воду и подбивает народ начать забастовку. Слово за слово...

— И началась потасовка, — закончила за него Зоя.

Она не раз слышала подобные невеселые истории. Почти каждую неделю такое случалось в день получки, и она хорошо помнила рассказы об этом, пока жила в Ньюкасле. Зоя помогала матери прикладывать целебные мази и повязки к подбитым глазам и разбитым губам, порезам и синякам и ободранным до крови пальцам.

Том кивнул:

— Оказалось, что я чуть не убил одного из той компании, а это означало конец моей работы на шахте. Меня оштрафовали на всю получку, выкинули из дома и дали срок в тридцать дней, чтобы я мог выплатить то, что задолжал компании, а в противном случае обещали бросить в тюрьму.

— Думаю, Джек говорил мне об этом.

Пока Том рассказывал свою историю, Зоя вспомнила, что уже слышала ее от брата.

Том сидел, расставив ноги, опираясь локтем на плоский валун, шляпа его съехала на затылок, темные локоны небрежно ниспадали на лоб.

— Времена наступили тяжелые. Люди толковали о всеобщей депрессии, я не мог найти работу в Сиэтле. К концу срока в тридцать дней я «зайцем» уплыл на русском траулере. Думал, что окажусь где-нибудь далеко на востоке, но русские занимались рыбной ловлей недалеко отсюда. — Он снова пожал плечами. — Какое-то время я рыбачил с русскими, накопил достаточно денег, чтобы расплатиться с кредиторами. В конце концов я купил шхуну и занялся рыбным промыслом сам.

Зоя попыталась представить его в качестве рыбака, капитана собственной рыбачьей шхуны. Том был человеком такого склада, что смог бы добиться успеха в любом деле, за которое возьмется. Она подозревала, что из него получился бы лучший хозяин, чем служащий.

— Когда начался массовый наплыв старателей на Юкон, я увидел в этом новую возможность заработать. Не присоединяться к этим искателям сокровищ, а помочь им добраться до места с их поклажей. Поэтому я сдал в аренду свою шхуну, а сам занялся перевозкой. — Их взгляды встретились. — Я заработал целое состояние, Зоя. — Том покачал головой и рассмеялся.

— Состояние, — повторила она тихо.

— Ну, не такое состояние, как у Ван Хутена. Не могу сказать, что я богатый человек, но отложил достаточно, чтобы купить дом и основать свое дело, когда закончится эта «золотая лихорадка» и они построят железную дорогу. Возможно, это будет в следующем году. Мне принадлежит рыбачья шхуна, у меня есть дело, есть капиталовложения. Я горжусь этим.

— А я горда и рада за тебя, — ответила Зоя тихо, глядя на его ногти. Они были чистыми, под ними не было черной угольной пыли. Может быть, судьба распорядилась так, чтобы он оказался у нее на пути только с одной целью: чтобы она поняла меру своей глупости. Она ждала и дождалась пустой породы, в то время как золото валялось у нее под ногами.

— Оставайся на месте, пока я проверю, готов ли картофель. Не хочется утомлять тебя долгой историей Тома Прайса.

— Слушать тебя совсем не утомительно.

Зоя наблюдала за ним, пока он готовил рыбу для жарки на решетке, и предположила, что его кулинарная сноровка происходит от его долгой жизни в кочевых условиях, в палатках и старательских лагерях.

— Том, как ты думаешь, выбрался бы ты из Ньюкасла, если бы не было потасовки с теми парнями?

— Сомневаюсь. Зачем бы я это сделал? В Ньюкасле всё и все были мне дороги. — Он пожал плечами, переворачивая рыбу. — Мать и две мои сестры все еще живут в низине. Мой отец похоронен на холме. Учитывая мои вкусы, я бы, конечно, остался в Ньюкасле.

Зоя с трудом вдохнула воздух и стремительно выпрямилась.

— При всех твоих успехах и способностях ты все-таки предпочел бы работать на шахте в Ньюкасле?

— Условия работы на шахте с каждым годом немного улучшаются. И все же это тяжелая жизнь. Я это знаю, но ведь человек работает не один — с тобой твои товарищи. Есть и друзья, чтобы распить пинту после того, как гудок возвестит окончание смены. Есть приятные субботние вечера, которые можно провести в пабе Неда или где-нибудь потанцевать. А в воскресное утро есть скамья в церкви, закрепленная за Прайсами, и если ты не придешь, то потом объяснишь преподобному Гриру, почему пропустил службу. — Он улыбнулся.

— Я этому не верю. Все, кто живет в Ньюкасле, мечтают вырваться оттуда, все, кроме тебя. — Зоя испытующе смотрела ему прямо в лицо, а он, в свою очередь, изучал выражение ее лица, и на губах его играла чуть заметная улыбка.

— Ты правда веришь этому?

— Конечно, верю! И ты прекрасное подтверждение тому, что я сказала, почему люди хотят уехать оттуда. В Ньюкасле тебе не удалось бы нажить состояние!

Том разложил рыбу на тарелки, добавил к ней картофель, а сбоку горку печенья. После того как он положил еду Зое, он опустошил свою фляжку в их пивные кружки и сел на плоский камень напротив нее.

— Я рад, что мне удалось обрести себя и что дело мое процветает, — сказал он после короткой паузы. — У меня будут такие вещи, каких никогда не было бы, останься я в Ньюкасле на шахте, и я никогда не смог бы вести более богатый и привольный образ жизни. Но я заплатил свою цену за это, Зоя. Это были годы одиночества. У меня нет ни жены, ни семьи, ни друзей. Я знаю здесь множество людей, но не знаю никого из них достаточно хорошо, чтобы рассказать им вот так свою историю, как тебе. Или ожидать от них, что они станут меня слушать и сочувствовать.

— Но ведь ты многого добился, — возразила Зоя, — ты стал лучше, чем был бы, если бы остался дома.

Он поднял одну бровь и слегка наклонил голову.

— Да, я стал другим, но не лучше. Я другой, потому что приобрел опыт, который невозможно приобрести в Ньюкасле. Но я тот же самый человек, каким был там, и остался бы им, где бы ни жил. Как и ты.

Это было как раз ненавистно ей! Она изо всех сил старалась преодолеть это в себе. Мысль о том, что Ньюкасл остался в ней, как втершаяся в кожу грязь, и что так будет всегда, ужасала ее.

— Разве ты не помнишь праздника владельцев шахт? Они все еще устраивают их, Том. Все друзья и коллеги владельцев проезжают по городу в своих причудливых разукрашенных экипажах, глядя на нас, будто мы не люди, а мразь, накипь, будто мы существуем только для их забавы.

— Какое тебе дело до того, что думают эти люди? Никто не может унизить тебя, Зоя, если ты не позволишь им этого сделать.

— Ты заблуждаешься, — сказала она решительно, — но дело не в этом. Дело в том, чтобы совершенствоваться. Я верю в то, что люди могут возвыситься над своей средой. Я не сомневаюсь, что они могут стать лучше, получив образование, или работая ради этого не покладая рук... или вступив в брак.

Зоя почувствовала, как к щекам ее прилила кровь. Выйти замуж, чтобы изменить к лучшему свою судьбу. Разве это помогло? Впрочем, для некоторых это, возможно, весьма успешная тактика. Тактика? Нет. Она вышла замуж за Жан-Жака, потому что верила, что полюбила его. Она была в этом уверена.

Том выслушал ее, потом молча долго обдумывал ее речь. Наконец он сказал:

— Ты можешь улучшить свое положение или денежные дела, но не думаю, что ты станешь лучше, накопив много денег, узнав больше или вступив в выгодный брак. Мы есть мы, а это некая смесь из ценностей, на которых мы выросли, которые впитали с молоком матери, а также того опыта, который выпал на нашу долю.

Том посмотрел на нее через разделявший их плоский камень с разостланной на нём скатертью.

— Личностные ценности не меняются от окружения человека. Если ты порядочный и надежный человек в Ньюкасле, ты таким же останешься и в Нью-Йорке. Если ты честен в Ньюкасле, ты будешь честен и на Аляске.

Их глаза встретились.

— Ты и я, Зоя, мы никогда не захотим влезать в долги. Мы с тобой всегда будем помнить, как наши семьи бились, чтобы выплатить компании деньги за взятые в долг товары. И это останется правдой, вне зависимости от того, какое место мы займем в жизни, что будем делать и с кем соединим свою судьбу в браке. И это неплохо. В Ньюкасле ты найдешь добрых людей и настоящие, незыблемые ценности. Я не вижу Ньюкасл таким, как ты. Я не думаю, что последствия того, что мы там выросли и повзрослели, стоит преодолевать и изживать, как ты выразилась.

— Ты хочешь сказать, что тебе плевать на этих людей, которые смотрят на тебя, как на ничего не стоящую плесень и мразь, как на кусок падали?

— Я говорю тебе, что я не могу принять их взглядов и точки зрения. Я знаю людей Ньюкасла. Эти «большие шишки», которые устраивают парадные шествия в Ньюкасле, не знают никого, кроме владельцев шахт, а когда речь заходит о моих друзьях и соседях, то я доверяю собственному мнению больше, чем чьему-либо другому.

— Если ты в таком восторге от наших родных мест, возможно, ты купишь там дом и заведешь свое дело, когда страсти на Юконе улягутся.

Том рассмеялся:

— У меня всегда останутся связи с домом, но Ньюкасл — город, принадлежащий одной компании, а я не хочу в нее возвращаться и способствовать ее успеху и процветанию.

Они в молчании покончили с едой, потом он спросил:

— А ты, Зоя Уайлдер, как и почему оказалась на Аляске?

— Я разыскиваю одного человека, — сказала она после долгой паузы, — мужчину.

— А, понимаю, — сказал он деланно небрежным тоном, но Зоя прекрасно знала, что он насторожился. — И что, это особенный мужчина для тебя, или ты просто ищешь мужа?

— Это особенный мужчина, — ответила Зоя неохотно, зная, что не может открыть ему правды.

— Как зовут этого человека? Может быть, я знаю его?

Вполне возможно, хотя и маловероятно было, что Том встречал его. Жан-Жак мог отправиться не в Скагуэй, а в Дайю. Он мог нанять носильщиков, чтобы те доставили его багаж до Чилкутского перевала и дальше. И в конце концов, вместо того чтобы договориться об этом с одним из служащих Тома, он мог поговорить с ним самим.

— Сомневаюсь в том, что ты его знаешь, — сказала она.

— Зоя! Посмотри на меня. — Когда она взглянула на него, его зеленые глаза были ясными и смотрели прямо и искренне. — Ты можешь мне довериться.

— Это не вопрос доверия, — ответила она, поднимаясь с камня, на котором сидела. — Я не хочу обсуждать этот вопрос ни с кем, даже с тобой.

— Ты хочешь сказать, что я лезу не в свое дело? — Его губы растянулись в улыбке, потом он рассмеялся: — Думаю, для этого есть причина.

— Я начинаю замерзать. Мои спутницы, вероятно, беспокоятся обо мне.

Том тоже встал и принялся собирать тарелки и приборы.

— У нас с тобой разные взгляды на вещи, верно? Это забавно и странно. Я был уверен, что это не так.

Как ни странно, но и Зоя тоже считала это само собой разумеющимся, и теперь у нее возникло такое чувство, будто ее обманули. Она была разочарована. Выражение лица Тома говорило о том же. Они разбросали оставшиеся недогоревшими угли и пепел у подножия ледника, как подношение какому-то неведомому божеству, потом упаковали свои миски и кружки. Зоя ждала Тома, стоя рядом с его мерином, пока Том зарывал в землю остатки еды.

Когда он покончил с этим, то направился к ней, и лицо его тоже выражало непреклонную решимость. Прежде чем Зоя поняла его намерение, Том заключил ее лицо в свои холодные ладони и склонился к ее рту.

— Долгие годы я думал о том, что, если мне представится случай поцеловать Зою Уайлдер, я не упущу его. Я обещал это себе, я поклялся, что сделаю это, а иначе потеряю к себе уважение. Но я никогда не думал, что мне так повезет.

Том дал ей секунду на размышление. Зоя могла отпрянуть, отстраниться, но удивление, а возможно, и любопытство сделали свое дело, и она осталась стоять. Их взгляды скрестились, губы оказались полуоткрытыми.

Он не спешил. Когда Том понял, что Зоя не стремится освободиться от него, не хочет бежать, он провел ладонью по ее щеке, обвел большим пальцем очертания нижней губы. Он нежно привлек ее к себе под плащ, крепко прижал к груди, руки его скользнули под ее накидку и обвились вокруг талии.

Зоя глубоко и прерывисто вздохнула. Она знала, знала, что должна отстраниться, что они пересекли границу, которую не должны были нарушать. Но взгляд его зеленых глаз загипнотизировал ее. И Зоя чувствовала, что не в силах противиться.

Его руки остались на ее талии и только все крепче и крепче сжимали ее, и она ощутила все его тело, и тут Зоя не воспротивилась, а медленно и добровольно отдалась этому объятию. Они, казалось, были созданы друг для друга, будто каким-то волшебным образом одна половина точно подошла к другой. Том прижимал ее к себе, и оба они почувствовали, как их тела объял жар, исходивший от бедер, а он продолжал смотреть в ее глаза, в то время как пожар в их телах распространялся и губы пересохли.

Наконец, когда Зоя почувствовала, что трепет, возникший внутри, в сердцевине ее тела, перешел в заметную дрожь, когда она подумала, что сердце ее выскочит наружу, Том прижался губами к ее губам.

Горячий трепет его губ вызвал мгновенный отклик ее тела, и она забыла, что они стоят под тенью ледяной стены. Внезапное сокрушительное желание сотрясло все ее тело. Руки Тома еще крепче сжали ее талию, потом его ладонь оказалась на ее шее, на затылке, и он принялся целовать ее страстно и самозабвенно. И да простит ее Господь, но она желала этого.

Когда они отстранились друг от друга, дыхание их было быстрым и неровным.

— Бог мой! — тихо вымолвил Том.

Зоя не могла говорить. Она поникла в его объятиях и опустила голову ему на плечо, ее душили слезы. Все, что произошло, было нарушением ее жизненных правил. Том был мальчиком из Ньюкасла, Зоя — замужней женщиной. Она солгала ему, не сказала правды о своем замужестве. Она и не могла сказать, что отправилась на Юкон, чтобы найти и убить человека, за которого вышла замуж.

— Пожалуйста, — прошептала она, пытаясь отстраниться, — пожалуйста, Том, не делай этого больше.

Казалось, что прошла вечность, прежде чем он взглянул на нее, потом лицо его стало непроницаемым, и он извинился.

Зоя зажала ему рот рукой:

— Нет, не надо. Я так же виновата, как и ты. Я могла остановить тебя. Я могла сказать «нет». Я должна была, но не сделала этого.

— Почему?

Сейчас не имело значения то, что она согласилась со своими спутницами, что не стоит никому рассказывать об их «браке» с одним и тем же человеком. Сейчас ее останавливала только гордость. Она не хотела, чтобы Том узнал, как слепа, или, вернее, как ослеплена она была Жан-Жаком, а также что муж бросил ее и ушел, даже не оглянувшись.

— Мне бы хотелось, чтобы мы остались друзьями, — сказала она, отворачиваясь.

— Мы всегда будем друзьями.

— Друзья не целуются так, как мы. Лучше сделать вид, что этого не было.

Он долго молчал, потом прикоснулся к ее плечу.

— Что-то случилось, Зоя. Ни я, ни ты не представляли, что такое возможно. Притворство ничего не изменит. Мои чувства останутся прежними.

— Думаю, нам пора в путь, — сказала Зоя настойчиво, стараясь сдержать слезы. И решительно направилась туда, где стоял мерин. Том хотел, чтобы и она признала, что почувствовала к нему нечто необычное, но она не могла этого сделать.

Том молча вскочил в седло, потом протянул руку, чтобы помочь ей сесть сзади. Поколебавшись чуть-чуть, Зоя обвила руками его талию и прижалась щекой к его спине. Слезы жгли ей глаза. Если бы Жан-Жак появился сейчас в поле зрения, она убила бы мерзавца без всякого сожаления и угрызений совести.

Глава 11

От Овечьего лагеря пешеходная тропа круто поднималась вверх до места, получившего название Весов. Клара уже совершила восхождение по этой тропе протяженностью в три мили под густо падающим снегом, не убывавшим до тех пор, пока она не достигла места, где договорилась встретиться с Джульеттой и Зоей.

Отдышавшись, она подняла глаза к Чилкутскому перевалу, и сердце ее упало. Узкая лента людей, идущих в затылок друг другу, была видна на высоте тысячи футов, где тропа изгибалась под углом в сорок пять градусов. С того места, где стояла Клара, бесплодный, голый, покрытый снегом склон, казалось, отвесно поднимался вверх.

Время от времени от движущейся ленты людей отделялась выбившаяся из сил человеческая фигурка, и несчастный летел вниз по заснеженному склону, не в силах приостановить свое опасное падение. Справа от подъема по крутой тропе вверх находился желоб, предназначенный для спуска, дно которого было выстлано растоптанным снегом пополам с жиром и грязью; откуда люди, добравшиеся до вершины, могли соскользнуть вниз, сидя, как дети, на дне этого желоба. То и дело счастливцы, одолевшие путь до вершины, спешили спуститься вниз за следующей партией пожитков, чтобы затем вновь взбираться по крутому и кажущемуся снизу непреодолимым склону.

— У них этот путь отнимает от трех до шести часов, — услышала Клара ворчливый голос где-то рядом. — К сожалению, ритм движения зависит от того, кто идет впереди тебя, и если он идет медленно, то и ты вынужден приноравливаться к его темпу.

— Вы только взгляните на этих там, внизу! Они прорубают ступеньки во льду. Полторы тысячи ступеней! Если пожелаете воспользоваться их лестницей, выкладывайте денежки. И все это делают. Это вроде пошлины.

Клара кивнула. В этой дикой, негостеприимной стране было сколько угодно прожектеров, стремившихся любой ценой и как можно скорее попасть на золотоносные поля Аляски. Правительство тоже не оставалось внакладе — оно получало от этого прибыль. В самой верхней точке Чилкутского перевала канадские таможенники собирали урожай пошлин со всех желавших попасть на территорию Канады, и чичако приходилось платить не только за себя, но и за все, что они везли с собой.

Неровные горные вершины и пики, окружавшие их, походили на пугающе суровое лицо Медведя Барретта. Клара пришла к такому выводу, даже не успев взглянуть на него. Она сделала движение в сторону, но он опередил ее и пододвинулся ближе.

— Ладно, — сказал он минутой позже. Из его уст вырвался долгий вздох. — Прошу прощения за то, что во всеуслышание позволил себе высказать мысль о том, что мне было бы легче, если бы вы оказались женщиной легкого поведения. Или как я там выразился? Я не хотел вас обидеть, правда.

Клара так долго стояла молча, не отвечая ему, что почувствовала, как холодный воздух проникает в нее, несмотря на толстые шерстяные чулки и башмаки на толстой подошве.

— Я принимаю ваше извинение, — сказала она наконец, когда им обоим уже стало ясно, что она его прощает.

— В первый раз мы с вами поговорили спокойно, и ни один из нас не разозлился. Черт возьми!

Клара взглянула на него сквозь падающий снег.

— Господи помилуй! Чем это вы намазали лицо?

— Свиным салом с золой. Рекомендую вам и вашим спутницам сделать то же самое. Очень хорошо защищает от ветра и холода.

И тотчас же Клара почувствовала, как обжигающий ветер разрумянил ее лицо, а при столь низкой температуре да еще на такой высоте ветер с ледников дул постоянно, не переставая. Но она не могла представить себя с лицом, вымазанным этой ужасной смесью. Из-под припорошенных золой ресниц карие медвежьи глазки Барретта плутовато сверкнули, и впервые Клара заметила четкие контуры его губ, обозначенные рамкой из жира и золы. Почувствовав, что от его взгляда ее губы пересохли, она снова обратила взор к муравьиной ленте старателей, карабкавшихся вверх по вырубленным во льду ступеням.

— Вы не думали о том, чтобы сразиться со мной вторично?

— Не припомню, чтобы я когда-нибудь выразила свое согласие на это, — ответила Клара.

— Думаю, мы с вами будем лучшей парой.

Пар от его дыхания клубился над ее головой.

— О ваших словах стоит подумать, — сказала она с улыбкой. — И возможно, вы правы.

— Отлично!

Его радость удивила Клару, и она подумала, что его поражение в их схватке, вероятно, не давало ему покоя, как и постоянные язвительные замечания и подкалывания, которые он слышал со всех сторон.

— Итак, вы готовы к подъему? Я пойду следом за вами.

Если он пойдет за ней следом, она будет постоянно чувствовать его взгляд на своих бедрах в течение ближайших трех, а то и шести часов и волноваться, думая все время о том, какое производит на него впечатление, и эти размышления, в свою очередь, сами по себе не слишком пристойные, вызовут и другие, еще более непристойные мысли. Этот огромный косматый человек просто сводил ее с ума.

Внезапно взгляд ее изменился, и она стала пристально всматриваться в одну из фигурок, поднимавшихся по крутой лестнице, сквозь пелену теперь уже не столь густо падающего снега.

— Неужели это Джульетта там наверху?

Медведь прищурил глаза, чтобы лучше видеть, и кивнул:

— Похоже, что да.

— Мы договорились встретиться на Весах и дальше совершать восхождение вместе.

Клара и Медведь нагнали Джульетту за каких-нибудь пятнадцать минут, не обращая внимания на крики «Становитесь в очередь!» и «Дождитесь, когда очередь дойдет до вас!».

— Что вы здесь делаете? — спросила Клара. — Ведь вы должны были дожидаться Зою и меня.

Но Джульетта продолжала удивлять ее. С пепельно-серым лицом и слезящимися глазами, она потянула за конец побелевшего от изморози шарфа, обмотанного вокруг шеи и закрывавшего рот.

— Если я остановлюсь, чтобы задуматься, я никогда больше не двинусь с места. Я должна идти не останавливаясь. — Она сжала руки в перчатках. — О Господи!

Лента людей сдвинулась вперед на дюйм к сборщику таможенной пошлины. Клара разглядывала крошечную, хрупкую фигурку Джульетты и ее изящно вылепленное лицо. Подол ее платья был покрыт коркой льда, а щеки обжигал ветер. Сумка, которую она несла за плечами, содержавшая минимум еды и фляжку с горячим чаем, казалась слишком большой для нее, и складывалось такое впечатление, что одно неверное движение — и сумка перетянет, Джульетта опрокинется и полетит вниз. Казалось невероятным, что столь уязвимое существо могло подняться по крутому склону и узкой скользкой тропе, перед которой пасовали мужчины вдвое крупнее ее.

Как бы для того, чтобы проиллюстрировать размышления Клары, раздался отчаянный вопль, привлекший ее внимание, — она повернула голову и успела увидеть, как один из мужчин, сделав шаг в сторону, покатился вниз по припорошенной снегом скале от одного выступающего из-под снега камня к другому. Он оказался внизу у подножия тропинки и у ног людей, ожидавших своей очереди подняться. Когда кто-то бросился ему на помощь, стало очевидным, что это падение стоило ему нескольких сломанных костей. Не оставалось ничего, кроме как пожелать Джульетте удачи.

— Встретимся позже, — сказала Джульетта. Она обернулась и посмотрела на Медведя. — К вам это тоже относится, — добавила она, собираясь расстаться с ними и ища глазами Зою.

— Там, наверху, я угощу вас чашечкой кофе, — крикнул Медведь, ласково махнув Джульетте на прощание. Он с сомнением смотрел ей вслед и хмурился.

Клара нашла Зою в том самом месте, где они условились встретиться. Она смотрела на казавшуюся неприступной вершину глазами, полными смятения и ужаса.

— Я бы предпочла обогнуть весь земной шар на парусном судне, чем совершить это восхождение, — прошептала Зоя.

Клара знала, как заставить Зою двинуться с места.

— Джульетта уже обогнала нас.

— Что? — Зоя резко повернулась, щуря глаза от нестерпимого снежного и солнечного блеска. В течение целой минуты она изрыгала проклятия, потом тяжело вздохнула: — Черт возьми! Она с Беном Диром? И пытается произвести на него впечатление?

— Я не заметила там мистера Дира.

— Черт возьми! — повторила Зоя, топнув ногой. — Не могу выразить, какое отвращение я питаю к Жан-Жаку! Надеюсь, он прямиком отправится в ад, как только я подстрелю его.

Клара вперила взгляд в цепочку людей, казавшуюся отсюда лентой меняющих местожительство муравьев, трудолюбиво карабкающихся вверх. Сердце ее затрепетало от страха.

— Ну, прежде чем вы его подстрелите, нам надо его найти.

Слово ободрения от Медведя пришлось бы сейчас очень кстати. Но он, как и Джульетта и Зоя, считал, что эта крепкая старушка Клара не ведает страха! Эта румяная, как яблочко, рабочая лошадка совершит восхождение, и можете быть за нее спокойны. Но на самом деле Клара испугалась до смерти; она опасалась, что ноги подведут ее, или она вдруг потеряет от страха голову, или поскользнется и покатится вниз, где ляжет грудой переломанных костей. Она всегда боялась высоты.

Молча Клара смотрела, как к веренице поднимающихся по ступенькам людей направляется мужчина, неся на шее и плечах крепко цеплявшуюся за него собаку. Такой подъем был слишком крут для животного. И даже ездовых собак приходилось переносить через перевал на руках. Но ведь большинство мужчин совершали эти ужасные восхождение и спуск по семь-восемь раз, неся каждый раз не менее ста фунтов груза.

— Ладно, — сказала Зоя, решительно стискивая зубы и сжимая кулаки. — Пойдем и попробуем подняться в поисках этого мерзавца!

— Вперед! — одобрила Клара. — Я сейчас к вам присоединюсь.

Зоя зашагала вперед к месту, где собирали пошлину за подъем по ледяным ступеням.

Клара скорее согласилась бы нагишом пробежаться по снегу на глазах у всех, чем признать, что сейчас у нее гораздо меньше отваги, чем у Джульетты или Зои. Она старалась собрать волю в кулак, чтобы присоединиться к очереди поднимающихся по тропе людей.

Подъем на Чилкутский перевал был самым тяжким испытанием в жизни Джульетты. Хуже ничего нельзя было придумать. На большой высоте воздух был разреженным, и приходилось прилагать отчаянные усилия, чтобы вдохнуть его в легкие. Озябшие ноги и руки немилосердно щипало. И все, что ей было видно, — это семидесятипятифунтовый заплечный мешок с поклажей на спине индианки, шедшей впереди. Джульетта ничего за ним не видела и не знала, почему процессия время от времени останавливалась. Как и все остальные путники, она использовала эти остановки для того, чтобы передохнуть и попытаться отдышаться. Но в эти моменты она начинала ощущать боль в сведенных судорогой икрах, протестовавших против такого чудовищного подъема. Когда люди снова начинали движение вперед, ее ноги все еще дрожали, а спина болела. Она с трудом дышала. Нет, она не могла этого вынести.

Шатаясь, Джульетта вышла за пределы процессии и присела на снег, стараясь удержаться на месте, цепляясь ступнями за покрытую снегом скальную породу, чтобы предотвратить позорное падение вниз. Пригнув голову к коленям, она дышала, как рыба, выброшенная из воды, и ее руки и ноги дрожали от усталости и слабости.

Она понятия не имела, сколько времени просидела так, мучимая чувством вины за то, что люди шагают мимо, и так продолжалось до тех пор, пока рядом с ней на снег не опустилась Зоя. Но должно быть, просидела она долго, потому что промерзла до костей, хотя и выпила весь свой горячий чай.

— Я умираю, — прошелестела Зоя между двумя тщетными вдохами. — У меня болит все тело. Мне кажется, что моя поклажа весит миллион фунтов. Я поклялась себе, что не стану вас благодарить за то, что вы заплатили Тому львиную долю стоимости доставки наших вещей, но теперь благодарю. Если бы мне пришлось совершить это восхождение снова, я бы застрелилась.

— Повторяю вам, что я не...

— Не говорите ничего, но помните, что я вам благодарна.

Спорить было бесполезно.

— По крайней мере снег перестал идти.

Джульетта и сама не знала, почему заговорила об этом. Шел снег или нет, это не меняло дела, потому что ледяные ступеньки не становились ни менее крутыми, ни более удобными и их количество не уменьшалось. В течение пяти минут царило молчание, и втайне она надеялась, что Зоя скажет: «Давайте-ка съедем вниз по этому желобу и отправимся восвояси домой. Черт с ним, с этим Жан-Жаком Вилеттом!»

Но вместо этого Зоя сказала:

— Смотрите, это Том несет собаку на плече.

Когда Том заметил, что они отдыхают, он остановился, задерживая таким образом людей, двигавшихся вслед за ним. Он молча поманил женщин занять места в движущейся цепи людей впереди себя. Зоя пробормотала что-то сквозь зубы, потом ступила на ледяную лестницу. Том выжидающе смотрел на Джульетту. Гордость заставила ее подняться на ноги, и она неохотно присоединилась к поднимавшимся на перевал людям. Ее несколько ободрило то, что она оказалась способной подниматься после того, как несколько мужчин вышли из очереди стремившихся к вершине, чтобы отдышаться. Значит, не одна она испытывала тяготы этого подъема и не ей одной это давалось так мучительно. И все же она сомневалась, что сможет добраться до вершины. Легкие ее были не в силах вобрать достаточно воздуха, мускулы горели от напряжения, ноги отяжелели, и ей казалось, что следующего шага она не сделает.

Джульетта шла, пока была в силах идти. Потом снова вышла из ряда идущих, бросив на Тома смущенный и извиняющийся взгляд, и, вся мокрая от пота, опустилась на снег, тяжело дыша и почти уверенная в том, что сердце ее не выдержит и сейчас разорвется. Теперь до подножия лестницы было слишком далеко, и возможность соскользнуть вниз пугала ее из-за огромной высоты. И все же Джульетта почти решилась на это. Она должна была это сделать, потому что у нее больше не было сил подниматься дальше.

— На ноги, женщина! — загудел над ней мощный бас. — Вы погибнете, если переохладитесь после того, как вспотели.

С минуту ей казалось, что она видит монстра. Потом Джульетта узнала маленькие глазки Медведя на покрытом жирной серой маской лице.

— Не могу, — прошептала она, качая головой. Слезы полного изнеможения и признания своего поражения заблестели в ее глазах.

— Я помогу. — Схватив ее за руку, он рывком поднял Джульетту на ноги и заставил встать в строй. Потом она почувствовала, как его огромные ручищи уперлись ей в ягодицы, подтолкнули ее, и она против воли сделала очередной шаг.

От смущения ее уже раскрасневшееся лицо, разрумяненное ветром и холодом, запылало как ошпаренное. Джульетта слишком озябла, чтобы чувствовать прикосновение его рук сквозь слой нижних юбок, верхнюю юбку, пальто и его перчатки. И все же это было неприлично и непорядочно, но она ничего не сказала. Она позволила ему помочь ей подняться на очередную ступеньку. Потом еще на одну, еще на одну, и так далее.

Но в конце концов даже помощи Медведя было уже недостаточно для того, чтобы удержать ее в ряду идущих. Она была настолько вымотанна, что сделать еще усилие было для нее невозможно.

— Прошу прощения, — пробормотала она, спотыкаясь и мешая идти тем, кто был сзади.

Сквозь маску монстра она увидела, что Медведь хмурится. Потом он пожал плечами и двинулся вперед. Джульетту пугала мысль о том, чтобы соскользнуть вниз, но и идти дальше она не могла, казалось, что вместо ног у нее свинцовые болванки, легкие ее обожжены и все тело сотрясает мелкая дрожь. Теперь она окончательно застряла, одолев две трети пути до Чилкутского перевала.

Плача, она ела сандвич и последнее яблоко не потому, что была голодна, а просто для того, чтобы облегчить свою ношу.

— Вы несчастное слабое существо!

Задыхаясь от безнадежности, Джульетта открыла глаза и увидела Клару, стоящую на ледяной ступеньке и прожигающую ее гневным взглядом.

— Немедленно поднимайтесь и вставайте на свое место! — прошипела Клара. — Каждый мужчина, проходящий мимо вас, испытывает удовлетворение, чувствуя себя отмщенным. Женщины не должны появляться на Юконе. Мы недостаточно крепкие, у нас не хватает запала, не хватает прочности. — В паузах между словами она с трудом втягивала воздух. — Немедленно встаньте на свое место, пока окончательно не опозорили наш пол. Будьте тверды!

— Я не мужчина, — слабо запротестовала Джульетта, с трудом смахивая слезы. Они мгновенно замерзали у нее на ресницах. — Я признаю, что мне недостает прочности и отваги. Мужчины правы, считая меня слабой.

— Если я это могу, то можете и вы. Немедленно встаньте в строй! Сейчас же! Я не шучу!

Ее шарф и юбки обледенели — они казались заскорузлыми ото льда и негнущимися почти до талии... У Джульетты не хватало сил встать. Но презрение Клары заставило ее сдвинуться с места.

Теперь она смотрела вниз, на глубину девятисот футов, и понимала, что при падении все кости ее тела будут переломаны, если только она не погибнет сразу. Но и до вершины она не могла добраться. И снова слезы, вызванные страхом и паникой, замерзли у нее на щеках.

— Отдохнуть минутку — мысль недурная, даже блестящая, — сказал Бен, опускаясь на камень рядом с ней.

Джульетта не заметила, когда и как он вышел из колонны идущих. Он появился как по волшебству, и она была счастлива встретиться с ним снова. Не видя его, как слепая, Джульетта повернулась на его голос, уронила голову ему на грудь и прижалась к ней лбом.

— Я не могу идти дальше, — пробормотала она, задыхаясь от рыданий.

Он крепко прижал ее к себе, будто боялся, что она полетит по склону горы, если он ее отпустит.

— Мы почти добрались до вершины, нам предстоит преодолеть всего каких-нибудь пятьдесят футов.

Осторожно поднявшись с места, раздираемая противоречивыми чувствами и в то же время стараясь произвести на него наилучшее впечатление, Джульетта улыбнулась первому же мужчине, взгляд которого встретила, и сказала:

— Простите меня, пожалуйста.

Когда изумленный мужчина приостановился, она встала в ряд впереди него, махнула рукой Бену, указывая на место перед собой, потом вежливо поблагодарила мужчину за то, что он пропустил их.

В течение следующих сорока пяти минут между идущим впереди и Джульеттой пространство, разделявшее их, увеличивалось, так как она шла все медленнее и медленнее. Очередь, выстроившаяся ей в затылок, ползла поневоле со скоростью улитки. Наконец Зоя и Клара втолкнули ее на последнюю ледяную ступеньку, и тотчас же налетел свирепый ветер, а от земли начал подниматься туман, быстро окутавший всю вершину горы. Они держали ее с двух сторон, пока не прошла дрожь в ногах и Джульетта смогла уже стоять самостоятельно.

— Сейчас я потеряю сознание, — прошептала она, повисая на них.

— Вы устали, озябли и голодны. Этот проклятый ветер пронзает, будто нож. — Клара поприветствовала Бена, потом поправила шарф Джульетты так, чтобы уберечь от яростного ветра ее щеки. — Здесь фунт дров стоит пятьдесят центов — и это непозволительная роскошь. Но Медведь и Том сумели раздобыть достаточно топлива, чтобы мы могли разжечь костер, и этого топлива хватит на час. Мы только ждали вас и мистера Дира.

— Как вы узнали, что мы вместе? — спросила Джульетта.

Клара выразительно округлила глаза, давая понять, что у нее и тени сомнения не было в отношении того, что Джульетта и Бен окажутся рядом. Неужели их растущий интерес друг к другу настолько заметен? И что думают об этом Клара и Зоя?

Предавшись мрачным думам, Джульетта последовала за Кларой и Зоей мимо сотен сложенных горками дров, над которыми уже поднимались тонкие волоконца дыма. Бен обнял Джульетту за талию, чтобы поддержать ее, но от этого прикосновения она помертвела, потом осторожно, стараясь не обидеть его, отстранилась.

Когда Медведь заметил их, он ухмыльнулся и издал могучий крик:

— Ура! Вы все-таки сумели это сделать! Том! Разводи огонь! Я обещал некоей леди угостить ее чашечкой горячего кофе, и она ждет его уже довольно долго.

Полностью оправившаяся от мучительного подъема Клара рассмеялась и сказала какой-то сомнительный комплимент Медведю по поводу его маски из жира и золы. Зоя стряхнула снег с пня, потом села на него, совещаясь с Томом о том, как лучше уложить драгоценные дрова, чтобы они дали самый жаркий огонь. Бен копался в вещах Медведя, пытаясь найти складные табуретки.

Внезапно глаза Джульетты затуманились слезами. Она добралась до вершины с помощью этих людей. Она, никогда не удалявшаяся от Линда-Виста более чем на полмили, теперь стояла на вершине Чилкутского перевала на Аляске.

Она, ненавидевшая нарушения обычного ритма жизни и боявшаяся их, боявшаяся новизны со всеми ее впечатлениями и новым опытом, совершила то, что до сих пор удавалось лишь немногим женщинам.

Своими полными слез глазами, расширившимися от изумления и восторга, она смотрела на Чилкутский перевал, который ей удалось покорить, и понимала, что совершила подвиг, и была горда этим. Но она не смогла бы сделать этого без Бенджамина, Медведя и Тома, а также остальных жен своего мужа.

Джульетта дала волю своей сентиментальности. Никто не аплодировал ей и не восхищался ею. Похоже было, что они приняли как должное то, что она в конце концов добралась до вершины, и не видели в этом ничего удивительного.

С другой стороны, она, возможно, и не совершила ничего особенного. Теперь она стала другой, ничуть не похожей на себя прежнюю. Казалось, прошла целая жизнь с тех пор, когда она ложилась спать, полная тревоги оттого, что ей предстояло путешествие в Орегон в обществе Жан-Жака. Теперь она даже не могла припомнить, почему эта поездка так пугала ее.

Глава 12

Одной из целей этого путешествия, напомнил себе Бен, было встряхнуться физически. Размышляя об этом, он пытался как можно удобнее распределить груз на спине. Бен нес с собой только самое необходимое — спальный мешок, предназначенный для этих широт, весом в двадцать фунтов, спички, фляжку с кофе, вяленую говядину и сушеные яблоки. Там были также запасная пара сухих носков и перчаток, карманный нож, а в боковом отделении огарок свечи.

Теперь, когда он шел по проторенной тропе, у него больше не было такой ужасной усталости в плечах, как случалось в первые дни, но все же Бен чувствовал напряжение в натруженных мышцах плеч и ног к концу дневного перехода. Как он и надеялся, апатия, не проходившая целый год, теперь уступила место мыслям и заботам тяжелого и опасного перехода. Вчера, ближе к вечеру, когда уже начинало темнеть, он заметил стадо карибу — северных оленей, а нынче утром увидел, как скакали и резвились кролики на нетронутом снегу, и он спугнул их, когда вылезал из своего спального мешка. Было невозможно не считаться с укусами морозного воздуха, овевавшего его лицо и шею. Невозможно было не чувствовать приятного утомления, сулившего хороший и крепкий ночной сон. Забытой радостью был запах кофе, и это была первая радость сегодняшнего дня. А после долгого, утомительного перехода бобы с беконом показались ему вкуснейшим обедом, какой ему доводилось когда-нибудь есть. Он готов был поклясться и присягнуть в этом, и потому съел их с волчьим аппетитом. Он теперь стал восприимчивее к тому, что происходило вокруг. Бен даже подозревал, что и слух у него стал лучше и острее.

Джульетта, как он заметил, хмурилась, копаясь в вещах, доставленных индейцами. Мысленно он называл ее по имени. Однажды, ставя свою небольшую палатку, Бен подумал, что мисс Марч интригует его до умопомрачения.

С того дня как они преодолели Чилкутский перевал, Джульетта держалась на порядочном расстоянии от него, а когда ему удавалось улучить минутку, чтобы остаться с ней наедине, она вела себя приветливо, даже сердечно, но умела воздвигнуть между ними барьер учтивости, препятствовавший дальнейшему сближению. Похоже было, что эта возникшая было между ними близость умерла в зародыше, не успев развиться. Будто она никогда не рыдала в его объятиях. Будто они никогда не сидели рядом на снегу, глядя друг на друга со все возрастающим желанием. Он был уверен, что правильно истолковал сигналы, посылавшиеся ему ее полураскрытыми губами и учащенным дыханием. И он прекрасно помнил свое собственное ощущение — бурное желание, которое она вызывала в нем.

То, что Джульетта так отдалилась от него, смущало его. Во все время их спуска в голую долину, лишенную деревьев, он постоянно копался в памяти, пытаясь понять, когда и чем ее обидел.

Спуск вниз был крутым и тяжелым. Он шел под острым углом, приходилось обходить, огибать замерзшие водопады на пути к берегу озера Кратер. Нападавший за месяц снег скрывал огромные валуны и неровные камни с острыми краями, чуть выступавшие из-под снега, которые все-таки трудно было огибать, а случалось, и перелезать через них. Даже Клара находила этот спуск тяжелым.

— Вы слышали о мистере Колмене? — спросила она как-то за холодным ужином. Крутые горные склоны теперь были почти голыми — находчивые торговцы топливом зарабатывали на этом целые состояния. По предложению Клары они решили покупать топливо через день и в эту ночь обходились без костра.

— Это правда, что его убили? — спросила Джульетта, мрачно глядя в свою тарелку. Их еда состояла из солонины, кислой капусты и холодных пончиков.

Клара зажарила их вчера, когда у них был костер и они могли приготовить что-то горячее. Миссис Эддингтон, с которой они познакомились в Овечьем лагере, научила Клару готовить их. Нужно было распечатать мешок с мукой, бросить в него горсть снегу, щепотку соли и смесь для подъема теста, все это хорошенько размешать, потом слепить из теста колобки и поджарить их на жире от бекона. К ее удивлению, пончики поднялись и оказались вполне сносными и сытными.

— Так мистер Колмен умер? — удивленно спросила Зоя. — Это не тот человек, что дал нам каждой по кусочку лакрицы пару дней назад? Он был славным малым.

Разглядывая свой пончик в свете фонаря, Клара тем временем пыталась намазать его джемом, который зачерпнула чайной ложкой из горшочка. Ягодный джем чуть-чуть улучшал вкус этого неаппетитного блюда.

— Он оказался на несколько ярдов ниже идиотов, которые тянули сани с тяжелым грузом, когда снежный покров неглубок и не позволяет этого. Эта тяжесть заставляет пешеходов бежать по снегу вниз.

— Том рассказывал мне об этом, — подала голос Зоя. — Эти бегуны могут наткнуться на твердую землю, а в результате этого разогнавшиеся сани опрокидываются и несутся со страшной скоростью по склону вниз.

Джульетта кивнула:

— Муж миссис Эддингтон говорил, что можно использовать только сани с совершенно гладкими полозьями.

— Но такие сани сильно давят на снег, от чего он смерзается и создает весьма опасные полосы льда.

Зоя покачала головой:

— Несколько человек таким образом получили серьезные увечья, переломы костей и так далее. Нечто подобное чуть не случилось со мной.

— Так вы хотите услышать, что произошло с мистером Колменом, или нет? — раздраженно спросила Клара.

Зоя протянула к ней руки:

— Его сбили тяжело груженные сани, что еще могло с ним случиться? Мне жаль, что так произошло.

— А вам не кажется, что мы что-то давно не видели мистеров Барретта, Прайса и Дира? Похоже, что они забыли о нас, — сказала Клара наигранно легким тоном.

— Что касается меня, то я думаю, это хорошо, что мы редко видим этих джентльменов, — заметила Джульетта жеманно, тоном, приводившим Клару в бешенство. — Когда вы намекнули на то, что для мистера Дира и меня естественно быть рядом и вместе, я осознала, что провожу слишком много времени в его обществе. А ведь, в конце концов, я замужняя женщина, как и вы, впрочем.

Зоя покончила с едой и теперь чистила свою тарелку снегом.

— Думаю, нам следует поговорить об этом.

— Не хочу говорить о Жан-Жаке! — огрызнулась Клара.

Мысли об этом лживом негодяе приводили ее в ярость, и у нее возникал прилив энергии, достаточный, чтобы снова одолеть подъем на Чилкутский перевал. Она надеялась успокоиться, когда Зоя наконец пристрелит его.

— Мне хотелось бы сказать Тому правду. — Зоя выступила вперед. — Послушайте меня! Том — давний друг семьи, и я не вправе вводить его в заблуждение. Он прямо спросил меня, замужем ли я, и мне пришлось солгать. Это неприятно! И было кое-что еще, — сказала она, краснея, — чего не могло бы произойти, если бы он знал, что я замужем.

«А вот это уже интересно», — подумала Клара. И не требовалось богатой фантазии, чтобы представить, что это было. Должно быть, Том и Зоя поцеловались. Она вдруг почувствовала мгновенное раздражение. Зоя целовалась с посторонним мужчиной, но она-то не целовалась, а ей, безусловно, хотелось. Ну, черт возьми! Если бы она знала, что они, остальные, раздают поцелуи кому попало, будто они совершенно свободны, то...

— А вы целовались с Беном? — спросила она, глядя на Джульетту ненавидящим и пронзительным взглядом.

Джульетта вспыхнула и стала такой же пунцовой, как и Зоя.

— Конечно, нет! Как вы могли такое подумать? Как вы могли! Даже принимая во внимание, что Жан-Жак — никчемный негодяй, все-таки он по-прежнему ваш законный муж, а вы одна из его жен.

Зоя швырнула свою оловянную тарелку в ящик.

— Я не говорила, что целовала Тома! Если бы я и поцеловала его, то это было бы случайностью. Если бы я сказала ему правду, то ничего бы дальше не произошло.

Клара махнула рукой в сторону тысяч палаток, раскинутых на берегах озера.

— Если вы расскажете эту историю Тому, как вы думаете, сколько времени мы будем оставаться всеобщим посмешищем? Сплетни и скандалы будут ходить по лагерю без конца.

Чтобы придать убедительности своим словам, она щелкнула пальцами. Впрочем, перчатки заглушили этот звук, и потому он не произвел надлежащего впечатления.

— Я доверяю Тому и знаю, что дальше него это не пойдет.

— Возможно, и не пойдет, но нельзя исключить, что он может проговориться. Мне тоже хотелось бы рассказать Медведю правду. И у меня была возможность признаться в том, что я замужем, но я не сделала этого. Мне эта ситуация тоже не по душе. Но еще хуже было бы признаться ему, что я солгала. И я вовсе не хочу рисковать, не хочу, чтобы всем стали известны наши личные дела!

— Я тоже хотела бы рассказать правду мистеру Диру, — медленно произнесла Джульетта, — но думаю, что я совершенно ненамеренно и невинно ввела его в заблуждение и зародила в нем подозрение в том, что очень заинтересована в его обществе.

Клара вздохнула и отхлебнула холодного кофе из фляжки.

— Если бы он сейчас узнал, что я замужем, что бы он подумал обо мне? Он подумал бы, что я развратница, он подумал бы, что мои нравственные устои не высоки. А это несправедливо и неправильно, — сказала Клара после минутного раздумья, гадая о том, что подумал бы о ней Медведь. — Вот уж что касается Жан-Жака, то у него и правда моральные устои как у кобеля, но мы не похожи на него. И правда заключается в том, что мы не знаем, каково наше положение с точки зрения закона. Нам следовало бы проконсультироваться с адвокатом, но мы слишком спешили сюда, чтобы застать здесь эту вошь. Я считаю возможным, что ни одна из нас не состоит в браке с точки зрения закона.

— Но ведь мы замужем, потому что сочетались браком по закону. Мы все прошли через брачную церемонию. И у каждой из нас была брачная ночь, — сказала Джульетта, и щеки ее снова зарделись.

— Но была ли эта церемония законной, или это было блефом? Мы знаем только, что могли бы снова выйти замуж, если бы пожелали. Мы могли бы считать себя свободными и имели бы право распоряжаться своей жизнью, безотносительно к тому, найдем мы Жан-Жака или нет. Мы знаем только, что мы в полном праве проводить время с мистером Барреттом. И с мистером Диром. И с мистером Прайсом, — добавила Клара поспешно.

— Но возможно, и нет, — возразила Зоя. — Может быть, Джульетта права и удовольствие, которое мы можем получать от общества других мужчин, недостойно нас и переводит нас в разряд женщин легкого поведения.

— Не могу вынести этой мысли, — сказала Джульетта, хватаясь за виски.

В течение нескольких минут они молчали. Потом Зоя вскочила на ноги, выругалась и швырнула свою кружку куда-то в темноту.

— Ладно! Не стану говорить ему, но я рада дружбе с Томом. Мне приятно его общество, и я собираюсь проводить с ним время. И мне безразлично, что будете думать обо мне вы обе! — Она метнула яростный взгляд на Джульетту: — Когда мы найдем Жан-Жака, вы можете сообщить ему, что моя мораль не выше, чем мораль сучки, если пожелаете сказать это. А я отвечу, что не ему меня судить. Пусть в меня бросит камень тот, на ком нет греха.

Джульетта расправила плечи:

— Когда мы его найдем, единственное, что я найду возможным ему сказать: «Я ненавижу тебя!» — а потом посторонюсь и позволю вам застрелить его.

— После всего этого одна из нас будет претендовать на право именоваться его вдовой. Мы проведем опись его вещей и владений, и если окажется, что у него остались деньги, мы потратим их на адвоката для Зои, а остальное, если адвокат заграбастает не все, разделим, — сказала Клара, и голос ее звучал напряженно. — Что же касается нашего спора, замужние женщины вправе дружить с мужчинами. Я всегда так считала.

На самом деле Клара думала совсем иначе, но обстоятельства последних дней изменили ее точку зрения.

Джульетта со вздохом закрыла глаза:

— Я потеряла нить ваших рассуждений. Мы пришли к какому-нибудь решению?

— Мы не станем рассказывать, как Жан-Жак ухитрился жениться на нас, — сказала Зоя, — и не станем думать хуже друг о друге, если каждая из нас будет проводить время со своим другом.

— Так мы это решили?

Клара кивнула:

— Это разумное предложение, учитывая наши обстоятельства и наш неопределенный статус. — Она испытала желание вскочить на ноги и бежать разыскивать Медведя, чтобы поцеловать его.

Теперь, когда они обсудили наболевший вопрос, Джульетта чувствовала себя значительно увереннее, а главное, ее больше не мучило чувство вины за то, что она проводила много времени в обществе Бена. Сегодня она его еще не видела.

Засунув руки в перчатках в карманы пальто, Джульетта подбросила ногой камешек и смотрела, как он запрыгал через озеро Кратер, затянутое льдом. Ни один из мужчин, которых она встречала здесь, даже отдаленно не соответствовал требованиям тети Киббл. Она не сочла бы их джентльменами. Мужчины хорошего происхождения и отлично воспитанные никогда не стали бы рисковать и связывать свое будущее с сомнительной авантюрой поисков золота. Подлинный джентльмен путешествовал бы в сопровождении слуг, целой свиты, и ни в коем случае не стал бы отвергать комфорт обычной жизни в пользу ночевки в крошечной палатке на мерзлой земле, в пользу того, чтобы изо дня в день есть однообразную пищу, состоящую из бобов и бекона, и утомлять себя ежедневными переходами в сотни миль с единственной целью добраться до Юкона.

Джульетта ничего не знала о прошлом Бена Дира, но против воли признавала, что, будь он настоящим джентльменом, его бы здесь не было. С другой стороны, он был человеком либеральных взглядов, в том числе и в отношении женщин, чем выгодно отличался от других мужчин. Более того, он заставил ее чувствовать себя интересной. И даже подозревать, что в ней есть потенциал, который она до сих пор не реализовала. Это ее немного пугало, но и льстило одновременно.

И она скучала по нему. Ей недоставало его общества. А винить ей было в этом некого, кроме себя. Она его оттолкнула своей безликой и холодной учтивостью. Конечно, было досадно, что он отступил с такой легкостью, но ведь причиной их отчуждения стала она сама, если называть вещи своими именами.

Бен был все время у нее в мыслях, пока она бродила по льду озера, и на сердце у нее было тяжело. Поверхность озера примерно на дюйм покрывал свежевыпавший снег, но она ощущала под ногами скрытую снегом гладкость льда и видела на снегу следы животных. Это ощущение необычности, то, что она могла разгуливать по льду, ходить по замерзшей воде, прервали нить ее мыслей. Если бы год назад кто-нибудь сказал ей, что она пойдет на такую прогулку, она рассмеялась бы и ответила, что это нереально.

Внезапный громкий треск под ногами мгновенно стер улыбку с ее лица. Она не знала точно, что означал этот звук, но в нем было что-то мрачное, пугающее и угрожающее. И теперь она заметила, что забрела по льду дальше того места, где видела следы животных. Сердце ее сжалось от ужаса — ее охватила паника, когда ей показалось, что лед под ее ногами начал оседать.

Мгновение Джульетта оставалась неподвижной — она не могла ни двинуться с места, ни думать. Ее охватило оцепенение. Потом она подхватила свои юбки, устремила широко раскрытые глаза на берег и сделала рывок к нему.

Все произошло очень быстро. Минуту назад лед казался прочным и крепким, а в следующую она оказалась барахтающейся в ледяной воде, что привело ее мозг и сердце в состояние паралича.

Черная ледяная вода поглотила ее целиком, ледяные объятия сомкнулись. Она ощущала эту ледяную воду на своем лице. Вода проникала под несколько слоев ее одежды.

Никогда в жизни Джульетта не училась плавать. Отчаянно молотя руками и ногами по воде и чувствуя, что тонет, она пыталась выбраться на поверхность. Тулья ее шляпки билась о ледяной потолок, но потом ей удалось пробиться сквозь лед и глотнуть воздуха. Она не видела берега и не могла знать, заметил ли кто-нибудь, что она провалилась под лед. Широко раскинув руки, она пыталась опереться о соседние льдины в надежде подтянуться и оказаться на поверхности ледяной воды. Но лед был непрочным, ломался, и она снова ушла под воду. На этот раз ее подошвы уперлись в песчаное дно, и Джульетта сумела оттолкнуться от него, но толчок был недостаточно сильным, и ее голова осталась под водой.

Тяжелая намокшая одежда тянула ее на дно. В этой воде, где было настолько мелко, что высокий мужчина мог бы держать голову над водой и свободно дышать, она была обречена на гибель.

Джульетта изо всех сил старалась выкарабкаться, вынырнуть снова, но ее руки и ноги онемели от холода, и она быстро слабела. Через секунду она уже не могла бы сделать и движения. Ей оставалось только открыть рот и набрать полные легкие ледяной воды.

Она была обречена на страшную смерть. И ни один человек, как она догадывалась, не пролил бы ни слезы по случаю ее кончины. Эта мысль была печальной и, как она предполагала, последней ее мыслью. Но у нее не было времени на то, чтобы успокоиться и придумать что-нибудь достойное случая. Над ней сомкнулась чернота...

Зоя не могла поверить своим глазам. Когда она обернулась посмотреть на занесенное снегом озеро, Джульетта просто исчезла. И тут ее осенило. Джульетта бродила по неокрепшему льду. Требовалась еще неделя, чтобы он стал пригодным для передвижения.

— О Боже мой! — С безумным видом Зоя оглядывалась в поисках помощи. — Она была на льду!

С отчаянным криком Зоя бежала по берегу.

— На помощь! На помощь! Помогите!

— Тащите одеяла и полотенца! — закричал в ответ Бен, обогнавший ее и чуть не сбивший с ног.

Сделав всего несколько шагов, он провалился под воду. Чертыхаясь, продолжал колоть лед кулаками, оставляя за собой черную дорожку между выступающими языками ломаного льда. Ужас парализовал Зою. Ее глаза были широко раскрыты, руки прижаты ко рту. Она смотрела, как Бен сражался со льдом и водой.

Зоя пришла в чувство, только когда миссис Эддингтон потянула ее за руку и принялась возбужденно расспрашивать, что случилось.

— Принесите одеяла и полотенца! — распорядилась она. — Скорее!

Увидев в отдалении Клару, собиравшуюся приступить к стирке, так как сегодня у них был день, когда им полагалось развести костер, Зоя окликнула ее. Теперь стали сбегаться и остальные, следующий за Бенджамином мужчина нырнул в ледяную воду, потом еще один. На берегу оказался Том и, растолкав остальных, раскинул руки, не пуская их в озеро.

— Слишком много людей только будут мешать друг другу. — Он бросил взгляд на Зою: — Кто?

— Джульетта, она не умеет плавать.

Лицо Тома помрачнело.

— Андерсон! Принеси побольше дров для костра. Расплатимся потом! Поторопись, парень!

Один из мужчин, собравшихся на берегу озера, наблюдая за происходившим, мрачно сплюнул.

— Что эта чертова дура там делала? Всем известно, что лед еще недостаточно крепок.

Клара на мгновение остановилась на бегу и приблизила свое лицо почти вплотную к лицу хулителя:

— Она родом из Калифорнии и ничего не знает про лед, поэтому вам лучше заткнуться! — Когда она добралась до Зои, то тревожно спросила: — Сколько времени она пробыла подо льдом?

— Не знаю. — Зоя ломала руки — ей самой не терпелось прыгнуть в ледяную воду. Но Том был прав: слишком много людей под водой могли только помешать спасению Джульетты.

Наконец она заметила, что Клара держит гору одеял. И поняла, что Клара догадалась, что́ случилось, в ту самую минуту, как Зоя окликнула ее по имени. Слава тебе, Господи! Слава Богу, что их муж женился на такой блестящей и умной женщине!

Время, казалось, остановилось или просто тянулось и ползло, как никогда прежде. Наконец из-подо льда появились головы, чтобы глотнуть немного воздуха, и исчезли снова.

— Я неважно обращалась с Джульеттой, — сказала она вдруг, не отрывая глаз от озера, — меня раздражало то, что она настоящая леди и что жизнь у нее была беспечная и легкая. Я ненавидела ее за то, что она стала первой женой Жан-Жака. Я ненавидела ее за то, что она заплатила Тому за доставку наших вещей.

— Эти ее слишком хорошие манеры вызывали у меня желание хорошенько огреть ее, и этот ее жеманный голосок и манера говорить меня тоже иногда раздражали, — призналась Клара, не сводившая глаз с поверхности озера. — От нее ни в чем нет толку.

— Если она погибнет, я никогда не прощу себе этого. Может быть, Бог наказывает меня за исполнение моих тайных желаний? Я не могу этого вынести!

— Я могла бы научить ее готовить и стирать, если бы постаралась, но я этого не делала, даже не поинтересовалась, хочет ли она учиться. Гораздо легче было критиковать ее и смеяться над ней, когда она проявляла какие-то усилия и желание что-то сделать.

— О Господи! Бен нашел ее!

Он наполовину плыл, наполовину шел по дну, толкая Джульетту впереди себя и держа ее за воротник пальто. Когда он добрался до места, где можно было стоять, то поднял ее, держа на вытянутых руках, и, спотыкаясь, направился с ней к берегу.

Все молчали. Когда Бен вышел из воды, он перевернул Джульетту. Из ее рта хлынул целый фонтан воды, но она не дышала.

Зоя вцепилась в Клару:

— Она мертва!

Когда Зоя осмелилась снова взглянуть, она увидела, что Бен и Том положили Джульетту на землю, голова ее была повернута набок, и Том нажимал ей на спину. При каждом его нажиме изо рта Джульетты вырывался фонтан воды. Остальные спасатели шатаясь выходили из воды и спешили разжечь костер на берегу, как и велел им Том. Миссис Эддингтон передавала мужчинам одеяла и полотенца, в то время как они срывали с себя одежду. Их головы и бороды были покрыты ледяной коркой.

Том поднял голову, сделав знак Зое и Кларе приблизиться.

— Она жива, но жизнь в ней едва теплится. Снимите с нее мокрую одежду. Бен, вы тоже идите сюда! Живо снимайте одежду, пока она не примерзла к вашему телу.

Клара кое-как усадила Джульетту. Лицо у нее было белым, как у трупа, голова качалась, как головка одуванчика. При каждом, даже слабом, покашливании изо рта ее вырывалась струйка воды пополам с желчью, пачкая углы губ. Она выглядела оцепеневшей и ничего не понимающей, но дышала.

В горле Зои заклокотали рыдания — она чувствовала безмерное облегчение, потом принялась стаскивать с Джульетты пальто, в то время как Клара снимала с нее промокшие башмаки и шарила у нее под юбками, пытаясь сорвать намокшие чулки.

Недалеко от них Том помогал Бену раздеться. Бен так дрожал, что кусочки льда градом сыпались из его волос и бороды. Когда он оказался почти нагим, миссис Эддингтон подошла ближе и сунула ему в руки полотенце и одеяло, потом торопливо отвернулась.

— Боже мой, — пробормотала Клара после того, как разорвала корсет Джульетты. Она не смогла его расстегнуть, потому что пуговицы намертво примерзли к ткани. Потребовалось бы слишком много времени, чтобы высвободить их. — Она носит корсет! Я-то думала, что мы все от него отказались.

Они уже добрались до панталон Джульетты, когда Зоя шумно выдохнула и удержала руку Клары.

— Для Джульетты предстать нагой перед несколькими сотнями мужчин было бы самым ужасным кошмаром ее жизни!

Клара на мгновение задержала на ней взгляд, потом крикнула Тому и миссис Эддингтон, чтобы они подняли одеяло и держали его на весу, закрывая Джульетту от взоров остальных.

— Отличная мысль, — бормотала она, срывая с Джульетты оставшуюся одежду. Тело ее было пестрым от холода и сотрясалось от непрерывной дрожи, зубы выбивали дробь. Зоя вычесывала лед из мокрых волос Джульетты, пока Клара вытирала их полотенцем.

— Вы можете держаться на ногах?

Джульетта смотрела на нее пустым взглядом, точно не понимая. Казалось, она не узнает никого из них.

Обойдя Джульетту, Клара взяла ее под мышки и подняла. И вдруг тут же оказался Бен. Его талию опоясывало полотенце. Толстое одеяло закрывало его с головой. Он распахнул свое одеяло и, притянув к себе Джульетту, прижал ее к своему обнаженному телу и запахнул одеяло, укутав им их обоих.

Единственное, что смогла спросить Зоя:

— Вы полагаете, у вас достаточно тепла, чтобы согреть ее?

Клара набросила второе одеяло на влажную голову Джульетты.

— Растирайте ей руки и спину.

Теперь Зоя стала воспринимать гудевшие голоса собравшихся вокруг них людей. Позже, когда она вспоминала, что произошло дальше, в ее голове проносились обрывки добрых и сочувственных речей. Но сейчас она слышала только скабрезные шуточки.

— Что они там делают под одеялом? — послышался вопрос, за которым последовал неуместный взрыв смеха.

— Я бы не возражал, если бы меня поместили туда с голой и мокрой женщиной. Я бы сумел увлажнить ее чуть больше!

Это показалось Зое чересчур; дрожа от ярости, она бросилась на мужчину, позволившего себе последнее замечание. Его имя было Джек Хорват.

— Ты говоришь о достойной уважения женщине, свинья! — Она наотмашь ударила его кулаком в нос, да так, что послышался хруст. Кровь фонтаном брызнула из носа обидчика, и он в оцепенении уставился на нее.

— Молодец, маленькая леди! Он сам напросился!

— Ах, вот как! Он не сказал ничего такого, чего не пришло бы на ум каждому из нас.

Справа от Зои завязался кулачный бой, потом то же произошло и слева. И менее чем через минуту началась невообразимая свалка. Триста мужчин вопили и дрались на берегу покрытого тонким слоем льда озера Кратер.

Глава 13

Негостеприимная земля и тяжелая жизнь портили характер и истощали до предела нервы усталых людей. За долгие годы Медведь перевидал многое и наблюдал, как мужчины ломались, как тонкие прутики, и набрасывались друг на друга, готовые убить. Он видел двух многолетних партнеров, перепиливших пополам каноэ, чтобы каждому досталась половина, когда их партнерство, а с ним и дружба закончились. Он видел, как люди сходили с ума и в своем безумии совершали дикие поступки на этом пути. Но никогда он еще не видел сцены, которая предстала его взору, когда он вернулся с охоты на кроликов.

У самой кромки озера двое мужчин лупили друг друга под горой одеял, но никто не обращал на это внимания. И ни один из них не пытался обогреться у костра. Зато многие дрались, лягали друг друга ногами, топтали упавших, и драка начиналась снова. В драке участвовали по меньшей мере триста человек, и сражались они так, будто бились в рукопашном бою с лютыми врагами. Это была самая жаркая потасовка, какую только Медведь видел в жизни. И он с трудом дождался момента, когда смог ринуться в самую гущу дерущихся.

Отбросив в сторону добытых кроликов и ружье, сорвав с рук перчатки и бросив их одному из тех, кто не участвовал в драке, а только наблюдал за ней, Медведь ввязался в потасовку, ища среди дерущихся Джека Хорвата. Это был весьма подходящий момент, чтобы поквитаться с ним. Но когда он нашел наконец Хорвата, тот сидел в стороне от дерущихся, вытирая кровь из разбитого носа. Медведь узнал от нескольких участников драки, что этот «неженка» позволил женщине побить его в рукопашной схватке.

Он удачно справился с двумя разъяренными драчунами, когда увидел Зою Уайлдер, размахивающую длинным обугленным поленом и готовую огреть им любого, кого она могла им достать. Потом он увидел и Клару в самой гуще сражения. Она до неприличия высоко подоткнула юбку, чтобы та не мешала двигаться. Любой мужчина, рискнувший к ней приблизиться, получал неслабый удар между ног. Пятеро поверженных бойцов уже лежали у ее ног, держась за причинные места, стеная и время от времени испытывая приступы рвоты.

Чувство долга пересилило желание Медведя получить удовольствие от такой славной потасовки. Кто-нибудь должен был вмешаться, чтобы вывести женщин из этой свалки и избавить их от опасности получить увечье. Он попытался обуздать Клару, выкрикивая ее имя, но шум стоял такой, что его голос терялся в нем. Расшвыривая дерущихся, попадавшихся ему на пути, он наконец добрался до нее. К тому времени, когда он достиг цели, она стояла к нему спиной и как раз нанесла сокрушительный удар еще одному обидчику, и он уже, корчась, лежал у ее ног.

Барретт слегка похлопал ее по плечу и окликнул по имени. Она стремительно обернулась и в тот же момент ловко нанесла ему удар коленом в уязвимое место. Земля закачалась у него под ногами, когда он рухнул от яростно нанесенного удара. Медведь еще успел заметить, как расширились ее глаза, а руки взлетели ко рту, до того как нестерпимая боль взорвалась в нем. Черт возьми, она снова уложила его на обе лопатки!

Предаваясь мрачным раздумьям, Медведь сидел сгорбившись перед палаткой, уставившись на пламя костра. Никогда в жизни не встречал он такой великолепной женщины, как эта Клара Клаус. И его злая доля заключалась в том, что она была достойной и уважаемой женщиной.

И все-таки он не мог выбросить ее из головы и не мог перестать наблюдать за ней. Теперь, когда дни стали значительно короче, у него появилась привычка стоять в темноте и наблюдать, как она ужинает со своими спутницами. Он обычно становился так, чтобы видеть, как огонь костра или фонаря освещает ее лицо и великолепную кожу. Теперь он уже знал, что она предпочитает готовить сама. Он узнал также, что она постоянно заправляла непослушную прядь волос за левое ухо. Когда она смеялась, то и он улыбался в темноте. Когда она хмурилась, и он вздыхал, а иногда пытался угадать, почему она хмурится, и порой ему даже приходила в голову дерзновенная мысль, что она вздыхает по нему.

— Нам надо поговорить.

Ну, стоит только подумать о дьяволе — и вот он тут как тут. Клара носила шляпу именно так, как ему нравилось. Это была зеленая зимняя фетровая шляпа, выношенная так, что приходилось сверху обвязывать ее шарфом, спускавшимся ей на уши и завязанным под подбородком. Из-под этого головного убора выбивалась и падала на лоб только ярко-рыжая кудрявая челка.

— Ну а почему, собственно, я должен с вами разговаривать? — спросил он, хотя весь напрягся при виде нее. Но все-таки сделал приветственный жест, указывая на складной стул. Он смотрел, как она усаживается, заботливо расправляя складки своей короткой юбки, коричневой, как оперение дикой утки. По цвету эта юбка очень подходила к ее глазам цвета кофе со сливками.

— Я пришла принести вам свои искренние извинения. — Персиковый цвет ее щек сменился пунцовым румянцем смущения. — Я ведь не знала, что это были вы. И я просто... — Она в отчаянии взмахнула рукой в варежке. — Мне потребовалось два дня, чтобы собраться с силами и прийти поговорить с вами.

Медведь знал, что она придет. Вот почему он заплатил королевский выкуп за шесть бутылок настоящего немецкого пива. Он вынес две из них и снова присел у огня.

— Извинения требуют подкрепления выпивкой.

— Благодарю вас. — Ее брови поползли вверх. — Бог мой! Где вы это достали?

Медведь изучал ее лицо, мысленно желая быть более респектабельным.

— Долгие годы мне предстоит слышать, как вы положили меня на обе лопатки в соревновании в силе и вторично побили меня во время потасовки.

— Я искренне сожалею об этом.

— Ни один ныне живущий мужчина не посмел бы похвастаться, что побил меня.

Единственным живым существом, кто сумел пригнуть его руку к столу или опрокинуть его на землю, была Клара Клаус. И это показалось ему таким нелепым, что он даже не знал, смеяться ему, браниться или с благоговением пасть к ее ногам.

— Как себя чувствует мисс Марч?

— Ей становится лучше. Она крепнет с каждым днем. Но больше всего страдает от того, что триста мужчин могли увидеть хотя бы дюйм ее обнаженного тела. — Клара улыбнулась и покачала головой: — Она почти ничего не помнит о случившемся. Если бы миссис Эддингтон не рассказала ей, Джульетта даже не вспомнила бы, как мистер Дир согревал ее под одеялами совершенно обнаженную. Впрочем, и он был в таком же виде. Она не хочет его видеть. Не собирается выходить из палатки. Но если не считать того, что она еще кашляет и чихает, а также чувствует себя безмерно униженной, с ней все в порядке.

В молчании они допили остатки пива, глядя друг на друга и прислушиваясь к шуму, царившему в лагере. Медведю понравилось, что Клара не попросила у него стакан, а пила прямо из бутылки, как все знакомые ему любители пива. Для респектабельной женщины она обладала некоторыми удивительными, оригинальными качествами.

Но для такого мужчины, как он, она была просто головной болью. Вот почему Медведь старался избегать ее и бесился и злился на самого себя, не будучи в силах отказать себе в удовольствии наблюдать за ней в темноте. Он так и не смог заставить себя держаться в стороне от нее.

— Мне надо вам кое-что сказать, — промолвил он наконец. Если она будет продолжать смотреть на него этими своими ясными и честными глазами, а он будет при этом предаваться мечтам о ее алых, как спелая земляника, губах, то ручаться за себя Барретт не мог. И опасался наделать глупостей. Ей пора было понять, что он не из того теста, из которого лепят мужей, в этом отношении у них не было будущего.

— Да, слушаю.

— Я все время думаю о вас. — Он смотрел на нее. — Откровенно говоря, я шныряю в темноте вокруг вашего костра, только чтобы взглянуть на вас.

Клара изумленно заморгала:

— Так вы шпионите за мной?

— Похоже на то. И я не хотел, чтобы вы об этом от кого-нибудь узнали, потому что я не гожусь для вас.

— Почему же вы так считаете?

— Я хозяин салуна, Клара.

— Знаю. Салун «Голый медведь». Вы выиграли его у Джека Хорвата.

— Что бы подумал ваш отец о том, что вы водите дружбу с владельцем салуна?

Он и так знал ответ, ее отец возражал бы.

Но она удивила его — просто недоуменно пожала плечами:

— Папа владел гостиницей. После его смерти гостиница перешла ко мне. Я думаю, он нашел бы некоторое сходство между вашим салуном и моей гостиницей.

— Так вам принадлежит гостиница?

— Она мне принадлежала, — сказала она, вздернув подбородок. В глазах ее блеснуло нечто похожее на подозрение. — Сейчас я не владею ничем.

— И что же это была за гостиница? — Эта новость совершенно ошарашила его. Он никогда не мог бы представить ее тратящей даром время на вышивание или расписывание фарфоровых горшочков.

— Это была одна из лучших гостиниц. Мы не продавали спиртных напитков, а только предоставляли кров и стол. Но у нас был лучший стол, лучшая кухня на всем побережье Орегона. И я говорю об этом с гордостью.

Медведь с минуту размышлял, потом его плечи опустились.

— Это не одно и то же. Не думаю, чтобы в вашей гостинице бывали ночные попойки с драками. Или было дешевое расстроенное пианино, под звуки которого головорезы дулись бы в карты. Не думаю, чтобы в вашей гостинице слонялись шлюхи в надежде вытянуть пару-другую баксов из ваших постояльцев, — добавил он, не сводя с нее глаз.

Она оставалась спокойной, какой, по его мнению, не должна была оставаться. Он думал, что она тотчас же встанет и величаво удалится при упоминании о шлюхах, работавших в его салуне.

— Я размышляю. А шлюхи отдают вам часть своего заработка? — спросила она со спокойствием, приведшим его в замешательство.

— Нет, — ответил он, когда обрел дар речи, — я беру с них по пятьдесят центов за каждый случай использования помещения над баром.

— И сколько же зарабатывает каждая шлюха за ночь?

Медведь не поверил своим ушам. Как она могла поддерживать с ним подобный разговор? Он не мог поверить и тому, что она не встала, не удалилась с намерением никогда больше с ним не разговаривать.

— Ну, бывает по-разному, — ответил он наконец. — Обычно они зарабатывают не больше доллара за ночь. Хотя Сэди, как правило, зарабатывает шесть.

— Ладно. Давайте-ка прикинем... — Она прикусила губу, глядя на серое небо над головой. — Если учесть непомерно высокие цены на Юконе, то, по всей вероятности, уборка и чистка комнаты, а также стирка обходятся вам не менее чем в пятьдесят центов. Это так?

Его мозг был отуманен недоверием, и с минуту он молчал, не в силах ответить.

— Вероятно.

— Медведь, — сказала Клара, наклоняя голову, чтобы лучше его видеть, — вам пора перестать сдавать комнаты шлюхам. Вы должны послать их работать в другое место.

— Нет, Клара, — сказал он мягко, почти печально. — Я деловой человек, и мое дело — содержать салун. А шлюхи — непременная принадлежность такого заведения. Я не ожидал, что такая женщина, как вы, поймет это, но с моей стороны было бы глупостью отказаться от доходной статьи своего бизнеса.

— Я прекрасно вас понимаю, потому что я тоже бизнесмен. — Она отпихнула пустую бутылку из-под пива в снег, потом подалась вперед, поближе к нему. — Но вы не получаете настоящего дохода. Вы теряете на этом деньги.

— И как же вы это рассчитали?

— Ну, обратимся к простой арифметике. Вы получаете пятьдесят центов от каждой шлюхи, за исключением Сэди. Сэди платит немного больше.

— Нет, я получаю в ночь по доллару от каждой шлюхи.

— Я имею в виду ваш доход после того, как вы потратитесь на уборку и стирку. Но если бы вы превратили ваши комнаты в настоящий отель, вы могли бы заработать на этом пять, а то и шесть долларов за ночь, а возможно, и больше, и расходы ваши остались бы такими же. Вы могли бы получать по четыре-пять долларов в ночь за каждую сданную комнату.

Его рот раскрылся, и Медведь продолжал недоуменно глазеть на нее. Потом вскочил на ноги и принялся расхаживать взад и вперед, тихонько чертыхаясь.

Она была права! И будь проклят он со всеми своими потрохами и шкурой, если до сих пор не понял этого. Джек Хорват имел дело с девками, а Медведь просто унаследовал его бизнес и продолжал дело так, как вел его Хорват. Единственным слабым звеном в аргументах Клары было то, что касалось цены за комнату в отеле в Доусоне. Он ведь мог бы зарабатывать и двенадцать долларов за ночь. Если бы он сменил интерьер, то мог бы заработать и двадцать. Черт побери! Ведь в «Гранд-Отеле» в двух кварталах от его салуна брали по тридцать пять за комнату. Когда открылся «Гранд-Отель», все в городе смеялись и говорили, что ни один человек в здравом уме не станет платить тридцать пять долларов за комнату, только чтобы провести там ночь. И все они ошиблись. «Гранд-Отель» был переполнен каждую ночь.

— Если я осуществлю это, то сколочу целое состояние, — сказал он внезапно охрипшим голосом, глядя на нее сверху вниз.

Она улыбалась, и глаза ее сияли. Бог мой! Ну что за чудо эта женщина!

— Я готов поцеловать вас в знак благодарности, — сказал Медведь, давая ей возможность увидеть, что он грубое животное, и с достоинством удалиться. Но улыбка ее стала еще шире, и она склонила голову, явно кокетничая:

— Думаю, вы слишком джентльмен, чтобы погубить мою репутацию, поцеловав меня на глазах у публики.

Господи! Медведь почувствовал, что колени у него подгибаются. Она вовсе не собиралась уходить и не сказала «нет».

Стоя рядом с ним, Клара подняла бровь и одарила его долгим и внимательным взглядом, от которого в груди у Медведя образовался комок, а значительно ниже пояса все отвердело. Достаточно было одного ее медлительного взгляда, и он готов был преступить все запреты. Ему хотелось сгрести ее своими огромными ручищами, бросить на снег и целовать, не говоря о других занятиях, целовать до умопомрачения. Наконец Клара опустила глаза, улыбнулась и удалилась от его костра, не прибавив больше ни слова.

Другие могли видеть в ней всего лишь крупную, укутанную в теплые одежды женщину, похожую в них на куль, опирающийся на ноги в высоких ботинках, с зеленой фетровой шляпой, увенчивающей голову. Но Барретт видел в ней желанную женщину с пышными формами и изгибами там, где им полагалось быть. К тому же она была крепкой и обладала сильными мускулами. Это была единственная женщина, которую он встретил в жизни, заставившая его почувствовать свою уязвимость. Она дважды победила его. И от этого казалась ему самой обворожительной особой на свете.

Опустившись на свой складной стул, чувствуя, что голова его в огне, он изучал брошенную ею на снег бутылку из-под пива и думал о том, что совсем недавно ее губы сжимали горлышко этой бутылки. Господи! Потом он попытался усилием воли заставить себя отвлечься и переключиться на личные дела. Почти тотчас же Медведь вспомнил о своей хижине на озере Беннетт. Ему часто приходило на ум, что следовало бы построить перевалочный пункт в месте, где пересекались дороги между Дайей и Скагуэем. Но к тому времени, когда он добирался до озера Беннетт, он чертовски уставал и ему отчаянно хотелось выспаться в настоящей постели, а не на жесткой земле или на походной кровати, слишком короткой и узкой для человека его роста и комплекции.

А его хижина принадлежала только ему одному! Там он мог бы чувствовать себя в полном уединении. Широкая улыбка появилась на его губах, потом он запрокинул голову и издал громкий и счастливый вопль, обращенный к небу.

Теперь ему оставалось только дождаться момента, когда лед на озере Кратер окончательно затвердеет, и тогда он сможет вместе с Кларой двинуться к Длинному озеру и дальше, к Глубокому озеру, потом к озеру Линдерман и, наконец, к берегам озера Беннетт. Эти переходы займут примерно четыре недели, самое большее пять, и тогда он сможет вкусить от этих сладостных, как спелая земляника, и столь желанных губ.

— Бен приходил в последнее время?

— Вы же сказали нам, что не хотите его видеть, — ответила Зоя, стараясь заставить себя быть терпеливой.

Джульетта без сил упала на свою походную кровать. Руки ее бессильно свесились по обе стороны постели. Она уставилась на трубу от печурки, выходившую наружу сквозь потолок палатки.

— Я должна поблагодарить его, но мне тяжело с ним встречаться. В душе я чувствую, что мне следует поблагодарить его лично, — сказала Джульетта с несчастным видом, — но ведь он видел меня обнаженной. — Она прикрыла глаза ладонью. — Как вы с Кларой допустили это?

— О, вероятно, потому, что пытались спасти вашу жизнь. Или нам следовало подумать и обсудить, что предпринять, и решить, что для вас хуже — испытывать смущение по поводу этого неудобства или умереть. И нам пришло в голову, что все-таки лучше не дать вам замерзнуть насмерть на берегу озера, хотя мы, конечно, могли оставить на вас промерзшую насквозь одежду и не позволить Бену Диру увидеть вас нагой, а ведь он пытался согреть и спасти вас. Если для вас это будет некоторым утешением, я могу вам сказать, что предпочла бы оставить вас замерзать. — Зоя скорчила гримаску и вздохнула.

Когда она считала, что Джульетта умирает, то клялась, что никогда больше не станет грубо с ней обращаться, если та выживет. Но Зоя уже десятки раз нарушила эту клятву. Чтобы быть справедливой, следовало признать, что и Клара ее раздражала. К тому же были верные признаки того, что и она раздражала их обеих. Находиться втроем в тесной палатке почти неделю было бы тяжким испытанием для любого.

Она снова вздохнула, на этот раз испытав острую тоску по дому, и помешала в котле, который они держали в палатке и где теперь кипятили и стирали белье. За стенами палатки уже неделю бушевала буря, неизвестно откуда обрушившаяся на озеро Кратер и его берега, и температура резко скакнула вниз, и на этой отметке на несколько градусов ниже нуля термометр застыл. Внутри палатки, где стояла походная печка, было достаточно тепло, даже жарко, что вынуждало их раздеваться до нижнего белья. И все-таки они покрывались липким потом. И страдали в этом вынужденном заточении от скуки и безделья.

— Кажется, буря окончилась, — заметила Джульетта, и голос ее звучал равнодушно, будто ей было все равно. Она оставалась апатичной и вялой с тех самых пор, как чуть было не погибла подо льдом.

— Прошлой ночью снег и ветер временами прекращались, — согласилась Зоя, продолжая помешивать воду в котле с бельем. Кипятить белье было несложно. Проблема заключалась в том, чтобы высушить выстиранную одежду. Поэтому они и не делали попыток стирать нечто более крупное, чем носовые платки, чулки и нижнее белье. Эти предметы туалета они могли развесить для сушки на спинках кроватей, но что-либо более крупное и тяжелое спускалось до самой земли, не высыхало до конца и занимало слишком много места в тесной палатке.

— Зоя! — Голос Клары послышался снаружи, потому что они не открывали клапана, если того не требовали особые обстоятельства. — Здесь Том. Он хочет, чтобы вы пошли с ним на озеро. Он покажет вам, как управлять санями.

Зоя перестала помешивать белье и стала соображать, сколько усилий ей потребуется для того, чтобы одеться в столь тесном пространстве. Учитывая, что они поместили посреди палатки печку, они могли теперь одеваться только по очереди. К тому же приходилось следить за тем, чтобы кайма или подол платья не попали в печку и не загорелись. За эти дни сгорело целых четыре палатки.

— Ступайте же скорее! — сказала Джульетта, закрывая лицо согнутой рукой. — За мной больше не требуется ухода.

Но Зоя и не думала о Джульетте. Она думала о Томе. Они мало видели друг друга в последнее время, со дня пикника у подножия ледников.

— Скажите ему, что мне надо одеться.

Когда Зоя наконец вышла из палатки, укутанная до бровей, она заметила, что Клара смела снег с палатки и сколола лед с горы вещей, громоздившейся возле их жилища, чтобы добраться до припасов. Сегодня энергия Клары и ее неиссякаемая бодрость и жизнерадостность необычайно раздражали Зою. Ей не понравился и особый блеск в глазах Тома, когда он оглядывал ее, завернутую в несколько слоев одежды, как кочан капусты. На ней была тяжелая толстая вельветовая юбка поверх нескольких шерстяных нижних юбок, а сверху толстый шерстяной свитер и не пробиваемая ветром куртка. Поверх них она надела еще плащ, шея ее была замотана толстым шарфом. Ее туалет довершала пара варежек, надетая поверх пары перчаток. Ее юбки были столь несгибаемыми, что она не могла наклониться, чтобы увидеть свои ботинки.

— Ты потешаешься надо мной? — спросила она сквозь прикрывавший рот шарф.

— Отнюдь нет.

Но Зоя видела, как углы его губ изогнулись в улыбке. Он обернулся к Кларе:

— Разве заметно, что я смеюсь над ней?

— Нет, это я потешаюсь. — Глаза Зои превратились в щелочки, видные выше шарфа, обмотанного вокруг ее шеи и рта. — Мы выглядим как пингвины в нашей неуклюжей одежде. А что вы знаете о пингвинах?

— Мы в плохом настроении, верно? — спросил Том, поднимая бровь. Он отодвинул шарф, и она увидела его улыбку.

— Мне то слишком холодно, то слишком жарко. Я целую неделю проторчала в палатке как узница. Джульетта сводит меня с ума. Мы все начинаем походить друг на друга. У нас нет никаких упражнений, никаких развлечений. И меня просто тошнит от «аляскинской земляники» и пончиков. Мне хочется вопить из-за этой однообразной пищи.

«Аляскинской земляникой» называли розоватые, наполовину сваренные бобы, насчет которых острили все в лагере, когда уже не было сил жаловаться. Ни у кого не хватало энергии готовить что-нибудь другое, даже если и удавалось найти нечто более привлекательное в промерзших насквозь ящиках и коробках.

— Когда нам удастся двинуться отсюда дальше?

По крайней мере человек сто уже повернули обратно. Возможно, они и не сделали бы этого, если бы зима уже не вступила в свои права и не зашла так далеко, если бы они имели возможность переплыть озера и спуститься вниз по реке или по рекам, сколько бы их ни встретилось на пути. Но слишком низкая температура и долгие переходы по льду расхолаживали их. Зоя с завистью в сердце наблюдала их отступление.

— Сегодня не много желающих попасть в Доусон. — Том шел с ней рядом, стараясь приноровиться к ее походке. — Наша группа может двинуться дальше завтра утром.

— Прекрасно.

Когда они добрались до берега озера, Том остановился и откинул подбитый мехом капюшон своей куртки.

— На прошлой неделе это ведь ты начала потасовку, — сказал он, качая головой и улыбаясь. — Никогда не видел ничего подобного.

Зоя закрыла глаза и сжалась.

— Я горжусь тобой, Зоя. — Том стоял рядом с ней, засунув руки в карманы куртки, и смотрел на нее с нежностью. — Если бы ты не дала по морде этому Джеку Хорвату первая, это сделал бы я.

Зоя отвернулась, стараясь не смотреть на Тома.

— А я стыжусь себя, — сказала она тихо. Как могла она стать совершеннее и лучше, если не умела управлять собой и тем кусочком Ньюкасла, что все еще жил в ней?

Том взял ее за плечи и повернул лицом к себе.

— Нет никакой причины стыдиться того, что ты защитила подругу.

— Леди не вступают в кулачные бои.

— И тебя это волнует? — Его пальцы крепче сжали плечи Зои. — Здесь живут по иным правилам, Зоя. Если ты не боец, то не выживешь на Юконе. И даже можешь погибнуть. Такие качества, как твердость и верность, здесь ценятся очень высоко.

— Так ты меня представляешь такой? — спросила Зоя, напуганная до безумия. — Такой жесткой?

— Можешь в этом не сомневаться. Ты достаточно сильна и тверда, чтобы получить то, что хочешь. Требуются большая сила воли и твердость, чтобы преуспеть в таком большом городе, как Сиэтл, а ты это сумела. Но еще больше твердости требуется, чтобы преуспеть в таком месте, как Доусон, и вынести все, что сулит жизнь в подобном месте.

От этой похвалы Зоя почувствовала себя чуть лучше, но когда она осознала, что он похвалил ее за не подобающие леди действия, то совсем пала духом. Не было ничего достойного восхищения в том, что она учинила драку.

Том продолжал ей улыбаться.

— Ты и Клара становитесь местными знаменитостями. Здесь, на трассе, нет ни одного мужчины, который бы хотел оказаться у вас на дороге. Все знают, что ты умеешь стрелять и держишь в палатке ружье, а теперь им стало известно, что и в кулачном бою ты умеешь постоять за себя.

— Я не хочу говорить об этом, — заявила Зоя, ступая на лед.

Клара сказала ей, что он уже стал надежным и прочным. Похоже, Клара знала все, и это усугубляло раздражение Зои против нее.

— Скажи, что мы собираемся делать?

Том последовал за ней, и она почувствовала на себе его мрачный взгляд.

В течение следующего часа он учил ее управлять санями на льду. Четверо из его клиентов повернули назад к озеру Кратер, поэтому теперь у него оказались лишние сани и собаки.

— Раз у нас стало меньше клиентов и груза, мы сможем продвигаться вперед быстрее.

У чилкутов был план поставить полотняные паруса на лишние сани и доверить попутному ветру толкать сани с грузом через озеро. Если удача будет им сопутствовать, к тому времени, когда Зоя и ее спутницы прибудут на место, для них уже будет разбит лагерь и поставлены палатки. И они поедут на санях, в которые будут впряжены собаки.

— В таком случае зачем мне знать, как ставить паруса?

— Любое дело, которое ты освоишь здесь, сноровка в любом ремесле — все равно что деньги в банке.

Его слова показались Зое разумными.

— Почему у наших саней не металлические, а деревянные полозья в отличие от других? — спросила она, оглядываясь вокруг.

— Металлические полозья примерзают ко льду в сильные морозы.

Том показал ей, как смачивать водой деревянные полозья, после чего они покрывались тонкой корочкой льда. Потом продемонстрировал, как запрягать собак. Показал, где следует стоять и как управлять животными. Через час она узнала столько нового, что все начало путаться у нее в голове. Единственное, что застряло в памяти Зои, было предупреждение, что погонщик собак не должен добавлять собственный вес к грузу на санях.

— Ну, об этом можно не беспокоиться. Собаки будут мчаться вперед и тащить за собой сани. Я буду на передних санях, а Медведь Барретт согласился управлять последней упряжкой. Бен Дир поведет сани вслед за Джульеттой, чтобы не спускать с нее глаз. Ни ты, ни другие леди не будут подвергаться опасности.

Зоя уставилась на него:

— Послушай, я все-таки хочу уяснить. Я должна буду бежать за санями весь путь до Длинного озера? Потом бежать через озеро Линдерман до озера Беннетт?

Со смехом он кивнул ей.

— Ты можешь остаться в этом лагере, пока не наступит весна и не растает лед, и тогда ты сможешь взять лодку или плот и спуститься на них вниз по реке.

— Ни один из вариантов меня не устраивает. — Но, вспомнив свой несчастный опыт путешествия на «Аннасетт», она подумала, что пробег в сто миль представляется ей желаннее. — Ты знаешь, я прихожу в ярость от такого предложения.

Ее щеки пылали от холода, а под своими многочисленными одежками она вся покрылась потом. Собаки ее немного пугали. Она не была уверена в том, что лед толщиной в фут — достаточно прочная поверхность, и не могла, просто не могла представить, что это значит — пробежать сто миль вслед за санями, за исключением того, что опыт этот будет не очень приятным, скорее наоборот.

— Никто не может рассказать вам обо всем до того, как вы покинете Штаты.

Она махнула рукой в сторону озера:

— Я готова держать пари, что эти люди не были бы здесь, если бы могли представить, что их ожидает.

Том потянул Зою за шарф, чтобы высвободить ее рот, потом наклонился и поцеловал ее:

— Помни, что ты крепкий орешек!

— Ты меня поцеловал! — Испуганная и разгневанная, Зоя оттолкнула его. — У всех на глазах! — Она терла перчаткой губы, все еще ощущавшие его поцелуй. — Как ты смеешь компрометировать меня!

— Я думал о том, что ты говорила мне возле ледников, на пикнике. И решил, что недаром судьба свела нас снова. Я хочу быть для тебя, Зоя, больше чем другом, поэтому принял решение начать ухаживать за тобой. — Его ясные зеленые глаза смотрели на нее серьезно. — Что касается поцелуев на людях, то я сделал это намеренно. Я застолбил территорию, сделал заявку на тебя. Сомневаюсь в том, что я единственный мужчина, считающий тебя привлекательной женщиной, обладающей к тому же боевым задором и темпераментом. Я подал сигнал возможным соперникам, что не потерплю их ухаживаний за тобой.

Должно быть, он потерял разум!

— Я не хочу, чтобы за мной ухаживали! — настаивала Зоя, когда гнев ее поостыл. — Мне казалось, я достаточно ясно это выразила.

— Да, выразила. — Он выпряг собак из саней и передал поводки одному из чилкутов. — Изменить твои взгляды на ухаживание — одна из моих задач.

— Одна из твоих задач?!

Зоя все еще пылала гневом. Она была в ярости оттого, что он скомпрометировал ее на глазах у всех. Он обошелся с ней как с продажной девкой!

— Если бы на мне не было перчаток и варежек, я дала бы тебе пощечину!

Он рассмеялся:

— Перец пополам с уксусом! Люблю таких женщин!

Все еще разгневанная и возмущенная, Зоя направилась к берегу, моля Бога, чтобы ей удалось добраться до места, не поскользнувшись и не испортив то, что она сочла прекрасным окончанием драматического разговора. Если бы она оказалась распростертой на льду, это испортило бы весь эффект.

— Научи своих подруг тому, чему я сегодня научил тебя! — крикнул он ей вслед. — И знаешь, Зоя...

Ей не хотелось оборачиваться и смотреть на него, но она не могла его не слышать.

— Мы будем вместе — ты и я. И тебе придется с этим примириться.

— Никогда! — бросила она через плечо.

Зоя уже совершила одну ужасную ошибку и не собиралась ее повторять.

Глава 14

В одной из своих любимых книг Джульетта прочла, что, когда человек тонет, все его прошлое мгновенно проносится перед его глазами, но с ней этого не произошло.

— Джульетта, выходите. Нам надо сложить палатку. Все остальное уже уложено.

Она оглядела маленькую тесную палатку. Все, чем они обладали, весь их скудный скарб, вся нехитрая мебель были упакованы.

Она ненавидела спать в спальном мешке на узкой походной кровати, ненавидела тесноту, ненавидела, когда было слишком жарко или слишком холодно. Она ненавидела то, что приходилось изо дня в день носить одно и то же, ненавидела тошнотворный вкус бобов, бекона и бисквитов, составлявших их каждодневный рацион. Она ненавидела то, что не имела возможности вымыть волосы, и то, что приходилось довольствоваться крошечной лоханью, — все это было отвратительным суррогатом нормальной жизни. Но больше всего ее раздражало общество Клары и Зои, от которого, как ей казалось, нервы ее были обнажены и даже стерты до крови.

Теперь по крайней мере Джульетта могла сказать, что где-то побывала и что-то сделала по своей воле. Однако если бы не предстоящее путешествие на Юкон, все было бы не так ужасно. Она сделала попытку изменить свою жизнь, но должна была напрячься и сделать новые усилия, если желала изменить ее по-настоящему.

— Джульетта! Черт возьми! Чем вы там занимаетесь?

— Иду!

Она вышла в замерзший туманный, как свет, проникающий сквозь жемчужину, мир. Легкий новый снежок припудрил следы, оставленные накануне. Небо было цвета старого серебра. Если надо было бежать за нартами с собачьей упряжкой, этот день подходил для подобной цели не хуже любого другого. Как только Джульетта подумала о пробежке по льду, сердце ее сделало скачок и на мгновение остановилось, но она стиснула зубы и попыталась не думать от этом. Другие уже покинули озеро Кратер и двинулись вперед без особого труда и приключений. Но большинство старателей решили перезимовать. На мгновение Джульетта всем сердцем пожелала остаться.

Когда она подняла голову и посмотрела на Клару и Зою, то не поверила своим глазам.

— Боже мой! Что вы с собой сотворили?

Их лица были скрыты под уродливыми серыми масками.

— Это зола пополам со свиным жиром, — ответила Клара.

Не успела Джульетта опомниться, как Клара быстрым движением растерла это ужасное снадобье по ее лицу.

— Наши лица будет обдувать морозный ветер, температура будет падать, когда мы окажемся на льду на середине озера. Том также снабдил нас специальными очками, чтобы защитить глаза от ослепительного сверкания снега.

Джульетта не могла отвести глаз от очков Зои с синеватыми стеклами, которые та напялила поверх ужасной маски, покрывавшей ее лицо.

В довершение ко всему появился Бен Дир, выглядевший как бродяга в отрепьях, но красивый, как молодой бог, в своей куртке на меховой подкладке и тяжелых сапогах, доходивших ему до колен. Она собиралась поговорить с ним. Ей хотелось поблагодарить его за спасение своей жизни. Но теперь она выглядела как чудовище, как безумный монстр из дурного сна.

Он смотрел на нее, и в глазах его она заметила смешинки, а выражение лица стало нежным и добрым, сменив непривычную для нее мрачность.

— Прежде чем мы тронемся в путь, я хотела бы поговорить с вами. — Под маской из золы и жира щеки ее вспыхнули стыдливым румянцем.

Джульетта не помнила того, как он сжимал ее обнаженное тело в объятиях, но могла представить себе это. Мысль о том, а главное, представшая перед ее мысленным взором картина того, как Бен прижимает к своей голой груди ее обнаженные груди, как он растирает ее обнаженные плечи, вызвала в ней странную реакцию — не столько стыд, сколько непривычное возбуждение. Она почувствовала, как все ее тело запылало, и ощутила непривычное для себя томление.

— Джульетта, — сказал Бен тихо. За его спиной Клара и Зоя принялись складывать палатку, в то время как чилкуты грузили их тюки и коробки на нарты. — Когда я подумал, что потерял вас... — Его руки в перчатках, которые он держал вдоль тела, сжались в кулаки. — Иногда я понимаю, что веду себя как идиот. Конечно, для вас важно, какое вы производите впечатление на окружающих.

— Видите ли, я ведь потеряла человека.

Его брови сошлись вместе, а в глазах его она прочла явный интерес.

— Я не знал, что вы кого-то потеряли.

Теперь их разговор становился опасным для нее.

— Его нет уже более года, — ответила она.

— Мне так жаль. Это был ваш брат? Отец?

Джульетта могла бы сказать, что потеряла отца, и это не было бы ложью.

— Нет, — ответила она, отворачиваясь и думая о том, как бы прекратить неприятный разговор. — О, я вижу, что Клара и Зоя уже готовы.

Лицо Бена помрачнело еще больше, глаза прищурились, и она ощутила его ревность. Ее глаза округлились от изумления, и это открытие возбудило ее до такой степени, что она почувствовала, как по телу ее пробежала легкая дрожь.

Клара и Зоя передали сложенную палатку индейцам-чилкутам и теперь бросали выразительные взгляды попеременно на озеро Кратер и на Джульетту.

— Бен, — сказала она торопливо, — благодарю вас за то, что вы рисковали собственной жизнью, спасая меня. — Ведь он мог уйти под лед и не вынырнуть, утонуть вместе с ней. Ледяная вода парализует человека — он мог дорого заплатить за самоотверженность. — Я буду вам благодарна вечно! Как глупо было с моей стороны считать наши с вами дружеские встречи непристойными и волноваться по этому поводу. Ведь в конце концов мы с вами друзья. Верно? По крайней мере я надеюсь, что мы друзья, — добавила она, чувствуя, что краснеет. Ей еще не хватало уверенности роковой женщины.

Его руки сжимались и разжимались, и Джульетта неожиданно почувствовала, что ему хочется заключить ее в объятия.

— Если вы согласитесь со мной, то, я надеюсь, мы станем больше чем друзьями, — сказал он тихо, понизив голос.

— Бен! Джульетта! — позвала их Клара, перевязывая поновому шарф, спускавшийся с тульи ее шляпы и прикрывавший ее рот и нос. — Вас все ждут.

Вмешательство Клары напомнило Джульетте, что им никогда не суждено стать чем-то большим, чем просто друзья.

— Я рада нашей дружбе, — виновато пробормотала она. — Интересно знать, как вы выглядите без этой неопрятной лохматой бороды? — И тотчас же ее сковал ужас. — Я не хотела вас обидеть... Я только...

Он рассмеялся:

— Если вам не нравится моя борода, считайте, что я уже избавился от нее.

— О! Но я ведь ничего такого не имела в виду. Просто...

Клара взяла ее за руку, а Зоя за другую.

— Мы уезжаем. — Клара бросила взгляд через плечо: — Бен Дир, вы ведь тоже идете?

— Я надеюсь, леди хорошо выспались, — сказал Бен, присоединяясь к ним. — День будет долгим и утомительным.

Когда Зоя начала объяснять Джульетте, как они будут управлять санями, та пришла в ужас. Но когда Зоя повторила свои объяснения, она попыталась запомнить ее наставления. В течение нескольких дней она пыталась убедить себя, что бежать за санями, в которые запряжены собаки, не такое уж ужасное дело, каким представлялось по объяснениям.

Но предчувствия ее не обманули. Она даже ничего не видела за горой коробок и мешков в четыреста фунтов весом, громоздившихся на санях, которыми она должна была управлять.

Приказ был отдан ей в спешке, и она поняла, что самое главное для нее — не отставать от остальных. Как только сани тронулись, вырывая ремни из ее рук, она упала на лед, и Том снова показал ей, как следует бежать. Не на цыпочках, как она пыталась, а опираясь на всю стопу, производя ритмичные движения, стараясь держаться параллельно саням, делая почти шаркающие движения. Как только она попрактиковалась в этом, она заметила, что могла бы сохранять ритм движения, а он был стремительнее, чем она предполагала и чем считала себя способной удерживать.

В течение первого часа мысли ее разбегались: она думала, достаточно ли толст и прочен лед, потом ее мысли упорно возвращались к Бену, и она опасалась, что выглядит не слишком привлекательно в его глазах, когда неуклюже бежит, переваливаясь с ноги на ногу. Она понимала, что Бен наблюдает за ней.

В течение второго часа Джульетта следила за санями, на которых одеяла были поставлены как паруса и которые обогнали ее. Глядя на эти сани, она позавидовала им. Когда в полдень все сделали остановку, чтобы передохнуть и выпить кофе, она спросила Тома, почему бы и им тоже не поставить на свои сани паруса.

— Когда стихнет ветер, вы увидите, что мы оказались правы. На больших расстояниях собаки надежнее. — Повесив весло над пламенем небольшого, но жаркого костра, он поджарил ломтик хлеба с сыром. — А без ветра людям придется тащить сани на себе.

— Ну как вы, маленькие леди? — спросил Медведь Барретт. Голос его гудел, как набат, и был слышен через все озеро, и на его зычный рык обернулось несколько человек. — Вы еще держитесь на ногах?

Джентльмены не должны упоминать такую часть тела, как ноги, в присутствии леди, но, несмотря на это, Медведь нравился Джульетте. Сначала его огромный рост и лицо со шрамами пугали ее, но теперь ее мнение о нем изменилось: она считала его веселым и добрым человеком. Барретт ассоциировался у нее с косматым викингом, золотоволосым и воинственным, полным жажды жизни, верным и преданным тем, кого он причислял к своему племени.

Когда Том откликнулся на призыв Медведя и махнул ему рукой, приглашая к костру, сердце Джульетты сжалось в груди. Вся их группа состояла из одних мужчин. Они могли видеть ее на берегу нагой, а если и не видели, то уж, конечно, слышали о ней. Медведь долго смотрел на нее, будто изучая выражение ее лица, прежде чем его огромная лапища тяжело опустилась на ее плечо.

— Никто никогда не скажет ни одного обидного слова о вашем приключении, о том, как вы провалились под лед, — сказал он мягко, с удивившим ее тактом.

Губы ее дрогнули, и она шепотом ответила:

— А что, если они все-таки будут отпускать шуточки на мой счет? — Она бы умерла от унижения, если кто-нибудь хоть словом намекнул бы на ее тогдашнюю наготу.

— Тогда Бен Дир вышибет из них всю вонючую начинку. Бен дал слово это сделать. Если кто-нибудь вас расстроит или обидит, он расплатится за это синяками и кровоподтеками, клянусь Господом. А я и Том — мы его поддержим. Мы всегда готовы вступиться за вас, если ему понадобится наша помощь.

— Бен так сказал?

Джульетта повернула голову туда, где Бен хлопотал возле своих саней, меняя на ногах собак обмотки из дерюги, чтобы они во время бега не поранили себе лапы об острые и неровные осколки льда. Группа людей, собравшихся вокруг костра, состояла из других клиентов Тома. Джульетта уловила, что изредка они бросали на нее косые взгляды, но, как и обещал ей Медведь, ни один из них не позволил себе ни одного грубого или двусмысленного слова.

То, что, как ей стало известно, Бен выразил намерение драться из-за нее и защищать ее доброе имя, сделало его в ее глазах еще большим героем, чем она считала его до сих пор. И ее удивило его благородство. До этого путешествия Джульетта не знала людей, способных проявить насилие по отношению к кому бы то ни было, и не имела желания знать их. Она была уверена, что Жан-Жак никогда бы не вступил в свару, возникшую из-за нее на берегу озера.

Но окружавшие ее люди не уклонялись от стычек и не презирали драк. Они всегда были готовы броситься на защиту своих женщин, если тех, по их мнению, оскорбили или расстроили. И Джульетте нравилась их непримиримость и жесткость. С ними она чувствовала себя в безопасности. Она чувствовала, что в определенном и до сих пор неизвестном ей смысле это важнее, чем просто хорошие манеры.

— Мне следует стыдиться себя, — пробормотала она. Ее новые взгляды удивляли ее самое.

— Чего вы стыдитесь? — спросила Зоя, глядя с горечью на свои уродливые ботинки. — Боюсь, у меня появились водяные мозоли.

— Я стыжусь того, что невольно поощряю насилие.

Зоя взмахнула оловянной кружкой с кофе, которую держала в одной руке, и бутербродом с сыром, который был у нее в другой.

— Вы? Поощряете насилие? Клянусь жизнью! Чего тут стыдиться? А кстати, что сказано о насилии в ваших книгах об этикете?

— Не важно. Откуда у вас эти бутерброды с сыром?

— Я приготовил их для нее! — крикнул Том, возившийся у костра.

— Я тебя об этом не просила! — огрызнулась Зоя.

Том улыбнулся Джульетте:

— Мисс Уайлдер и я друзья. К тому же я ухаживаю за ней. Убеждаю ее, каким внимательным и полезным могу быть в доме.

Джульетта и Клара одновременно отпрянули и воззрились на Зою. Даже маска из золы и сала не могла скрыть румянца, вспыхнувшего на ее щеках.

— У нас нет никакого романа и никакого ухаживания! Ты меня слышишь, Том Прайс? У нас нет и не может быть никакого романа! Никогда!

Джульетта бросила взгляд на Бена, склонившегося над собаками, а Клара посмотрела на Медведя, болтавшего и смеявшегося с мужчинами в другой группе. Оба они стояли так, чтобы не терять женщин из поля зрения. Как всегда, отметила про себя Джульетта.

Том улыбнулся:

— Хочешь еще бутерброд с сыром, дорогая?

Зоя зашипела, потом яростно затрясла головой и затопала в своих неуклюжих ботинках прочь, удаляясь от него к Бену и собакам.

— К счастью, мне нравятся упрямые женщины. Но если бы ее легко было заполучить, то не стоило бы и стараться.

Том подмигнул Джульетте, потом взял другой ломоть хлеба с сыром, укрепил его на весле и подержал над жарким пламенем.

Весь этот день Джульетта думала о Зое и Томе и об их отношениях, и, несмотря на протесты Зои, она замечала, как они обмениваются долгими загадочными взглядами. Ясно было и то, что Клара и Медведь тоже держатся близко друг к другу. И когда они оказывались рядом, даже морозный воздух, разделявший их, раскалялся и начинал шипеть. А потом ее мысли переключились на Бена Дира.

— Я не участвую в этих играх, — продолжала настаивать Зоя после ужина, когда они удалились в свою палатку и растянулись на походных кроватях.

— Мне безразлично, чем вы занимаетесь, пока помните, зачем мы здесь, — сказала Клара, подавляя зевок. — Пока вы помните, что должны застрелить этого мерзкого хорька, нашего мужа, вы можете заводить роман с кем хотите и принимать любые ухаживания. Меня это не заботит.

— Да что с вами? — Зоя подняла голову и оторвалась от своего занятия — она пыталась проколоть иглой водяные пузыри у себя на пятке. — Джульетта, прочтите Кларе лекцию о том, как совершились наши браки, о том, что достойно и что недостойно, и о том, что мы не можем располагать собой свободно. Я слишком устала, чтобы объяснять ей это.

Джульетта вертела в пальцах мешок с туалетными принадлежностями и хмуро взирала на разводы из золы и грязи на своих руках. Эта чудовищная маска помогала защитить лицо от мороза и пронзительного ветра, и все же лицо горело и кожу слегка пощипывало.

— Пока я не провалилась в озеро, я была способна прочесть такую «лекцию», но теперь больше ни в чем не уверена.

Зоя и Клара, обе как по команде, прекратили свои занятия и посмотрели на нее. Они выглядели нелепо в своих длинных шерстяных панталонах и бесформенных фуфайках, с волосами, струящимися по спинам, с лицами такими же воспаленными и красными, как у Джульетты, в свете, падавшем на них от фонаря.

— Теперь я думаю, что, если счастье подворачивается вам, вы должны хватать его обеими руками. — Джульетта отбросила свой мешок в ведро с грязными вещами для стирки. — Том — хороший, честный человек. Он достоин уважения, он великий труженик, и, наконец, он умеет вести дела. У вас обоих примерно одинаковое происхождение и прошлое, вы признаете одни и те же ценности. У вас одинаковые взгляды на вещи. А теперь поговорим о нашем муже. Не говоря о такой мелочи, что он исчез, он лгун, совратитель и вор. Но зато происходит не из Ньюкасла, — добавила она, бросив непривычно суровый взгляд на Зою, — и это его единственная добродетель.

— Джульетта Марч! Я не верю своим ушам! Неужели это вы?

Клара посыпала волосы тальком и принялась расчесывать их щеткой. Тальк освежал кожу головы, снимал жир с ее густых волос и одновременно подсушивал их. Они трещали под каждым движением щетки, а тонкие завитки взлетали вверх под действием статического электричества.

— Любой дурак, если только у него есть глаза, не может не заметить, что Том любит вас. Возможно, любил всегда. Если бы вы не были так упрямы, если бы позволили идти всему своим чередом, вы тоже полюбили бы его.

Зоя с яростью вонзила иглу в подушечку для игл.

— У вас обеих снежное безумие! Разве вы забыли, что я должна застрелить Жан-Жака? — Она похлопала по длинному дулу ружья, лежавшего под ее спальным мешком. — А потом канадские полицейские вздернут меня или поставят перед расстрельным взводом, или как там они поступают с убийцами? У меня нет будущего.

— Тем больше оснований пользоваться счастьем, пока еще есть время. Я согласна с Джульеттой.

— Я не могу. Том из Ньюкасла!

Джульетта сложила руки на коленях, обтянутых красными шерстяными панталонами.

— Помните историю, которую вы рассказывали нам о празднике владельцев шахт? — спросила она тихо. — О людях в каретах, воротивших носы от вас и ваших семей?

— Я не забуду этого. Да разве такое можно забыть?

— Так скажите мне, Зоя, чем вы от них отличаетесь? — Джульетта смотрела на Зою и видела, как у нее беспомощно раскрылся рот, а в глазах вспыхнул гнев. — Похоже, что и вы тоже считаете жителей Ньюкасла не лучше грязи под ногами. Похоже, что вы презираете своих друзей и соседей. Вы считаете их ничтожными и низкими.

— Бог мой! — Зоя только смотрела на нее, не в силах что-нибудь сказать.

— Если вы и Том представляете народ Ньюкасла, мне кажется, вы можете гордиться им и собой. Может быть, жители Ньюкасла бедны, но похоже, что это добрые и трудолюбивые люди. Почему вы их стыдитесь? Почему мнение людей в каретах для вас важнее голоса собственного сердца?

Джульетта подошла к кровати Зои и сжала ее дрожащую руку.

— Совсем не обязательно ездить в карете, чтобы быть снобом, — добавила она мягко. — Пожалуйста, подумайте об этом, когда завтра утром увидите Тома.

— Я... я просто... Бог мой! — прошептала Зоя.

— Что касается меня, то я собираюсь спать, — объявила Клара, зевая во весь рот.

После того как Клара задула фонарь, Джульетта лежала в темноте и смотрела на Зою, все еще сидевшую на постели, подтянув колени к подбородку и вперив взгляд в угасающие в печке угли. Может быть, она была не права, толкая Зою в объятия Тома?

— Слушайтесь Джульетту, — прошептала Клара со своей кровати.

Господи помилуй! Джульетта приподнялась на постели и села, глядя на них. Они готовы были послушаться ее совета. Чудеса продолжаются!

Глава 15

Чтобы пройти по земле значительный отрезок пути, отделявший озеро Кратер от озера Длинного, индейцы-чилкуты, носильщики, нанятые Томом, сняли одеяла-паруса с саней и, обвязав себя ременными петлями поперек груди или, если так им было удобнее, поперек лба, потянули сани по снегу. Однажды, поддавшись внезапному импульсу, Зоя попыталась проделать то же самое и была удивлена, что сумела протащить сани некоторое расстояние. Правда, это было всего несколько футов, но тем не менее ей это удалось.

— Я могу их тянуть, — сказала Зоя, передавая ремни от саней Тому, — но всего несколько футов, и рада, что мне не надо делать это все время.

Чем дольше длилось их путешествие, тем меньше она гневалась на Джульетту и ее благотворительность и тем большую благодарность испытывала к ней, хотя не могла заставить себя выразить ее вслух.

На крутых склонах, окружавших озеро Длинное, снег был глубоким, а земля неровной. Вчера Клара, отправившись в лес на поиски топлива, в основном валежника, провалилась в снег по плечи. Медведь вытащил ее, но это происшествие вызвало переполох и напомнило всем, что не стоит отходить далеко от проторенной дорожки. Что, однако, сделали Зоя и Том, не сознавая того, насколько далеко они ушли от остальных и от тропы.

— Который час?

Ноябрьские дни коротки, и им приходилось дожидаться рассвета, чтобы возобновить свой путь и проделать положенный на день отрезок. Им приходилось останавливаться и разбивать лагерь около четырех часов дня. С одной стороны, было большим облегчением сократить долгие и утомительные переходы, но, с другой, продвигались они чрезвычайно медленно, и это было досадно. При такой скорости движения они должны были добраться до Доусона не раньше весны.

— Остался примерно час до ужина. А что? Тебе скучно?

Зоя улыбнулась. Том Прайс был самым занятным человеком из всех, кого она знала. Он рассказывал ей удивительные истории о медведях гризли и других диких животных, об эксцентричности искателей золота и о шумной жизни растущих как грибы молодых городов. Он знал названия горных пиков и озер и что и как надо делать в любых обстоятельствах. У него было свое мнение по любому вопросу, и он старался заставить и ее высказать свое.

— Не в этом дело. Я начинаю беспокоиться. Темно, и снег нападал в наши следы. Не пора ли нам возвращаться в лагерь?

— Я как раз собирался заговорить об этом. — Прислонясь к горой наваленному на сани грузу и скрестив руки на груди, он с улыбкой смотрел на нее — неяркий свет фонаря смягчал его черты. — Ты хорошенькая, прекрасно готовишь, и я прошу прощения.

— Что? — Достаточно было одного взгляда на него, как мысли принимали опасный оборот.

— Мой отец говаривал, что для того, чтобы ладить с женщинами, надо им каждый день говорить, что они хорошенькие, прекрасные кулинарки... и что вы о чем-нибудь жалеете, даже если и не знаете за собой никакой вины.

Зоя рассмеялась и прислонилась спиной к пахучему стволу заснеженной сосны. Последние несколько дней позволили ей увидеть Тома в новом свете, и она пришла к заключению, что Джульетта правильно оценивала его. Она наконец признала в нем все достоинства, которыми восхищалась в мужчинах, в отце и братьях. Он был сильным, честным, верным слову, упорным и по всем признакам лидер. В Томе было все, чего она могла бы пожелать в избраннике, кроме одного — он был из Ньюкасла. Впрочем, теперь это не имело значения. И вероятно, никогда не имело.

Удивительное наблюдение, высказанное Джульеттой, о том, что Зоя похожа на тех людей, что раскатывали в каретах в день праздника в честь владельцев шахт, смутило и потрясло ее. И она не могла не признать его бесспорной правоты. Зоя привыкла смотреть на мир глазами людей, разъезжавших в каретах, она стыдилась своей семьи, друзей и самой себя. И этот стыд вызвал в ней отчаянное стремление отряхнуть со своих ног прах родного городка и забыть о его жителях, будто все это приснилось ей в дурном сне. Хуже того, она боялась в свое время, что слуги Жан-Жака будут смеяться над ней и третировать ее семью как недостойный сброд.

То, что она стыдилась своей семьи, жгло ее как огонь. Внутри у нее что-то сжималось, будто от судороги. Как она могла быть такой мелкой и ничтожной? Даже босоногой девчонкой со спутанными волосами, в штопаной-перештопаной одежде она никогда не позволяла себе унижать или чернить никого, чьи жизненные обстоятельства были хуже ее собственных. Она не должна была стесняться того, что хорошие и добрые люди вели тяжкую жизнь. Но взрослой она повела себя именно так.

Да, она отряхнула со своих ног прах Ньюкасла! Зоя держала голову высоко и внушала себе, что она лучше, чем те люди, которых любила с детства. Она оставила родной город, как только ей представилась такая возможность. Зоя посещала вечерние классы, чтобы усовершенствовать свое образование, чтобы научиться хорошо и правильно говорить. И она могла поздравить себя с тем, что в конце концов поднялась над своей средой, которой она стыдилась и которая ее тяготила.

— ...знаю причину и искренне сожалею.

Она тряхнула головой и принялась изучать лицо Тома в свете фонаря, тени от которого делали его лицо более угловатым и выразительным. Невольно она посмотрела на его рот.

— Прошу прощения. Размечталась.

— Я сказал, что мы, кажется, заблудились.

— Что? — Внезапно Зоя выпрямилась и отпрянула от сосны, о ствол которой опиралась.

— Ну, по правде говоря, это не совсем так. Я имею точное представление о том, где мы находимся, но было бы глупо и опасно искать нашу тропу в темноте, когда снег замел следы.

Снег шел все гуще и плотнее, пока Зоя пыталась собраться с мыслями, и теперь их следы были заметены полностью.

Снег засыпал поля шляпы Тома и поклажу на санях.

В груди у нее что-то сжалось, и она вдруг почувствовала, как холод обжигает ее щеки и что у нее мерзнут ноги. Но она старалась сохранить спокойствие и говорить ровным голосом, не желая выдать своего волнения, раз Том оставался таким невозмутимым.

— Что нам делать?

Старатели-одиночки любили рассказывать мрачные истории о людях, затерявшихся в снегах во время снежных бурь, трупы которых находили только весной, когда сходил снег. Не менее ужасны были рассказы об обмороженных и позже ампутированных конечностях. Она знала, что такое может случиться, потому что три дня назад видела человека, нос которого был обморожен и его пришлось ампутировать. Его вид ужаснул ее.

Том сделал шаг вперед и обнял ее за плечи. Выражение его лица успокоило ее.

— Не стану утверждать, что наше положение безопасно, но скажу тебе, что мы выживем и не пострадаем. Нам придется провести здесь всего одну ночь.

Одну ночь на морозе! На открытом воздухе. Зоя вцепилась в отвороты его куртки. Сердце ее билось так сильно, что она никак не могла обрести дар речи.

— Мы замерзнем. Они никогда нас не найдут.

Том погладил ее по спине, и его прикосновение было полно нежности и ласки.

— С нами все будет в порядке, дорогая, не волнуйся.

Его уверенность и успокаивала, и раздражала ее. Потом она сумела взять себя в руки и попыталась напомнить себе, что это не первый случай, когда Том путешествовал по этим безлюдным и диким местам. Он должен был знать, что делать. Когда она подняла голову, их губы почти встретились, и его дыхание защекотало ее, потом она сделала шаг назад и похлопала одной варежкой о другую, стряхивая снег.

— Ладно, — сказала она, сознавая, что он смотрит на нее, как если бы помнил их поцелуй, который обжег ее. Она надеялась, что ее голос звучит спокойнее, чем казалось ей самой. — Но что мы будем делать? И чем я могу тебе помочь?

Эта ночь обещала быть холодной и несчастливой, худшей в ее жизни, но ведь она проведет ее с Томом, а она доверяла ему и думала, что он найдет выход.

— Давай подумаем, что нам следует предпринять, — сказал он, развязывая веревки, которыми крепились к саням тюки и ящики. — Это одни из принадлежащих мне саней. Если нам повезет... О! Отлично! — В его руке оказался топор, потом он нашел тесак и передал его Зое. — Я сооружу опору, пока ты нарежешь сосновых веток. Не уходи далеко.

Сначала Том нашел относительно сухое и защищенное от ветра место между двумя большими соснами, потом начал рубить деревья поменьше. Работая при свете фонаря, он построил некое странное сооружение и прикрыл это подобие шалаша сосновыми ветками. К тому времени, когда Зоя собрала достаточно сосновых веток, чтобы устлать ими пол импровизированного шалаша, Том разгреб снег, вырыл в мерзлой земле яму и соорудил в ней костер.

— Погрейся, пока я поставлю печку.

— У нас есть печка? — Какое счастье, что у них оказались сани!

— И еда. Как только печка разогреется, я поджарю несколько бифштексов из мяса карибу.

Том передал Зое охапку одеял и попросил ее расстелить их поверх сосновых веток, пока устанавливал походную печку у самого входа в шалаш.

— Остальные будут о нас беспокоиться, — сказала Зоя, стараясь повесить одно из одеял так, чтобы закрыть им вход в шалаш. — Они будут нас искать?

— До утра — нет. — Том копался среди вещей в поисках сковородки и тарелок и, найдя их, улыбнулся и с торжеством замахал ими. — Ты все еще беспокоишься насчет нашей ночевки в лесу?

Она смущенно улыбнулась:

— Немного волнуюсь. Но похоже, у нас есть все, что требуется для домашнего очага.

Слово «очаг» напомнило ей о доме, вернув ее к прежним мыслям и угрызениям.

— Ты помнишь наш разговор, когда мы устроили пикник возле ледника? — спросила она тихо, усаживаясь на бревно, которое он подтащил поближе к огню.

— Я помню каждое слово и каждую минуту того дня.

Том посмотрел на нее своими зелеными загадочными глазами — они пропутешествовали по всему ее лицу, задержавшись на губах, потом спустились ниже, к шее, потом Том снова посмотрел на ее рот. На несколько бесконечно долгих мгновений их взгляды встретились. Зоя забыла, о чем хотела ему сказать.

— Я заблуждалась относительно многих вещей, — начала она.

Том ждал, пока раскалится сковорода, чтобы положить на нее куски оленьего мяса, а она рассказывала ему о том, как относилась к жителям Ньюкасла и своей семье, не щадя и себя самое.

— Мне очень жаль, что ты так остро все это воспринимаешь, — сказал он наконец, бросая куски оленины на сковородку.

— Но теперь все изменилось. Больше я так не отношусь к ним. — Зоя рассказала Тому, как Джульетта раскрыла ей глаза на недостойность ее чувств и поведения.

— Я просто раздавлена, что сама не понимала и не замечала этого. — Она заморгала, стараясь стряхнуть злые слезы. — Я говорила и делала много злых и жестоких вещей в течение многих лет. Я смотрела, какие огромные порции поедают мой отец и братья за ужином, и думала: «Утонченные люди так не едят». Отец поддразнивал меня насчет того, что я важничаю и задираю нос, но все они, должно быть, знали, что я стыжусь их. — Ей было трудно произнести эти слова. — Все мы жили в этом крошечном домишке и носили штопаные-перештопаные рубашки и нижние юбки. И невозможно было избавиться от чертовой угольной пыли. — Зоя смущенно склонила голову. — Я судила людей по тому, въелась ли угольная пыль в их руки и есть ли у них черная каемка под ногтями. И если это было так, то я не хотела иметь с ними ничего общего. Но если их ногти были чистыми, то это означало только одно: люди с чистыми руками — лжецы, воры и соблазнители, а я думала, что они принадлежат к благородному сословию, что они чище и лучше людей из Ньюкасла, — с горечью закончила Зоя свою речь.

— Не надо проявлять к себе такую непримиримую жестокость, дорогая, — ответил Том, все еще сидевший на корточках и смотревший на нее сквозь падающий снег. — Я предполагаю, что почти все в Ньюкасле думали так же, как ты. И возможно, им потребовалось столько же времени, сколько и тебе, чтобы оценить все должным образом, — добавил он с улыбкой. — Но все ненавидят этот праздник владельцев шахт. Надо просто не обращать внимания на этих надутых хлыщей и радоваться празднику — даровому пиву и музыке и леденцам, которые бросают детям. Богатые люди живут в иной вселенной, в ином мире. Мы их не понимаем, а они, я уверен, не понимают нас. Они не могут осознать, что нам не нужна их благотворительность.

— Я хотела стать одной из них, — сказала она тихо.

— Кому не хочется проехать в затейливо украшенной карете, пощеголять в красивой одежде? Кому не хочется, чтобы тебе прислуживали за столом и делали за тебя всю черную работу? — Том пожал плечами, и снег посыпался с них. — В мечтах о лучшей жизни нет ничего дурного, пока мы понимаем, что хорошо, а что плохо, пока не теряем представление о том хорошем, что у нас есть.

— Я так страстно стремилась быть среди них, что совершила одну ужасную глупость.

Теперь наступил подходящий момент рассказать ему о Жан-Жаке. Это признание уже висело у нее на кончике языка, но она так и не решилась. Гордость сковала ей уста и остановила ее, и она не посмела рассказать ему, что вышла замуж за человека потому, что у него не было черной каймы под ногтями, и потому, что он был не из Ньюкасла. Она опасалась, что Том не простит ее, если она расскажет ему, как слепа была. Она смотрела, как ловко он управлялся с едой, как умело переворачивал мясо. Мясо оленя карибу нежное, и лучше всего его готовить на сильном огне и есть, когда внутри оно еще красное и не прожаренное до конца. Том разложил бифштексы по тарелкам и полил мясо выделившимся из него соком.

— Мне кажется, я понимаю, что ты хотела сказать, — начал он, передав ей вилку и нож, — и почему ты рассказываешь мне об этом сейчас.

— Понимаешь?

— Ты хочешь дать мне понять, что изменила свое отношение к моему ухаживанию и принимаешь его.

Она уставилась на него широко распахнутыми глазами.

— А ты настойчивый человек!

— Но я ведь прав. Верно? Ньюкасл больше не разделяет нас?

Внезапная печаль изгнала смех из ее глаз. Об ухаживании не могло быть и речи. У нее был муж и не было будущего. И то и другое означало, что она не могла позволить себе строить планы. Но Джульетта и Клара были правы. Конечно, она могла позволить себе маленькую толику счастья в своей недолгой, как она полагала, жизни.

Отодвинув тарелку с ужином, Зоя смотрела на свои сжатые на коленях руки.

— Ухаживание обычно приводит к браку, но ты должен понять, что я не могу выйти за тебя замуж, Том.

Ее заявление не обескуражило его. Он продолжал безмятежно улыбаться.

— Давай не будем спешить. Не стоит ставить телегу впереди лошади. Я ведь пока не предлагаю тебе брака. Я только прошу разрешить мне ухаживать за тобой. Ухаживание означает, что обе стороны должны получше узнать друг друга и решить, хотят ли они продолжить свои отношения и обручиться.

— Но мы уже знаем друг друга.

Он встретил взгляд ее прищуренных глаз.

— Я знаю тебя достаточно хорошо, чтобы быть уверенной, что ты не станешь начинать бессмысленного дела, не имеющего перспективы.

Его глаза сузились от смеха, а рот растянулся в неудержимой улыбке.

— А может быть, я не хочу тебя торопить, чтобы не испугать своим натиском?

— Но у меня есть причины... — Зоя прикусила губу. — Есть вещи, о которых я не могу рассказать тебе...

— Знаю. И надеюсь, что ты мне обо всем расскажешь, когда придет время.

После того как она найдет и застрелит Жан-Жака, Тому станет известна вся ее история. Но пока еще она не хотела, чтобы между ними стоял Жан-Жак. Пока еще не хотела. Только не сегодня.

— Пока ты будешь придерживаться моих правил и считать, что наше ухаживание — просто блеф и не приведет ни к чему...

Том покачал головой:

— Я не приму такого решения, ничего подобного. Посмотри, как далеко мы продвинулись, а ведь это только начало. — Его улыбка потускнела, ее сменила серьезность и такая напряженность взгляда, что у нее перехватило дыхание. — Мы с тобой, Зоя, предназначены друг для друга. Думаю, я всегда это знал. Если бы ты не приехала на Юкон, я бы сам отправился искать тебя.

— О Том! — Джульетта снова оказалась права. Она могла полюбить этого человека, и очень сильно. — Не говори так!

— Я буду твердить это снова и снова, Зоя, потому что люблю тебя.

Они смотрели друг на друга через разделяющее их пламя костра, уже угасающего в яме. Радость, отчаяние, удивление, раскаяние — Зоя гадала, прочел ли он все эти сменяющие друг друга чувства на ее лице. И если так, то как поступит?

— Мне надо так много сказать тебе, — прошептала она, чувствуя, что в горле у нее пересохло, — но сейчас я не могу.

— Тебе холодно? — спросил он, когда молчание, повисшее между ними, затянулось.

Она забыла о снеге и все снижающейся температуре.

— Немного.

— Я сейчас все уберу. Ты заползешь в шалаш и согреешься.

— Дело пойдет скорее, если мы будем убирать вместе. — Зоя была рада, что для нее нашлось дело. Она вычистила свою тарелку снегом. — Не могу представить, что в этом шалаше будет теплее, чем снаружи.

— Вот увидишь.

После того как они убрали утварь в коробку на санях, Зоя залезла в пахнущий сосновой хвоей шалаш, а Том последовал за ней. Он поставил на пол фонарь и выглянул за «дверь». Щипцами с длинными ручками он поднял несколько еще горячих углей из ямы, в которой они тлели, и на сковородке внес их в шалаш. И тотчас же Зоя почувствовала теплое дуновение воздуха на своем лице.

Теперь она заметила, что он по-иному уложил одеяла и подушки, сдвинув их ближе друг к другу.

— Для тепла, — пояснил он, снимая шляпу и тяжелую куртку. — Ты почувствуешь себя лучше, если последуешь моему примеру. — Заметив ее нерешительность, он добавил с улыбкой: — Потом ты сможешь надеть их снова.

Медленно она размотала шарф, повязанный поверх шляпы, вынула булавки, которыми прикалывала шляпу, и положила ее рядом с его вещами. Потом расстегнула куртку и стянула рукавицы. До этой минуты Зоя не позволяла себе думать о том, что ей придется спать в шалаше рядом с ним. Если Джульетта воображала, что ее нагота вызвала скандал, то что подумают они с Кларой, когда узнают, что Зоя и Том провели ночь вместе? При этой мысли она не смогла удержаться от улыбки.

— Ты такая красивая, — сказал Том внезапно охрипшим голосом.

— Я слишком тощая и жилистая. Я на ощупь как старый ботинок. Помнишь?

— Но мне нравятся тощие и жилистые женщины. Помнишь? — Он улыбнулся и похлопал по одеялу рядом с собой.

Внезапно Зое стало не по себе. В лагере золотоискателей было не больше свободы и права на уединение, чем в ее родной лачуге. Быть наедине с мужчиной, да еще с мужчиной, от близости которого по всему ее телу разливалось ощущение томления, — такой опыт был мучительным испытанием для нервов.

— Боишься меня? — спросил он тихо, но в голосе его ей послышался вызов.

Она облизнула губы и подумала, что сейчас не время для бравады.

— Ты пугаешь меня до смерти.

— Хорошо, это значит, что я въелся тебе в печенки.

Так как она не сделала попытки придвинуться к нему, Том сам пересел ближе к ней. И внезапно ей показалось, что в шалаше стало жарче, чем могло быть от несчастной жаровни с горячими углями. Зоя расправила юбку, чтобы не было видно ни кусочка ее шерстяных чулок.

— Пойдут разговоры о том, что мы провели ночь вместе.

— А для тебя это имеет значение? — спросил он, заправляя локон темных волос ей за ухо.

Зоя задержала дыхание, когда его пальцы погладили ее щеку. Эта ночь обещала быть очень долгой.

— Ничего не произойдет, если ты этого не захочешь, — пробормотал он, поворачивая ее лицом к себе. Свет фонаря светил ему прямо в глаза, смягчая их цвет, и теперь они, казалось, приобрели оттенок весенней травы.

— Тогда ты не станешь меня целовать.

Их дыхание смешалось, и она почувствовала, что в горле у нее образовался комок. От него пахло снегом, древесным дымом, кожей и мылом.

— Я не стал бы тебя целовать, даже если бы ты была последней женщиной на земле, — сказал он, и губы его легонько коснулись ее лба, когда он заключил ее в объятия.

В этом мужчине не было ничего мягкого и нежного. Руки у него были как железные обручи, сомкнувшиеся вокруг ее талии, и он крепко прижал ее к груди. Он притянул ее к себе на колени, и сквозь свои несколько нижних юбок и верхнюю она чувствовала его мускулы, крепкие, как канаты.

— О Том, — прошептала Зоя со стоном, закрывая глаза, — я не могу себе этого позволить.

— А ты ничего и не делаешь, это я действую. — Его губы прикоснулись к ее вискам, потом к векам.

— Ты сказал, что не станешь меня целовать. — Она не могла поверить этому. Ее руки обвились вокруг его шеи, и она, прижавшись к нему, подставила ему губы.

— Я не целую тебя. — Он покрывал легкими поцелуями ее лицо, уголки губ, кончик носа.

— Целуешь.

— Должно быть, тебе это снится.

Если и так, то этот сон ей снился и прежде. Сжав ладонями его лицо, она пристально вглядывалась в его глаза. Его ресницы были еще влажными от попавшего на них и растаявшего снега. Потом ее губы раскрылись, и она позволила ему поцеловать себя.

Она тотчас же ощутила его возбуждение и свой жаркий ответ на него. Ее руки еще крепче обвились вокруг его шеи, и она сама поцеловала его так, что этот поцелуй сначала можно было бы счесть целомудренным, но по мере того как он длился, в нем проявилось столько страсти, что это потрясло все ее существо до самой сердцевины. Никогда еще прежде не было так, чтобы поцелуй столь глубоко взволновал ее.

Когда наконец они разомкнули уста и объятия, задыхаясь и все еще не выпуская друг друга, Том прошептал:

— О Боже, Зоя! Ты не знаешь, что делаешь со мной.

Он снова поцеловал ее, на этот раз страстно, не пытаясь держаться на расстоянии, но с такой пылкостью, будто в этом поцелуе для него сосредоточился весь смысл жизни, будто в нем были его рай и ад. И она прекрасно это поняла, потому что и для нее это значило то же самое. Когда его рука скользнула вверх и коснулась ее груди, у нее перехватило дыхание и она качнулась назад, будто подхваченная волной неизведанных чувств.

— Прошу прощения, — прошептал он, отстраняясь, чтобы заглянуть ей в глаза, — я хотел только поцеловать тебя. Я не имел намерения обидеть тебя или использовать то, что мы оказались здесь одни.

Из ее горла, сжатого волнением, вырвался какой-то странный звук: то ли смех, то ли рыдание.

— О Том! — Больше она не смогла произнести ничего.

Вполне вероятно было, что им никогда больше не представится возможность побыть в полном уединении, как здесь. И весьма вероятно было и то, что сегодня была единственная ночь, которую она сможет провести в его объятиях. А он любил ее. В ее глазах засверкали слезы. Он всегда любил ее. Если бы обстоятельства сложились иначе, если бы она не встретила этого мерзавца Жан-Жака Вилетта, она смогла бы ответить на его любовь всем сердцем, всей душой.

И внезапно появился ответ на вопрос, мучивший ее давно, с того самого момента, с той самой минуты, как она поняла, что им предстоит спать под одним одеялом, на ложе из сосновых веток, прикрытых другим одеялом. Она приняла решение, глядя в его преданные, любящие глаза. Он ничего не должен был ей объяснять, не должен был просить у нее прощения. Она желала его. Он был ей нужен.

Взяв его за руку, она повернула его руку ладонью к себе и поцеловала ее, потом нежно провела его пальцами по своей груди и услышала его судорожный отрывистый вздох. Потом ее дрожащие пальцы потянулись к ряду крошечных пуговичек, шедших от ее горла до талии, и она принялась расстегивать их одну за другой.

— Зоя... — Его голос был хриплым от желания. — Ты не знаешь, что делаешь. — С трудом сглотнув, он опустил глаза на ее грудь, и слова, которые он собирался сказать, замерли у него на губах. — Я только поддразнивал тебя. Я не собирался заходить так далеко. Пожалуйста, Зоя! — Он схватил ее за руку и заглянул ей в глаза. — Я скорее принял бы пулю в сердце, чем обесчестил тебя.

— Знаю, — прошептала она, и глаза ее были влажными от слез, — завтра мы оба пожалеем об этом, но сегодня... сегодня ты мне нужен, Том.

Ей было необходимо узнать, какова любовь честного, порядочного человека, мужчины, чьи слова были правдивыми и чье тело принадлежало ей одной. Она жаждала узнать его прикосновения, его ласки, узнать так же, как знала его сердце.

Его руки обвились вокруг нее, и он прижал ее к груди так сильно, что она услышала, как бьется его сердце в унисон с ее собственным, и от этого ее сердце забилось еще более сильно и бурно. Его рот был требователен, его поцелуи были полны желания обладать, полны страсти, и она отдалась этому затмению ума. Да, да! Охотно и по доброй воле.

Дрожащими пальцами он расстегнул до конца ее сорочку и принялся за свою рубашку. Она испытала искушение рассмеяться, когда они оба оказались в бесформенных, длинных шерстяных панталонах. Но все, о чем она могла думать, — это о красоте его мужественного сухопарого тела, когда на нем не осталось ничего.

— Как ты красив, — прошептала она, разглядывая его в свете фонаря. На его груди курчавились темные волосы, широкие плечи нисходили к узкой талии. Бедра были словно из канатов. Она никогда не задумывалась о мужской красоте, но сейчас подумала о том, как они непохожи и как подходят друг другу — ее нежность и мягкость и его мужественная жесткость. Он был несколько угловатым по сравнению с ее округлыми изгибами. Только совершенный скульптор мог сотворить такое чудо.

Он помог ей снять ее длинные неуклюжие шерстяные панталоны и теперь смотрел на нее с таким же благоговением, как и она на него.

— Ты совершенство!

Она никогда в своей жизни не видела обнаженного мужчины при свете. Но теперь стояла перед Томом без смущения и не сделала даже попытки прикрыть свою наготу. Не может быть никакой неловкости, если глаза нагого мужчины, смотрящего на обнаженную женщину, полны любви, а женщина тоже смотрит на него с нежностью.

Осторожно он заставил ее встать на колени на одеяла и медленно начал вынимать шпильки из ее волос, захватывая их длинные пряди и пропуская через пальцы по мере того, как они низвергались густой волной на ее спину и грудь.

— Мне всегда хотелось вынуть шпильки из твоих волос. — Закрыв глаза, он поднес ее локон к лицу и потерся о него щекой, потом прижал его к губам.

Опустившись на одеяла, Зоя протянула к нему руки, и он со стоном рванулся к ней и оказался лежащим поверх нее. Им предстояло пережить долгую холодную снежную ночь — поэтому они могли не спешить. Он целовал ее снова и снова, его огрубевшие руки, прикасавшиеся к ее нежному телу, только возбуждали ее, они ласкали, изучали, исследовали, доводя ее до состояния, когда она не могла уже больше удовлетворяться одними только поцелуями, а потом он оставлял ее дрожащей, задыхающейся и с трепетом произносящей его имя. Ее лоно увлажнилось и было готово принять его, когда наконец он овладел ею, заполнив собой бездонную пустоту, от которой она страдала, не сознавая этого.

Она знала, что он с трудом преодолевал желание, равное по силе ее собственному. Она читала это в его глазах и видела, что он не спешит, чтобы не испугать ее, чтобы не смутить, не причинить ей боли, чтобы быть с ней нежным. Но их взаимный голод был настолько силен, что не допускал наслаждения медленного и спокойного. Они двигались вместе, ритмично, яростно, не переставая целоваться, и она ощущала сильные, мощные толчки его плоти, задыхалась от страсти, и шептала его имя, и сжимала его в своих объятиях.

Потом, обессиленные, они лежали в объятиях друг друга, спокойные, счастливые и удовлетворенные. Том курил, а Зоя лежала, уютно угнездившись и положив голову ему на плечо, прислушиваясь к странной тишине снаружи и к легчайшему шороху падающего снега.

— Сейчас нет другого такого места на свете, где я предпочла бы быть, — пробормотала она, прижимаясь губами к его обнаженной груди.

Ей было тепло и уютно в этом шалаше. Она ощущала свежий аромат сосны, смешанный с ароматом их тел и их любви. Никогда теперь она не поднесет сосновую шишку к лицу, чтобы не вспомнить радость этой ночи. И всегда теперь, гуляя в лесу, она будет вспоминать о ней.

— Я люблю тебя, Зоя. — Он гладил ее волосы. Его прикосновения были нежными и бережными. — А твоя тайна для меня не имеет значения.

Она похолодела и сжалась. Меньше всего ей хотелось сейчас думать о Жан-Жаке.

— Ты не прав. Это имеет значение. Кроме того, ты же не знаешь, в чем состоит моя тайна.

— Я думаю, я кое о чем догадался. В Сиэтле ты встретила человека, к которому питала некоторые чувства. Что-то случилось, и ваш брак расстроился. Он отправился в Доусон, и ты последовала за ним, чтобы разыскать его.

Зоя села на постели из одеял. Его догадка была так близка к истине, что ее обнаженное тело покрылось гусиной кожей.

— Есть две вещи, которые я хочу сказать. — Его зеленые глаза были ясными и смотрели решительно и твердо. — Я достаточно хорошо тебя знаю, чтобы понять, что ты многое решила для себя, когда позволила любить себя сегодня. Ты решила, что я для тебя важнее, чем тот человек. И твои поиски его на этом закончатся.

Зоя не могла вымолвить ни слова, не могла снова лгать ему. Она уже знала, что любит Тома, но ее поиски Жан-Жака не были окончены.

— Что же касается твоей тайны, Зоя, для меня не имеет значения, что я не был первым. Люди часто впадают в заблуждения. Я знаю, ты порядочная женщина. Должно быть, ты верила ему и любила его. Я ничего не хочу знать о нем или о том, что произошло между вами. Но я хочу, чтобы ты поняла: все это не имеет для меня значения. Мы все начнем заново. Ты и я.

Он воображал, что ее тайна состояла в том, что она не была девственницей. О Господи! И он верил, что она честная женщина. Потрясенная, она легла снова и прижалась лицом к его плечу, изо всех сил моргая, чтобы смахнуть набежавшие слезы. Она бы отдала десять лет жизни, чтобы Жан-Жака Вилетта не было вообще. И отдала бы еще десять, чтобы быть достойной Тома, считавшего ее честной и порядочной, каковой она себя не чувствовала.

После долгого молчания Том поднял ее руку и перецеловал все пальцы один за другим. Потом принялся рассматривать ее обручальное кольцо.

— Это необычное кольцо. Я заметил, что Клара и Джульетта носят такие же. Это что, означает принадлежность к одному клубу?

— Что?

Ее голос показался ему слабым и тусклым.

— Я подумал, уж не принадлежите ли вы все к одному женскому клубу?

— Можно было бы сказать и так, — ответила она с горечью, вырывая руку.

Долго после того, как Том уснул, Зоя лежала без сна, нежась в тепле его рук и мысленно подвергая себя тысячам кар за то, что ее жизнь превратилась в сплошную неразбериху.

Том поверил, что сегодня ночью они вступили в новые отношения, что они теперь связаны определенными обязательствами. И так и должно было быть. И так было бы, если бы она не была замужем. Они бы черпали восторг в объятиях друг друга, радость в том, что сказали друг другу о своей любви, они бы черпали наслаждение и радость в том, чтобы строить планы на будущее, и не сомневались бы в том, что обе их семьи одобрят их союз.

Вместо этого она опозорила его, потому что (она была готова поручиться собственной жизнью) Том Прайс никогда не вступил бы в близкие отношения с замужней женщиной. Точно так же, как он поручился бы своей жизнью, что Зоя Уайлдер никогда не нарушит брачных обетов.

А Том узнает об этом, как только они доберутся до Доусона и встретят Жан-Жака, будь он проклят.

Ближе к утру Зоя потянулась к Тому и жадно поцеловала его, испытывая отчаянную потребность хоть на короткое время поддержать иллюзию их любви и обладания друг другом. Ее эгоизм напугал ее самое, но этот момент счастья был ей необходим. В темноте он дотронулся до ее щеки:

— Ты плачешь?

— Просто люби меня, Том, просто люби меня сегодня.

Пусть это будет, пока возможно. Прежде чем она пристрелит Жан-Жака и тем самым окончательно разрушит свою жизнь.

На этот раз их ласки были неторопливыми и нежными. Они растягивали и смаковали наслаждение. Они пили его, как редкостное вино, не зная, когда еще им представится возможность побыть наедине друг с другом. Она не могла произнести слов любви вслух, но произносила их молча: «Я люблю тебя, Том. Я люблю тебя всем сердцем».

Глава 16

Они рассчитывали остановиться на озере Глубоком на несколько дней, потому что все были измучены, но приняли решение двигаться дальше и провести Рождество на озере Линдерман, где был большой лагерь вокруг нескольких полуразвалившихся лачуг.

Спотыкаясь от усталости, Джульетта бежала за санями. Слезы катились у нее по щекам, оставляя разводы на вымазанном золой и салом лице, потом замерзали. Никогда еще в жизни она не чувствовала себя такой усталой и несчастной и промерзшей до мозга костей. Каждое утро она просыпалась от сильного озноба. Зубы ее стучали, и ей было страшно выползти из спального мешка, пока Клара и Зоя разжигали огонь в переносной печи. По утрам, когда наступала ее очередь готовить завтрак и варить кофе, она не раз кляла себя за то, что оставила солнечную Калифорнию.

Этот проникающий до самого нутра холод не мог ей присниться даже в страшном сне. И не важно, сколько слоев одежды она на себя навьючивала, — все равно невозможно было согреться, невозможно было спастись от этого пронизывающего холода. Казалось, она никогда не согреется. Ледяные когти ветра проникали под все слои одежды, и тогда она начинала пугаться, что пот, замерзая на ее коже, приведет к обморожению. Первое, что делал каждый после того, как к концу дня палатки были поставлены, — срывал с себя влажную от пота одежду, растирался досуха полотенцем, а затем спешил переодеться в сухое белье и одежду, приготовленные на завтра, и в них ложился спать. То, что они жались поближе к огню, не спасало от холода. Если удавалось согреться спереди, то спина все равно мерзла.

В прошлом она столько вещей принимала как должное! Тепло. Чистую одежду. Ежедневную ванну. Хорошую обильную и разнообразную еду. Прежде она бы хохотала до колик, если бы кто-нибудь высказал предположение, что она будет бежать по снегу за собачьей упряжкой милю за милей и милям этим не будет конца. Или что неделями она будет довольствоваться жалкими каплями воды, чтобы хоть как-нибудь поддержать видимость чистоты. Или что когда-нибудь она узнает, что такое снежный буран. Или что... Впереди послышался собачий лай, а это означало, что сани остановились. Должно быть, наступило время полуденной еды. Джульетта отерла слезы с лица, размазывая золу и жир рукавицей. Это не имело значения, потому что ее рукавицы все равно были такими же грязными, как лицо. Изо дня в день она меняла одежду, всего два комплекта, которыми располагала, но ни один из них нельзя было назвать чистым и свежим.

Однако она приободрилась при мысли об отдыхе. К тому времени, когда она догнала остальных, Том и чилкуты уже разожгли жаркий огонь, а суп и кофе булькали на лагерных походных печках. И сегодня вечером они должны были стать лагерем на озере Линдерман. Медведь рассказал Кларе, что там есть настоящий отель, и Джульетта мечтала о привале целые дни напролет.

Она подогнала свою упряжку к остальным и затормозила. Генри и Люк, двое чилкутов, замахали ей, прежде чем начали менять защитные повязки на ногах ее собак. Джульетта расправила плечи и попыталась избавиться от онемения в теле, делая наклоны то в одну, то в другую сторону. Ей давно требовалось смазать тело целебной мазью, но усталость в натруженных мышцах была слишком сильной.

Бен остановился позади нее и передал собак Генри. Бен сбрил бороду на следующий день после того, как она сказала, что это ему не идет, но ей трудно было судить о том, насколько лучше он выглядит, потому что его лицо, как и у всех остальных, было вымазано золой пополам с жиром. К этому времени Джульетта настолько привыкла видеть эти чудовищные маски на лицах своих спутников, что почти перестала их замечать. Но ей бы хотелось увидеть лицо Бена без бороды.

— Вы заметили лося, мимо которого мы проехали с милю назад? — спросил он, поравнявшись и теперь идя рядом с ней. Как всегда, он внимательно оглядывал ее, будто хотел убедиться, что с ней все обстоит благополучно.

— Я мечтала об отеле на озере Линдерман и ничего не замечала вокруг.

Это было правдой только отчасти, потому что, как и всегда, большую часть утра она думала о нем. Иногда ей казалось, что часть существа Бена Дира поселилась у нее в мозгу, чтобы дразнить и мучить ее. Следуя за собачьей упряжкой, она вспоминала каждое его слово, сказанное ей накануне вечером, гадая, думал ли он о том, как держал ее, обнаженную, в объятиях, и что бы она сделала, если бы он попытался поцеловать ее. Она теперь постоянно грезила о поцелуях.

— Не стоит возлагать большие надежды на отель, — ответил он, когда они наполнили свои кружки горячим кофе и проглотили по ежедневной дозе лимонной кислоты, чтобы предотвратить цингу. — Медведь говорит, что от него не стоит ждать слишком многого. Там одно большое помещение, разгороженное пополам одеялом — для мужчин и для женщин, а походные кровати такие же, как у нас. Освещается помещение свечами, поставленными в пустые бутылки, стоящие на бочках. Что же касается еды... — Он пожал широкими плечами.

Горькое разочарование постигло ее.

— Это не подойдет, — сказала она наконец. Было совершенно неприемлемо спать рядом с чужим мужчиной, отделенным от нее всего лишь перегородкой из одеяла. — Я воображала, что это настоящий отель. — Она яростно боролась со слезами, не желая плакать при Бене. — Я мечтала выспаться в настоящей постели и поесть за настоящим столом. — Она надеялась согреться и полежать в горячей ванне так долго, сколько захочется.

— Это путешествие дается вам тяжело, верно? — спросил он мягко.

О Господи! Его сочувствие доконало ее. Она изо всех сил моргала, чтобы не показать своих слез, и ответила, стараясь, чтобы голос ее звучал отважно и бодро:

— Я должна немного передохнуть, и буду снова готова двигаться дальше.

Она начинала понимать, что имела в виду Зоя, когда рассказывала о том, что выросла, не имея возможности побыть в одиночестве. Невозможно блюсти скромность, когда разделяешь крошечную палатку еще с двумя женщинами. Она уже знала, что у Клары родинка на бедре и что Зоя каждый вечер сто раз проводит по волосам щеткой. Клара храпела во сне, а Зоя что-то бормотала. Клара полоскала горло соленой водой, производя громкие и неприятные для слуха звуки. Зоя фанатично чистила ногти, чтобы под ними не оставалось грязи. Они оставляли волосы на общих щипцах для завивки. Ни одна из них не помнила, что следует чистить и подрезать фитиль у их единственного фонаря. Джульетта тоже никогда не задумывалась о таких мелочах прежде, о привычках других женщин, и не особенно интересовалась ими и теперь. Неужели надеяться провести одну-единственную ночь в одиночестве было недопустимой роскошью?

— Может быть, мне удастся что-нибудь придумать. Об этом надо поразмыслить, — пообещал Бен, бросая на нее странно внимательный и проникновенный взгляд. По крайней мере ей так показалось. Трудно было правильно истолковать выражение его лица, когда глаза его были затенены синими очками, а лицо вымазано золой и жиром.

Клара присоединилась к ней возле печки, и они обе смотрели, как Бен двинулся к группе мужчин.

— Ну, — сказала Клара, шумно глотая суп, — он вас уже поцеловал?

— Вам обязательно так громко глотать, когда вы едите? И нет, он не целовал меня. И я не хочу, чтобы это произошло.

— Лгунья. И да, я не умею есть иначе. — Клара состроила гримаску. — Я ведь здесь не для того, чтобы обсуждать вопросы этикета за обедом. Меня беспокоит Зоя.

Насчет Зои они были единодушны. Джульетта обвела глазами присутствующих и увидела Зою, разговаривающую с Томом.

— Иногда мне кажется, что она выглядит счастливее, чем когда бы то ни было, но я слышала, как она плачет по ночам, уверенная, что мы спим.

— Это Том, — решительно заявила Клара. — Она любит его. Я уже ей говорила, что не стану возражать, если она раздумает убивать нашего мужа. Мы могли бы остаться на озере Беннетт до весны, а потом отправиться домой. Вы и Зоя скажете своим семьям, что Жан-Жак умер, и на этом дело закончится. Мы начнем жизнь заново.

Джульетта смотрела на Бена, и в глазах ее было томление. Клара нарисовала ей заманчивую картину будущего.

— Но это не сработает. Что, если мы выйдем замуж снова? Этот новый брак будет основан на лжи. А вдруг Жан-Жак снова появится? Мы окажемся двоемужницами. Могу себе представить, как мы будем себя чувствовать!

— Да. Зоя сказала то же самое. — Клара тяжело вздохнула. — Она говорит, что будет лучше, если мы будем знать наверняка, что эта гадюка мертва. Думаю, она настолько ненавидит его, что только и мечтает о том, чтобы застрелить.

— Я никогда не предполагала, что у меня могут быть злые чувства, но и я его ненавижу, — ответила Джульетта, глядя на Бена сквозь навернувшиеся слезы. — Как все было бы хорошо, если бы я не была замужем!

Клара посмотрела на Медведя, ответившего ей пристальным взглядом.

— Вы чуть не утонули, а я провалилась в яму, и это заставило меня изменить взгляды на многое. Зоя правильно поступает, что хватает счастье, которое ей подвернулось. —

Она сжала руку Джульетты. — Вы ведь тоже об этом думаете? Всем заметно, что Бен Дир сохнет по вам.

— Что вы хотите сказать? — медленно произнесла Джульетта.

— Вы ведь знаете, о чем мы с вами передумали, когда Зою и Тома застигла снежная буря.

— Я не думала ни о чем таком! — Ее щеки вспыхнули от собственной лжи. Затронутая Кларой тема ее взволновала. Даже слой грязи на щеках не мог скрыть ее румянца.

— Да, конечно, вы думали то же, что и я. Я надеюсь, что они насладились ночью любви. — Клара посмотрела на нее с вызовом: — Если вы считаете меня шлюхой, значит, я и есть шлюха. Я много думала об этом и не считаю, что мы должны позволить Жан-Жаку Вилетту исковеркать наши жизни еще больше, чем он сумел это сделать. Мы заслуживаем того, чтобы быть любимыми и счастливыми!

— Клара Клаус! — Джульетта сделала шаг назад. Глаза ее были широко раскрыты. — Вы собираетесь соблазнить Медведя!

И конечно, успех был ей обеспечен. Если Джульетта когда-нибудь и видела мужчину, который так жаждал, чтобы его соблазнили, так это был Медведь Барретт. Он не сводил глаз с Клары. Внезапно она осознала, что то же самое можно было сказать и о Бене.

— Возможно, у меня и есть планы, — сказала Клара, вызывающе вздергивая подбородок. — И знаете что? Здесь никому нет до этого дела. Здесь живут по другим законам.

Джульетта фыркнула:

— Подлинные законы приличия одинаковы для уважающих себя леди во всем мире.

— Вы ошибаетесь, Джульетта. Здесь иначе — здесь живут и дают жить другим. И никому нет дела до того, чем занимаетесь вы, если это не мешает остальным. Когда вы провалились в озеро, были разговоры, но...

— Видите? Я же вам говорила!

Клара покачала головой, стряхивая лед с мехового капюшона, обрамлявшего ее лицо.

— Нет, вы не поняли. Речь шла не о вас с Беном, а о том, зачем вам понадобилось гулять по тонкому льду. А то, что с вас пришлось сдирать мокрую одежду, понимал каждый. И никто не позволил себе никаких двусмысленных разговоров о Томе и Зое и о том, что они заночевали в лесу, когда началась снежная буря. Мне потребовалось время, чтобы понять это, но теперь, думаю, я поняла. И свобода здешних нравов меня вдохновляет. — На ее губах появилась широкая улыбка. — Подумайте об этом. Здесь мы можем делать все, что хотим. Мы можем быть кем захотим. Здесь существуют только законы природы и естества.

Весь остаток дня Джульетта, бежавшая за собачьей упряжкой, размышляла о том, что думала Клара о Зое и Томе, и о намерении Клары соблазнить Медведя, которое она угадала. Джульетте вдруг стало жаль себя. Они хватали счастье обеими руками, а остальное было для них не важно. Они не позволили такой малости, как законный муж, испортить себе жизнь и встать на пути. Если, конечно, считать, что хоть у одной из них был законный муж. Возможно, что ни один из их браков не стоило принимать всерьез. И в этом случае не имело значения, что они кого-то любили или позволяли любить себя другому мужчине. Так почему бы Джульетте тоже не поддаться голосу чувства? Почему бы ей не наплевать на собственные правила? Потому что она считала недостойным пасть в объятия одного мужчины, в то время как на руке ее красовалось обручальное кольцо другого.

От этих мыслей у нее разболелась голова. Но разве роковой женщине стоило размышлять о подобных мелочах? Было ли похвально и достойно или просто глупо так следовать привитым с детства правилам? Она знала, как тетя Киббл и ее мать ответили бы на этот вопрос. Но тетя Киббл никогда не считала Джульетту хорошенькой и способной привлечь внимание мужчины. Любого мужчину, считала она, может привлечь только состояние Джульетты. Легко было стоять на твердых позициях нравственности, трезво оценивая отношения между мужчинами и женщинами, когда ни один мужчина не пытался ухаживать за тобой и добиваться тебя. Но ведь Бен ничего не знал о ее деньгах. И он считал ее красивой. Она видела свое отражение в его глазах, она замечала, что он ею восхищается, и это волновало ее, приводило в восторг, пленяло. Впрочем, все в нем волновало ее и приводило в восторг. И то, как он двигался, и то, как говорил, и то, как он принимал любой вызов и пытался сам решить любой вопрос, например, переносить свой груз, хотя мог бы этого избежать.

Ей нравились его деликатность и внимание. Она оценила то, что он не колеблясь бросился спасать ее в полузамерзшее озеро, когда она тонула. Ей нравилась его преданность усопшей жене и то, что он уважал права женщин. Ей нравилось смотреть на него, прикасаться к нему. Ей был приятен его запах.

О Господи! Она полюбила его. Внезапно Джульетта почувствовала, что кольцо Жан-Жака врезалось в ее палец, как и в ее сознание. Брак ничего не значил для Жан-Жака, но для нее он был всем. По крайней мере она так считала. Сначала боль, а позже сменившая ее ярость начали тускнеть и выветриваться из ее памяти. Она помнила, что Жан-Жак был красив, но не могла вспомнить черт его лица. А когда пыталась, память рисовала ей портрет человека, невероятно похожего на Бена Дира. И в памяти ее голос Жан-Жака тоже походил на голос Бена Дира. Но не было на свете двух столь непохожих друг на друга людей. Бен был честным и преданным, а Жан-Жак — полной противоположностью ему.

Она полюбила Бена.

О Господи! Что же ей теперь делать?

Первые два дня на озере Линдерман прошли в лихорадочной суете и в возобновлении прежних знакомств. Миссис

Эддингтон принесла им кекс на патоке, а другие леди, которых они встречали и останавливались, чтобы с ними поздороваться, отвечали на приветствия, и они делились с ними впечатлениями от тягот путешествия. Джульетта помогала Зое и Кларе растапливать снег в больших горшках и кипятить воду для стирки. Все три женщины готовы были плакать от счастья и благодарности за то, что могли надеть чистое белье и одежду, сменить чулки и панталоны. Они проветривали свои спальные мешки, одеяла, куртки и пальто, шарфы и шляпы. Чинили свою одежду и штопали чулки. По очереди мыли голову и сушили волосы у огня.

Так как на некоторое время они зажили оседлой жизнью, то поставили свою походную печь в палатке и впервые за долгое время согрелись. Чтобы отпраздновать это событие, Клара отварила огромный двухфунтовый кусок солонины и сделала гарнир из кислой капусты. Зоя испекла кукурузный хлеб. Джульетта приготовила пирог с начинкой из сушеных яблок, что вызвало у нее прилив законной гордости. Три месяца назад она не сумела бы испечь пирога, даже если бы судьба всего мира зависела от этого. Они ели, сидя на своих походных кроватях. На них были чистые шерстяные панталоны, и чувствовали они себя много лучше, чем когда-либо после Чилкутского перевала.

— Я пыталась купить немного масла к кукурузному хлебу, — сказала Зоя, — и мне удалось его найти. Но продававший его человек запросил двадцать долларов за фунт. Я решила, что мы можем съесть хлеб с салом и джемом.

— Это чудесно, и у нас ведь есть еще солонина.

— Давайте-ка поспешим и покончим с едой. Я хочу попробовать ваш пирог. Он так вкусно пахнет. И на этот раз не пригорел, — с улыбкой заметила Клара.

Они все посмотрели на клапан палатки, услышав, как кто-то зовет Джульетту. Она удивленно нахмурилась:

— Похоже, это Люк. Чего он хочет?

Было не в обычае чилкутов приходить и звать кого-нибудь из них.

— Вы высуньте голову из палатки и узнайте, в чем дело, — посоветовала Клара.

Джульетта опустила глаза на свои неприбранные волосы, струившиеся вдоль ее бесформенных красных панталон.

— Я не могу показаться в таком виде!

— Ну, значит, вы так никогда и не узнаете, чего он хочет.

— Черт возьми! — Вот она снова выбранилась, понимая, что все это влияние дурной компании. Дурная компания со смехом смотрела на нее. — Чего вы хотите? — крикнула она в сторону входа в палатку.

— У меня послание для мисс Джульетты Марч.

Брови ее удивленно поднялись.

— Что за послание?

— Оно в конверте, мисси. Я не могу его прочесть.

Изнывая от любопытства, Джульетта просунула руку в щель между клапаном и стенами палатки. От внезапно налетевшего ледяного ветра тело ее покрылось гусиной кожей.

— Слава Богу! — воскликнула она, втаскивая конверт в палатку.

На конверте твердой мужской рукой печатными буквами было начертано ее имя.

— Кто бы мог его прислать?

— Понятия не имею! — одновременно воскликнули Зоя и Клара, широко раскрывая глаза и откидываясь назад на своих походных кроватях.

— Право, кто бы это мог быть? Мистер Эддингтон? Или, может быть, эта крыса Джек Хорват?

— О, я, кажется, знаю! Вероятно, королева посетила Канаду и захотела поболтать со своей ровней.

— В этом нет ничего смешного, — сказала Джульетта своим самым благопристойным и ханжеским тоном. Она вертела конверт в руках так и этак, изучала свои инициалы на нем и печать из красного воска, на которой красовались буквы — Б. Д. Д.

— Да его прислал Бен! — выкрикнула Клара, обмахивая разгоряченное лицо. — Ой, это убило меня наповал! Ну кто бы мог догадаться?

Зоя каталась от смеха на своей кровати.

— И что же он там пишет?

— Не ваше дело.

Но Джульетта не могла устоять перед искушением прочесть письмо вслух:

— «Мистер Бенджамин Дир просит мисс Джульетту Марч оказать ему честь и составить компанию на обеде восемнадцатого декабря в семь часов вечера. Адрес — Мэйн-стрит, 12». — Она заморгала. — Он приглашает меня на обед. Что мне делать?

— Давайте-ка ближе к делу, — сказала Зоя, приподнимаясь на кровати. — Что вы наденете? Не можете же вы идти на обед в той самой одежде, в которой он видит вас каждый день в пути.

Клара кивнула:

— Мы должны перерыть все наши ящики и найти что-нибудь подходящее. — Прищурив глаза, она смотрела на Джульетту. — Конечно, зола и жир помогают от обморожения, но ваше лицо все еще красное, и кожа шелушится. У нас есть в запасе двадцать четыре часа, чтобы поработать над вами. Лярд — вот что нам требуется, для смягчения кожи нет ничего лучше лярда.

— Я могу намолоть риса и приготовить из него пудру, а также сделать лимонный ополаскиватель для волос из таблеток лимонной кислоты.

— Мисс Марч! — раздался голос Люка, все еще стоявшего перед входом в палатку. — Мне поручено получить ответ.

— Пожалуйста, подождите минутку!

Вспорхнув с места, Джульетта принялась копаться в своем несессере, разыскивая письменные принадлежности. Хмурясь, она подняла голову и посмотрела на Клару и Зою:

— Вы думаете, мне следует принять предложение?

Они взглянули на нее так, будто внезапно она лишилась разума, потом как ни в чем не бывало продолжили обсуждение ее туалета и прически ввиду столь редкого обстоятельства. Здесь царят иные законы, напомнила она себе. Нет ничего дурного в том, что она пообедает с Беном. Кому какое дело? Когда она нашла письменные принадлежности и флакон чернил, то написала: «Мисс Джульетта Марч с радостью принимает любезное приглашение мистера Бенджамина Дира пообедать с ним восемнадцатого декабря в семь часов вечера».

О Боже! Могла ли она упустить хоть одну мелочь, обязывающую леди к достойному поведению? Нет, конечно! Ни в коем случае! Получить приглашение и ответить на него должным образом было так важно, и от этого по всему ее телу разлилось приятное тепло. После того как она передала свой ответ Люку через щель в клапане палатки, Джульетта снова уселась на свою кровать, вполуха слушая болтовню Зои и Клары и мысленно удивляясь тому, откуда этот старатель мог научиться правильно составлять приглашение на обед. Она могла бы сказать, что уже достаточно хорошо изучила характер Бена, но, судя по всему, в этих знаниях о нем были существенные пробелы.

— Номер двенадцатый на Мэйн-стрит — это не адрес отеля? — обеспокоенно спросила Джульетта. Она надеялась, что Медведь мог ошибиться насчет отеля, и рискнула туда заглянуть. Отель оказался много хуже, чем его описывал Медведь. Расстроенное фортепьяно в салуне на первом этаже терзало слух. Она собрала всю свою отвагу, просунула голову внутрь и тотчас же заметила дырки в потолке, сквозь которые можно было видеть ножки кроватей. Сознание того, что постояльцы отеля могут, глядя себе под ноги, видеть шумный салун, было почти столь же неприятным, как ужасающий затхлый запах застоявшегося пива и табачной жвачки.

Она не могла себе представить обед в столь чудовищной обстановке.

— Кто знает? Здесь ни на одном доме нет номеров, — ответила Клара, возвращаясь к своему разговору с Зоей о том, что требуется Джульетте, чтобы достойно выглядеть в торжественный вечер.

Джульетта вдруг посмотрела на них с неожиданной для себя симпатией и признательностью. Сама бы она, вероятно, не приняла приглашения Бена. Ее удивило, какое значение она придавала их одобрению и насколько это влияло на принятие ею решений.

Глубоко вздохнув, она подвинулась и села на кровать Зои:

— Ну что же вы мне посоветуете? Стоит ли мне надевать свои бриллианты?

Двумя часами позже, когда Зоя делала ей маникюр и они пришли к единому решению относительно туалета, Джульетта осознала, как ей недоставало сестер. А она даже не подозревала об этом!

Люк вызвал ее без четверти семь, помог надеть снегоходы и нес ее маленькую сумочку, в которой были нарядные туфли, запасной носовой платок, веер и другие принадлежности туалета. Решение было принято после того, как она внимательно осмотрела все, что Зоя и Клара сочли необходимым для торжественного вечера.

— А это что? — спросила она с любопытством, разглядывая розовую ленточку, привязанную к кольцеобразному складному предмету неизвестного назначения.

Зоя и Клара обменялись взглядами, потом Клара прошептала:

— Это женский презерватив, пессарий.

Шок вызвал у нее дрожь в руках, она уронила этот предмет и уставилась на него широко раскрытыми глазами, полными ужаса. Иногда замужние дамы, чью респектабельность можно было поставить под вопрос, шептались о таких вещах, но предполагалось, что порядочным женщинам не положено об этом знать.

— Где вы это достали?

— Нам помогла миссис Эддингтон.

Увидев выражение лица Джульетты, Клара развела руками:

— Миссис Эддингтон считает, что это для меня.

— Как вы осмелились! — Ее руки затряслись от гнева и унижения.

Зоя дотронулась до ее руки.

— Возможно, вы правы, — сказала она умиротворяюще. — Но на всякий случай...

— Не может быть такого случая. Мы с мистером Диром пообедаем, и это все! — На ее щеках запылали красные пятна, горло будто обожгло огнем. — Как вы могли подумать, что я... Кем вы меня считаете?

— Невзирая на то, кем вы склонны считать себя сами, вы не святая, — сказала Клара внезапно охрипшим голосом, запихивая пессарий в сумочку Джульетты. — Никто из нас не может на это претендовать.

Лицо Зои стало почти таким же красным, как у Джульетты.

— Если — а все, что я позволила себе сказать, это «если» — ваши отношения зайдут так далеко... что сейчас вы и не предполагаете насколько, тогда вам следует... — Она бросила беспомощный взгляд на Клару.

— Вам следует защитить себя, — закончила Клара твердо.

Зоя кивнула:

— Я уверена, что многие женщины желали бы быть достаточно предусмотрительными, чтобы принять меры предосторожности, если обстоятельства окажутся сильнее их настолько, что... — Она прижала руки к пылающим щекам. — Ну, вы и сами знаете, о чем я...

Джульетта посмотрела на нее и поняла, что Зоя и Том были близки. Клара тоже поняла, что ее подозрения обрели почву. Это смутило всех. Если женщина, которую Джульетта считала достойной и респектабельной, могла оказаться в постели с мужчиной, не будучи его женой... то...

— Понимаю, — сказала Джульетта нерешительно, не зная, как поступить. — Спасибо, что вы подумали обо мне, но мне не потребуется... это... этот... — Она не могла заставить себя произнести это слово. — Мне не нужны такие вещи.

Хмурясь, она сосредоточила свое внимание на других предметах туалета: гребне и шпильках для волос, губке для тела, пудре, запасных пуговицах... О Господи помилуй! Все это было бы нужно, если бы у нее появилась необходимость переодеваться.

— Джульетта, — обратилась к ней Клара, сурово глядя на нее, — неужели вы навсегда останетесь близорукой идиоткой? Если вам все это не понадобится, прекрасно. Но если возникнет необходимость... все-таки не помешает иметь это под рукой. — Она закрыла сумочку Джульетты, считая, что разговор окончен.

Теперь, когда Джульетта все знала о Зое и Томе, она не могла играть роль неприступной и беспорочной, не обидев и не поставив в ложное положение Зою. Покусывая губы, она сказала со вздохом:

— Мне это не нужно, но я благодарна вам за вашу заботу о моем благополучии. — Лучше было оставить все как есть. — Как я выгляжу?

— Красавица! — ответили они обе в один голос.

Их ответ вызвал у нее улыбку. Она никогда не была красивой, но сегодня вечером, как ей казалось, приблизилась к этому счастливому состоянию, насколько это было для нее возможно. Они долго расчесывали ее волосы щеткой, пока они не приобрели блеск и яркий каштановый цвет, потом сделали ей высокую прическу, украсили ее принадлежащими ей бриллиантами и завили ниспадающие на плечи локоны щипцами. Под тяжелым зимним плащом у нее оказался другой, черный, а под ним — единственное нарядное платье, которое она захватила с собой, из черного бархата с атласной отделкой цвета сливок. Платье было со столь низким вырезом, что для обеда наедине с мужчиной она предпочла бы что-нибудь поскромнее, но гораздо больше ее беспокоили пышные рукава с буфами, а точнее, расстояние между длинными, до локтя, перчатками и местом, где кончались рукава. Она не думала, что выглядит наилучшим образом, когда тело ее сотрясает дрожь и зуб на зуб не попадает от холода. Но с другой стороны, ее успокаивало то, что ей не надо было тащить по грязи длинный трен: Зоя взяла в руки иглу и принялась за работу, укоротив трен до приемлемой длины.

Когда Джульетта в сопровождении Люка шествовала по шумной Мэйн-стрит во всем своем блеске, от ее глаз не мог укрыться грязный снег в пятнах от табачной жвачки, и она молча мысленно благодарила Зою за ее предусмотрительность. Ей не пришлось волочить свой трен по грязи. И благодаря Кларе щеки ее обрели здоровый блеск, потому что лярд смягчил и разгладил кожу и скрыл грубые пятна, оставленные непогодой и маской из жира и золы.

Некоторое время ей казалось, что Люк что-то перепутал, потому что он провел ее мимо последнего ветхого здания в конце улицы и они ступили на санный путь, освещаемый только светом месяца. Как раз когда она собралась задать ему вопрос, они свернули с дороги, и она увидела неяркий свет в окнах дома. Люк довел ее до бревенчатой хижины и постучал в дверь. Тотчас же дверь распахнулась, и Джульетта увидела улыбающегося Бена. На одну секунду ей показалось, что это не он. Бен выглядел на много лет моложе без своей неопрятной бороды старателя. Ей подумалось, что ему тридцать с небольшим, а она-то воображала, что он лет на десять старше. Она ведь редко видела его без мехового капюшона или шляпы. Но сегодня его волосы были аккуратно причесаны, разделены пробором посередине и обрамляли лоб двумя темными крыльями. На нем был черный костюм-тройка, и впервые после Сиэтла она увидела мужчину в накрахмаленном воротничке и с такими же манжетами. У нее захватило дух, и целую минуту она не могла как следует вздохнуть.

Этот Бен Дир, представший перед ней, был ослепительно красивым незнакомцем. Ощутив внезапную робость, она молча ждала, пока Бен возьмет ее сумочку, поблагодарит и отпустит Люка.

— Сегодня вечером вы мне больше не понадобитесь, Люк. Благодарю вас, — сказал он вежливо, потом обратил свои синие глаза на нее, и сердце ее на мгновение остановилось и пропустило удар. — Позвольте мне снять с вас ваши снегоступы.

Он встал перед ней на колени, и ей пришлось для устойчивости опереться о его плечо. Под дорогой шерстью пиджака она ощутила крепкое, как скала, жилистое тело Бена, которого знала. После того как ее снегоступы были поставлены у двери, он повел ее в теплую хижину. Дощатый пол был покрыт вязаным ковром, лежавшим прямо перед ярко горевшим огнем в камине. Это она заметила в первую очередь. Теперь она могла не опасаться, что будет дрожать от холода во время обеда.

— Окна! — воскликнула она, и глаза ее округлились от изумления.

— Это всего лишь глыбы льда, — ответил он смеясь.

Медленно поворачиваясь, она оглядывала хижину. Меблировка была скудной, но ей показалась вполне комфортабельной. Кто-то повесил на стенах цветные вырезки из журналов в рамках, а на низком ящике была целая стопка книг. Крохотная кухонька была отделена от стола на гнутых ножках, заканчивавшихся когтистыми лапами, разделочной стойкой. Хотя хижина эта была бедной и маленькой, она казалась уютной и обладала неким особым очарованием.

— Кому она принадлежит? — спросила Джульетта. Она боялась, что ее взгляд до неприличия долго задержится на нем.

— Эта хижина принадлежит Биллу Пратеру, владельцу самого большого склада. Он согласился сдать мне ее на три дня.

Джульетта знала цену вещам в этой части света.

— Должно быть, это стоило целое состояние!

Если фунт масла стоил здесь двадцать долларов, то сколько же он должен был заплатить, чтобы арендовать целую хижину?

На три дня. Внезапно во рту у нее пересохло, а руки задрожали.

Три дня. И он не просил Люка вернуться и проводить ее обратно до палатки.

— Бен...

— Спальня вон за той дверью, — сообщил он, подхватывая ее сумочку с туалетными принадлежностями. — Если вы хотите привести себя в порядок...

Они оказались наедине в хижине со спальней, которую он арендовал на целых три дня.

«Порядочная женщина никогда бы не поставила себя в столь двусмысленное положение», — подала голос крохотная, полная негодования тетя Киббл. «Да, она удалилась бы немедленно!» — вторила ей мать Джульетты.

— Когда вы вернетесь, мы выпьем шерри у камина, — сказал Бен, прерывая поток их нотаций. Он наклонился и легонько коснулся губами ее губ.

Ее тело будто пронизало электрическим током. С минуту она не могла двинуться с места, не могла думать, была не способна ни на какое действие. Будто в нее ударила молния и парализовала ее. «Уходи отсюда немедленно!» — потребовала возмущенная тетя Киббл. «Этот человек не джентльмен! — зашипела ее мать. — Его интересует только твое наследство!»

«Заткнитесь!» — молча, но решительно произнесла Джульетта. За всю ее жизнь столько вечеров и столько возможностей было упущено из-за того, что она поступала правильно, то есть в соответствии с представлениями других людей о том, что следует делать и чего не следует. Но сегодня вечером она не собиралась оставаться маленькой робкой и чопорной Джульеттой Марч.

Сегодня вечером она была современной женщиной, дерзкой и свободной от ограничений, уместных в покинутой ею иной жизни. Сегодня она будет вести себя согласно собственным правилам.

Она потрогала свои губы, подняла голову и проследовала в дверь спальни.

Сегодня она была светской женщиной, и, слава Богу, в сумочке у нее был пессарий. Она была готова к любой случайности.

Бен поцеловал ее, и мир изменился до неузнаваемости.

Глава 17

Бен предупредительно зажег фонарь на бюро, чтобы Джульетта могла при свете снять свой тяжелый плащ, варежки и капюшон и положить их на кровать, покрытую цветным одеялом. Спальня была маленькой жемчужиной со стенами из сосновых бревен, еще хранивших слабый аромат сосны, и там было достаточно мебели, чтобы комната казалась уютной и даже несколько перегруженной вещами. Но что тотчас же привлекло внимание Джульетты — так это ванна, расположенная возле внутренней стены, предмет, впервые увиденный ею за много месяцев. Она была старомодной, как у тети Киббл, и наполнять ее приходилось водой, согретой на кухне, но это была настоящая ванна, и она позавидовала Бену, потому что он мог пользоваться ею целых три дня.

Она представила, как он лежит в ванне с сигарой в зубах и щурится от дыма. Внезапно она почувствовала, что ей слишком тепло. Отвернувшись от ванны, она посмотрелась в зеркало, стоявшее на бюро, и нахмурилась, внимательно оглядывая себя, приглаживая волосы, перевязывая черную бархотку, обнимавшую ее шею, и оправляя пышные рукава платья на плечах. Потом, подавшись вперед, она принялась изучать свое декольте, открывавшее ее шею довольно впечатляюще. На мгновение она пожалела, что надела вечернее платье. С другой стороны, сегодняшние вечер и ночь были предназначены для дерзости и отваги. Она была женщиной, решившей играть по своим правилам, женщиной, отважившейся пообедать наедине с мужчиной, снявшим специально для этого дом. И он дал импульс этому вечеру, поцеловав ее. О Господи!

Джульетта вытащила из сумочки веер и принялась яростно обмахивать им лицо, пока не почувствовала, что переполнена собственной бесшабашной отвагой. Потом, извлекая из сумочки вечерние туфли, она заодно вытащила и пессарий и принялась изучать его в свете фонаря. Сердце ее забилось быстрее от одного прикосновения к этому предмету. Кто мог бы предположить, что у Джульетты Марч найдется подобный предмет!

Ладно, она, конечно, им не воспользуется, потому что в этом не возникнет необходимости. Но каким волнующим было сознание, что она современная и достаточно отчаянная женщина, чтобы носить в сумочке подобный предмет. Что она, ставшая бестрепетной путешественницей, будет готова к любой безумной авантюре, приготовленной для нее коварной судьбой, и что она могла сделать любой зигзаг на этом пути. О да, не существовало больше Джульетты Марч, которую знали все. Она с достоинством кивнула своему отражению в зеркале. Под ее бальным платьем, под ее респектабельной внешностью скрывалось и билось сердечко отъявленной шлюшки, развратной и бесстыжей.

А возможно, она просто уговаривала себя, убеждала в чем-то. Но она знала, что сегодняшняя ночь никогда не повторится. И, импульсивно приняв решение, она села на кровать, подняла юбки и после нескольких неудачных попыток ухитрилась вставить пессарий надлежащим образом. Смущавшая ее необходимость и нескромность прикасаться к себе «там», в этих интимных местах, несколько умерялась волнующим сознанием, что у нее есть тайна, возможно, нескромная тайна, возможно, позорная, и она получала удовольствие от этого сознания.

Дрожа от собственной дерзости, Джульетта оправила юбки, глубоко вздохнула и отчаянным усилием стянула с пальца кольцо Жан-Жака.

Реакция Бена на ее появление была такой, о какой Джульетта могла только мечтать. Он испустил резкий и глубокий вздох, а глаза его стали жесткими и дымчато-синими.

— У меня нет слов, — произнес он хрипло. — Сказать, что вы восхитительны и изысканны, — это все равно что не сказать ничего.

Вот так он встретил ее появление. Каждый, кто увидел бы его сегодня вечером, никогда бы не заподозрил в нем старателя, рвущегося к золотоносным полям в поисках сокровищ. Он выглядел как джентльмен, и это сквозило и в каждой детали его туалета, и в каждой черте лица, и в поведении — во всем, начиная от кармашка, из которого выглядывала цепочка золотых часов, до черных гагатовых запонок на манжетах и до белой манишки. Взяв ее под руку, он подвел ее к двум стульям перед камином. Они чокнулись бокалами с шерри, и он откинулся на спинку стула, любуясь ею настолько явно и откровенно, что Джульетта смутилась, покраснела и опустила глаза.

— Могу я задать вам личный вопрос? — После ее кивка он сказал: — Вы такая прелестная женщина. Меня удивляет, что вы не замужем. Я так полагаю, что по доброй воле?

— В моей жизни был некто...

Его вопрос, безусловно, содержал определенный намек, но сейчас она не хотела об этом думать. Вместо этого она повернулась к камину и предпочла отдаться чувству любви и ощущать себя правдивой. Она не могла рассказать Бену о

Жан-Жаке. Уж во всяком случае, сегодня не могла, но Бен был для нее слишком дорог и важен, чтобы хоть чуть-чуть не намекнуть ему на истинное состояние дел.

— Видите ли, я богатая наследница, — призналась она после короткого колебания. Если бы она хоть отчасти не подчинилась желанию тети Киббл и не удовлетворила его, бедная крошечная тетя Киббл пострадала бы от апоплексического удара. Самое ужасное — сказать искателю золота, что золото находится не далее чем в трех футах от него. — Моя тетя, старавшаяся защитить меня, всегда была настороже и опасалась охотников за богатым приданым. И как ни печально в этом признаваться, но случалось, что в моей жизни встречались такие искатели.

Бен кивнул:

— Я предполагал нечто подобное.

— Предполагали? — Ее брови изумленно взлетели.

— Я случайно подслушал разговор мисс Уайлдер, говорившей мисс Клаус, что вы заплатили Тому за доставку вашего багажа в Доусон. Почему-то это ее не обрадовало, — добавил он с улыбкой, — но только человек со средствами мог позволить себе такой благородный и щедрый поступок.

Его взгляд медленно пропутешествовал по ее груди, талии и спустился до подола платья.

— Ваша одежда свидетельствует о том же.

— Так вы все время знали! — Краска отхлынула от ее щек, и она даже забыла сказать, что не она заплатила Тому. Она верила, что Бен интересовался ею, потому что, как она полагала, он ничего не знал о ее деньгах. Теперь его утонченное внимание вызвало в ней подозрения, и ее глаза расширились от ужаса. Она снова совершила эту ошибку. Она влюбилась в человека, думавшего только о ее состоянии.

Видя выражение ее лица, Бен рассмеялся:

— Милая Джульетта, если вы вообразили, что меня интересуют ваши деньги, уверяю, что вы ошибаетесь.

— Да, это именно то, что я подумала, — прошептала она.

Он подвинул свой стул ближе к ней, взял из ее рук стакан с шерри и завладел ее руками.

— Должен сделать вам ответное признание и заодно покаяться. Я не догадался о вашем происхождении и состоянии. Я не угадал его по вашей одежде. И дело не в том, что я подслушал мисс Уайлдер. Я спросил у менеджера отеля в Сиэтле, кто вы, и ваше имя оказалось мне знакомым.

Она была ошарашена.

— Но как оно могло оказаться вам знакомым, если мы прежде не встречались? В этом я уверена.

— Верно. Мы не встречались. — Его улыбка ласкала ее. — Я знаю ваше имя, потому что «Бэй-Сити бэнк» в Сан-Франциско держит ваши деньги, а я владелец этого банка. Ваши капиталовложения не самые большие, но вы одна из пятидесяти самых крупных держателей акций.

Ее рот принял форму буквы «о», и она смотрела на него, ничего не произнося. Потом воскликнула:

— Боже милостивый! Я ведь слышала ваше имя от тетки. Она называла вас «этот скандальный банкир».

Он рассмеялся:

— Банковское дело на западе не считается джентльменским занятием, как на востоке.

— Я думала... вы...

— Откровенно говоря, мне приятно, что вы не вспомнили моего имени. Я не хотел, чтобы здесь что-нибудь знали обо мне. Большинство золотоискателей, которых мы тут встречаем, отчаянные люди. Не думаю, что они стали бы благосклонно взирать на соперника, вовсе не рассчитывающего когда-нибудь увидеть собственными глазами золотой самородок. И была еще одна причина, почему мне не хотелось упоминать о том, что я банкир. — Поколебавшись и слегка посерьезнев, он сказал: — У вас достаточно значительное состояние, Джульетта, но...

— Но ваше много больше. — В мгновение ока догадка осенила ее. — Господи! Вы боялись, что меня больше заинтересует ваше состояние, чем вы сами!

Она смотрела на него, потом расхохоталась:

— О Бен!

Когда она успокоилась, Бен повернул ее руку к себе и провел пальцем по ее ладони, затянутой в перчатку.

— Эта мысль пришла мне в голову, но не сразу. Когда я увидел вас на борту «Аннасетт», то счел это удивительным совпадением. Но я и не предполагал, что вы и я... — Он улыбнулся и пожал плечами.

— Но почему вы отправились на Юкон?

— Наступило время начать жизнь заново, — ответил он просто, — мне нужно было отвлечься от каждодневной рутины. Мне нужно было что-то такое, что потребовало бы от меня физических усилий. И мне нужно было некое событие, которое стало бы концом прежней и началом новой жизни.

— И это случилось? — спросила она, положив руку на его плечо.

— О да, — ответил он, заглядывая ей в глаза. И когда лицо ее заполыхало ярким румянцем, он выпустил ее руку и взял свой стакан с шерри. — А зачем вас понесло на Юкон? Вы никогда не говорили об этом.

На этот вопрос было трудно ответить правдиво.

— Я начала это путешествие в надежде найти одного человека, — ответила она шепотом. Потом добавила, спеша покончить с этим разговором: — Меня просто... втянули в это путешествие.

Он покачал головой.

— Клара первая упомянула о Юконе, — попыталась она объяснить, — а Зоя настояла на том, чтобы мы поехали сюда.

— Они тоже кого-то ищут?

— Мне искренне жаль, Бен, но больше я ничего не могу сказать.

Она читала любопытство на его лице, в поднятых бровях, в выражении глаз, но он кивнул:

— Надеюсь, что наступит день, когда вы почувствуете себя со мной достаточно свободно, чтобы поделиться своими тайнами.

Ее губы изогнулись в неуверенной улыбке.

— Я хотела бы рассказать вам все, но тут замешаны чувства других людей.

В молчании они покончили с шерри. Джульетта представляла, что Бен пытается подавить свое недовольство ее скрытностью, пока она изо всех сил старалась подавить привитые ей с детства взгляды и принципы, которые поклялась самой себе забыть хоть на одну ночь. Она ни минуты не думала о Жан-Жаке Вилетте или о том, насколько нравственно и достойно проводить время с Беном.

Когда он заговорил снова, Джульетта с облегчением поняла, что она не испортила их вечер. Он не стал настаивать, чтобы она открыла ему свою тайну, и, как она заметила, не обиделся на нее.

— Я подумывал о том, чтобы нанять одного из чилкутов Тома, чтобы тот прислуживал за столом, но потом решил, что лучше нам с вами провести этот вечер вдвоем. Надеюсь, вы не в обиде на то, что у нас будет скорее обыденный, чем формальный обед. Я сам буду накрывать на стол и прислуживать вам.

Каким внимательным и заботливым он был! Хижина была достаточно удалена от Мэйн-стрит, поэтому никто не мог видеть, как она входила туда, и никто не увидит, как она выйдет. И не будет никого, кто мог бы потом сплетничать о том, что они говорили друг другу.

— Я тоже хочу помочь. Я буду счастлива, если вы позволите мне накрывать на стол.

Они оба поднялись со стульев одновременно и замерли, ощутив, что стоят очень близко друг от друга. Джульетта вдыхала терпкий запах мужского одеколона, крахмала от его воротничка и манишки и шерри, которое все еще чувствовалось в его дыхании. Она ощущала его силу и мужественность.

Под его пронзительным взглядом она готова была упасть в обморок. В этот момент он наклонился и поцеловал ее снова, слегка прикасаясь губами, как и прежде, как бы пробуя на вкус, каким будет ее ответ. И, как и прежде, этот его поцелуй воспламенил ее, и будто обжигающая молния пронизала все ее тело. На этот раз она испытала разочарование неудовлетворенности. И вдруг ей захотелось, чтобы он поцеловал ее по-настоящему, требовательно и страстно.

Он провел пальцем по ее щеке, и она ощущала тепло его пальца еще долго после того, как он убрал руку.

— Вы моя гостья. Я хочу, чтобы вы просто наслаждались этим вечером.

Когда ее ноги перестали дрожать и у нее появилась уверенность, что они ее прочно держат, она последовала за ним к круглому столу, отделенному от кухни стойкой, и смотрела, как он встряхивает белоснежную камчатную скатерть, чтобы постелить ее на стол. Она любила эту благородную ткань, прикосновение к которой оставляло вполне недвусмысленное чувственное ощущение. Он разгладил скатерть на столе и постелил ее так, что она свешивалась с обеих сторон не более чем на восемнадцать дюймов, что было совершенно правильно. Когда она подняла на него взгляд, то заметила, что от него не укрылось, как округлились ее глаза, и он понял, что и скатерть, и то, как он ее постелил, ей понравились.

Улыбаясь, он поставил на стол вазу с сухими цветами — это был букет из сухих люпинов, ирисов и водосбора, и он водрузил его в центре стола между двумя высокими белыми свечами.

Джульетта прижала руку к груди. Этот букет из сухих цветов был не слишком высоким и не мешал им видеть друг друга. Внимание к этим, казалось бы, незначительным и мелким деталям и означало различие между восхитительным праздничным обедом и разочарованием. Не говоря уже о том, что это была середина их долгого путешествия. С глубоким вздохом она подвинулась ближе к столу.

— Здесь, должно быть, красиво весной и летом, — заметил он, указывая на букет из сухих цветов.

— Что? О да, думаю, что красиво, — пробормотала Джульетта, удивленная тем, что голос ее звучал так, будто она долго и быстро бежала и теперь запыхалась.

Но, Боже милосердный, ведь столько времени прошло с тех пор, как она в последний раз одевалась к обеду и сидела за столом, накрытым должным образом, нарядно одетая и с горящими свечами на столе. Углы ее губ дрожали от возбуждения.

Не сводя с нее глаз, Бен развернул салфетку, и она тотчас же увидела, что это квадратная салфетка и что длина каждой ее стороны двадцать два дюйма. О, кто поймет радость видеть настоящую салфетку! Кто поймет трепет и восторг, вызванные долгожданной встречей с ней! И вот движением, от которого все внутри у нее сжалось от предвкушения чуда, он свернул обе салфетки и положил их слева, там, где должны были лежать вилки. И складки салфетки были обращены наружу. О Господи!

Джульетта восторженно вздохнула.

— Нет ничего лучшего и более утешительного, чем правильно и красиво накрытый стол, — прошептала она.

И нет ничего более соблазнительного и волнующего, чем наблюдать за красивым мужчиной, демонстрирующим безусловное знание этикета. В этом было нечто очень эротичное. Да и кого бы это могло не взволновать? Скатерть была постлана совершенно правильно и свисала точно настолько, насколько должна была свисать. Размер салфеток был идеально правилен, и положены они были складками наружу.

Чуть не теряя сознание от обуревавших ее чувств, она раскрыла веер и принялась обмахивать пылающее лицо. Целую минуту она и Бен смотрели друг на друга через стол и свечи, замечая только пылающие лица и полураскрытые губы друг друга, быстрое дыхание и все возрастающее напряжение.

— Вас не оскорбит, если я ослаблю узел галстука? — спросил он охрипшим голосом.

— Будьте любезны, не стесняйтесь. — Ее собственный голос прозвучал для нее неожиданно — в нем она услышала приглашение и обещание.

Глядя на нее сузившимися глазами, выражение которых вызвало у нее ассоциацию со смятыми простынями и мускусными запахами постели, он развязал узел галстука и сдвинул его набок, потом протянул руку и достал из-за спины две оловянные сервировочные тарелки.

— Сервировочные тарелки! — Потрясенная Джульетта ухватилась за край стола в состоянии, близком к экстазу. Она не видела таких тарелок со времен, когда останавливалась в отеле в Сиэтле. В глазах ее появился влажный блеск, и она не могла оторвать взгляда от его длинных пальцев, скользивших по краям оловянных блестящих тарелок, прежде чем поставить их на стол. В этом движении пальцев было нечто очень волнующее и чувственное. Вдоль ее спины пробежала дрожь.

— У вас самые прекрасные глаза, какие мне довелось видеть, — сказал Бен, поставив тарелки на стол. — Иногда их цвет напоминает мне штормовое небо, а иногда, как теперь, они похожи цветом на расплавленное серебро.

— Вы очень красивы без бороды, — прошептала она в ответ.

Она умирала от желания прикоснуться к его щекам, погладить их пальцами. Ей хотелось прижаться носом к его щеке и вдохнуть такой терпкий и мужественный запах его одеколона.

Внезапно ей показалось, что в комнате очень жарко, настолько, что у нее появилось ощущение, что она у себя дома, в Линда-Виста, в середине августа. Его глаза прожигали взглядом ее лицо, как два солнца, заставляя ее кожу пылать и воспламеняя ее сердце. Она почувствовала, как струйка пота стекла между ее грудями. Она скромно направила струю воздуха от веера к своему декольте, прилагая отчаянные усилия к тому, чтобы овладеть собой.

— Что будет дальше? — пробормотала она.

— Хрусталь.

— Хрусталь? О! — Да поможет ей Бог и даст удержаться на ногах! Не оловянные кружки, не кружки из грубого толстого стекла, из каких они пили каждый день, но хрусталь! Она не отрывала взгляда от его рта, думая о той минуте, когда хрусталь коснется его губ. Она думала о том, чтобы самой прикоснуться к его губам. И о том, чтобы он тоже прикоснулся к ее губам. Хрусталь! В самом слове было нечто волнующее и плотское и намекающее на прикосновение губ и тонких длинных пальцев. Где-то у основания шеи она ощутила странный трепет, распространившийся по всему ее телу.

Дразня ее и бессовестно играя ее чувствами, Бен держал у своей груди бокал для воды и легонько постукивал кончиками пальцев по его краю. Раздался и повис между ними чистый, ясный звон хрусталя, отразившийся от кожи Джульетты ощущением, похожим на удар электрического тока, волнующий и возбуждающий. Никогда никакая музыка не возбуждала ее так. Задыхаясь, она покачивалась на стуле, изо всех сил обмахиваясь веером и чувствуя, что на лбу у нее выступили бисеринки пота. Она заметила, что виски Бена тоже повлажнели.

Не сводя с нее глаз, он поставил хрустальные бокалы на сервировочные тарелки. После звона бокалов для вина, после того как он увидел, какое действие это произвело на нее, он осторожно поставил их справа от бокалов для воды.

— Прошу прощения, но не разрешите ли вы мне снять пиджак? — Он помедлил, чтобы промокнуть платком лоб и шею.

— Да, да.

Она желала бы тоже что-нибудь снять. Все ее тело горело, настолько сильным было возбуждение. И она просто запылала жарким пламенем, когда он остался в одной только рубашке и жилете. В мире, где она жила обычно, в ее мире женщины редко видели мужчин без пиджаков, в одних рубашках. И то, что она видела его теперь стоящим перед ней в таком виде, она воспринимала как нечто скандальное, возбуждающее, эротическое и интимное.

— Дальше должно последовать серебро, — прошептала она дрожащими губами.

Он медлил, что вызвало у нее новый приступ сладостной дрожи, дрожи предвкушения. Он скользнул указательным и большим пальцами по рукоятке ножа, стараясь продлить это состояние экстаза. Можно было потерять столь многое, так сильно просчитаться, если положить нож неправильно. И наконец его глаза, полыхающие чуть приглушенным огнем, снова обратились к ней, и он положил ножи режущей поверхностью к сервировочным тарелкам. Сердце Джульетты было готово выскочить из груди, и она подумала, что способна потерять сознание. Это было превосходно, восхитительно! Тайные, сокровенные части ее тела повлажнели от сладкого томления. Он знал язык сервировки стола. Она с трудом верила в это и воспринимала это. И уж тем более могла это вынести. Наблюдая за тем, как он раскладывал ножи, она поняла, что будут мясное и рыбное блюда. Но его триумф состоял в том, что он правильно положил ножи режущей стороной к тарелкам! Она опасалась, что сердце выскочит у нее из груди.

А теперь он играл столовой ложкой, вертя ее в пальцах. Она заметила, что на его щеках заиграли желваки, когда он посмотрел на нее. Его вопросительный взгляд становился все более смелым, он смотрел на ее декольте, он обжигал ее тело до кончиков пальцев на ногах. И Господи, у этого мужчины был самый чувственный рот, какой только ей доводилось видеть. Сердце ее билось бешено, колени ослабли и превратились в пудинг. Она не была уверена, что вынесет процедуру раскладывания вилок.

— Салат следует подавать после основного блюда, — пробормотала она в экстазе, когда он положил на стол столовые ложки и в последнюю очередь вилки. Они не будут следовать новому стилю, когда салат ставится на стол перед основным блюдом. Это было больше, чем могла бы вынести любая женщина. Она желала его со страстью, заставлявшей всю ее кипеть и бурлить, — и ее разум и тело сжигал огонь.

Увидев выражение ее лица, он почувствовал, что все его мускулы отвердели.

— Джульетта... — Его голос, в котором она расслышала неприкрытое грубое желание, полностью раскрепостил ее.

Они бросились навстречу друг другу, обогнув стол, и оказались в объятиях друг друга. И, сжав друг друга в страстном объятии, начали целоваться и не могли остановиться. Их руки взлетали, прикасаясь, лаская, гладя друг друга. На глаза, лоб, шею Джульетты излился целый дождь, целый поток лихорадочных жарких поцелуев. Ее душили рыдания.

— Да, да, да, — шептала она, не сознавая, что говорит. — Да, Бен. О да, да.

Схватив ее в объятия, он понес Джульетту в спальню, где осторожно и нежно поставил на пол.

— Вы уверены? — спросил он голосом, охрипшим от желания.

В ответ она повернулась к нему спиной и приподняла длинные локоны со своей шеи, чтобы он мог расстегнуть ей платье.

— Поторопитесь, — сказала она.

Его пальцы, знакомые с крючками и пуговицами женской одежды, двигались твердо, быстро и уверенно. И через минуту она оказалась стоящей перед ним в одной только отделанной кружевами шемизетке и корсете. Он принялся целовать ее груди, потом сорвал с себя рубашку, разбросав при этом гагатовые запонки по полу. Потом он так же стремительно сорвал с себя брюки и башмаки.

— Постойте! Задуйте фонарь! — Но было уже слишком поздно. Она смотрела на его тело с трепетом восторга и ужаса. Никогда прежде она не видела обнаженного мужчины при свете. Как прекрасен он был! Высокий, стройный, широкоплечий и узкобедрый. Он был похож на статуи, изображения которых она видела в книге по греческой скульптуре. Отсутствие фигового листка привлекло ее внимание, и щеки ее запылали еще сильнее. О Господи!

Он привлек ее к себе и жадно поцеловал, оставив задыхающейся, потом посадил на край кровати. Встав на колени, он снял ее вечерние туфли, потом пояс с подвязками, осторожно стянул чулки. Она ощутила его горячие пальцы на коже ног. Он встал, чтобы сесть с ней рядом на постели, его ловкие и чуткие пальцы нежно повернули ее к нему лицом, и он расшнуровал ее корсет, тотчас же соскользнувший на пол.

Инстинкт подсказывал ей попросить его задуть фонарь. Потом она вспомнила, что он уже видел ее нагой. И желал видеть снова. Она встала, хотя ноги ее дрожали, и позволила ему снять с нее шемизетку, спустив ее сначала на талию, а потом на бедра. Шелковая вещица с шелестом упала к ее ногам, и она осталась перед ним обнаженной, с закрытыми глазами и пылающими щеками, слушая его хриплое, неровное дыхание. Ее инстинкт требовал, чтобы она прикрылась, но она приказала себе стоять неподвижно.

— Вы прекрасны! Вы такая маленькая, изящная и совершенная!

Она не помнила, как он отогнул покрывало, снял одеяло, не помнила, как уложил ее в постель. Она только что стояла перед ним, а потом вдруг оказалась в постели, и они лежали в объятиях друг друга, целуя и лаская со все нарастающей страстью. До тех пор, пока, как ей казалось, она не лопнет от томления, но в этот момент его тело оказалось поверх нее, и дальше все было прекрасно. Он был нежен, очень нежен и терпелив, он не переставал целовать ее и шептать ей нежные слова. Сегодня она была отважна и бесстрашна. Она была раскрепощенной женщиной, способной отважиться на все. Ее пальцы скользнули вниз по его спине, коснулись обнаженных ягодиц. Она надеялась, что эта вольность, этот бесстыдный порыв не будут поняты им превратно.

Если его это и удивило, то он не показал этого, но продолжал целовать ее, и их любовные ласки не остывали. Осмелев, Джульетта чуть-чуть приоткрыла глаза и украдкой бросила взгляд на него. Он наблюдал за ней. О Господи! Она-то воображала, что и у него тоже глаза были закрыты.

— Что-нибудь не так? — прошептал он, когда она замерла.

Свет был тусклым, но его было достаточно для того, чтобы она могла разглядеть его всклокоченные волосы и блестящий от испарины лоб.

— А прилично ли держать глаза открытыми? — спросила она тоже шепотом.

— Моя бесценная Джульетта, все, что приносит двоим людям наслаждение, прилично.

Приподнявшись на локтях, он смотрел на нее, а потом поцеловал ее так, как никто и никогда не целовал ее прежде. Его язык раздвинул ее губы и ощутил сладость ее рта. Ее глаза расширились, потом она их закрыла и отдалась своим ощущениям.

— Сделайте это снова, — прошептала она, — если вы уверены, что это прилично.

Это слишком возбуждало ее, было экзотично и волнующе, слишком волнующе, чтобы быть пристойным, но ей было наплевать на все.

— Сделайте это снова, — повторила она.

Этот новый способ целоваться, который он открыл ей, страшно возбуждал ее, и вот наконец тело ее содрогнулось, а в голове у нее будто что-то взорвалось. Когда этот момент прошел, она дрожала и была вся мокрой от пота.

— Не знаю, что случилось, — сказала она, глядя на него, — но это было чудесно. Это вы сделали?

— Надеюсь, я, — ответил он с улыбкой, убирая с ее щеки влажную прядь волос.

— Если вы хотите продолжить, то я не возражала бы.

— В таком случае, полагаю, мы продолжим, — ответил он, целуя ее. Ей показалось, что он с трудом удерживается от смеха, но она не могла понять, над чем тут можно смеяться. И она решила, что ошиблась.

Потом Бен натянул брюки, а она свою шемизетку, и он настоял на том, чтобы первое блюдо подать ей в постель. Они сидели плечо к плечу и пили бульон из сушеных грибов, глядя, как играет свет в ледяном блоке, вставленном вместо окна. Это был один из самых важных и интимных моментов в жизни Джульетты. Потом она заметила, что он держит столовую ложку как полагается и не производит при глотании никаких звуков.

— Бен?

Он тотчас же узнал это выражение ее лица, отставил их миски из-под бульона и потянулся к ней. Во второй раз это показалось ей еще более удивительным, чем в первый. Теперь он посадил ее себе на живот, и она чувствовала некоторую неловкость до тех пор, пока его руки не легли на ее бедра и он не начал раскачивать ее взад-вперед, вверх и вниз. Она тотчас же поняла, чего он от нее добивается, и испытала удивительное и восхитительное чувство, что все в ее власти, что она все держит под контролем. Но самым лучшим было то, что она могла видеть его лицо и понимала, что ему нравится, а что нет.

Когда на этот раз они одновременно испытали пик наслаждения, это произошло между бульоном и мясным блюдом. Бен заставил ее обхватить его, и Джульетте показалось, что она потеряет сознание от ощущения бархатистости его органа и собственной дерзости, что она осмелилась это сделать.

Между мясным блюдом и салатом он искупал ее в ванне, потом насухо вытер и снова уложил в постель, покрывая поцелуями каждый дюйм ее тела с головы до ног. Она вскрикнула от восторга.

После вина и десерта они занимались любовью медлительно и лениво, как если бы давно были любовниками, потом завернулись в одеяла и вышли на улицу посмотреть на странные сине-зеленые сполохи, шедшие косо через все северное небо. Все еще завернутые в одеяла, они согревались перед камином в гостиной и мелкими глотками цедили бренди из настоящих коньячных бокалов.

— Я не могла себе представить более удивительной и чудесной ночи, — сказала Джульетта, глядя на него нежно, полностью удовлетворенная и даже несколько пресыщенная. После замужества она привыкла считать себя опытной женщиной. Теперь она знала, что опыт ее был ничтожным, что она чуть-чуть зачерпнула с поверхности того, что было возможно, и не имела ни малейшего понятия о том, что означало быть по-настоящему раскрепощенной. Сегодня ночью она была удивительной, великолепной, невероятной.

— Я представлял вас тысячу раз такой, какой вижу теперь, — сказал Бен с улыбкой.

Волосы ее свободно струились по спине, лицо было розовым, счастливым и сонным, одеяло открывало ее бледные плечи и ложбинку между грудей.

— Я люблю вас, Джульетта. Теперь вы принадлежите мне.

Подавшись вперед, она поцеловала его, потом подавила зевок, прикрывая рот рукой, и он рассмеялся:

— Когда мы допьем бренди, я уложу вас в постель, подоткну одеяло и уйду.

— Вы уйдете?

Он кивнул:

— Помните, вы как-то сказали, что мечтаете об уединении и тишине? Следующие два дня ваши. Это мой рождественский подарок вам. Люк или Генри будут приходить сюда время от времени, по нескольку раз в день. Если вам что-нибудь понадобится, выставьте за дверь свои снегоступы, и они постучат.

Джульетта захлопала в ладоши:

— Эта хижина моя на целых два дня?

— Да, мисс Клаус и мисс Уайлдер знают об этом сюрпризе. Они упаковали целый мешок вещей для вас. Он под кроватью.

Джульетта обхватила его руками и крепко поцеловала.

— Бен, это самый прекрасный подарок, о каком можно только мечтать и какой я когда-либо получала! Я вам так благодарна!

Они снова поцеловались уже у двери, когда он собрался уходить.

— Не знаю даже, что сказать об этом вечере, — пробормотала она, уткнувшись лицом в мех его капюшона.

— У вас до конца жизни останется о чем вспоминать, — сказал он с улыбкой.

Эти слова больно кольнули ее, будто ледяная сосулька вошла в сердце. Все еще ошеломленная, она стояла у двери, когда он повернулся и махнул ей с дороги.

Но вместо того чтобы лечь спать, она вернулась к умирающему огню и, мигая, смотрела на угасающее пламя. Бен был во всех отношениях потрясающе хорош для нее. И она льстила себе мыслью, что и она не разочаровала его, что она тоже была для него совершенной партнершей.

Но теперь она знала, почему Зоя по ночам плачет, уткнувшись в подушку.

Ее желание побыть в уединении сводилось к тому, чтобы поспать несколько часов и позволить себе принять еще раз настоящую ванну. А потом хаос мыслей на фоне безмолвия стал действовать ей на нервы. Джульетта подумала о том, какое удовольствие получили бы Клара и Зоя от настоящей ванны и от возможности поесть за столом. Глубоко вздохнув, она выставила за дверь свои снегоступы и, когда появился Люк, попросила его привести Зою и Клару.

Вихрь снега, ссыпавшегося с их обуви и одежды, последовал за ними в комнату, когда они появились румяные и топающие ногами, чтобы стряхнуть снег.

— Это дворец! — ликовала Зоя. — Я могу повернуться, не зацепившись за ночной сосуд Клары.

— Взгляните на эту печь! — крикнула Клара из кухни. Она подняла крышку с булькающего на огне горшка и вдохнула ароматный пар. — Совсем, совсем недурно. Вы сделали большие успехи, но когда я закончу готовить рагу, оно будет просто чудом.

— Я так и знала, что вы это скажете. — Смеясь, Джульетта взяла их плащи и варежки и повесила в передней на предназначенную для этого небольшую вешалку. — Но самое лучшее еще впереди.

Она поманила их в спальню, заставила закрыть глаза, а потом скомандовала:

— Смотрите!

— Ванна! — закричали они в один голос, а потом: — Я первая!

— У нас полно времени, — успокоила их Джульетта, — у нас целых два дня.

— Ну и ну! — Клара наклонилась и подняла с пола какой-то мелкий предмет, чтобы рассмотреть его на свету, падающем сквозь ледяную глыбу окна.

— Да это запонка от мужской рубашки, а вот и вторая. Похоже, что здесь шел дождь из запонок. — Ее брови вопросительно поднялись.

Улыбка исчезла с лица Джульетты.

— Я...

— Вы ничего не обязаны объяснять. — Зоя послала гневный взгляд Кларе, потом посмотрела на Джульетту, щеки которой пылали ярким румянцем. Она крепко обняла Джульетту и направилась к двери. — Поставлю на огонь воду для ванны.

Клара снова упала на кровать и раскинула руки. Она уставилась в потолок:

— Это несправедливо. Вы обе получили свое, а я еще даже не целовалась! — Она швырнула запонки в ледяное окно. — Черт возьми!

Джульетта присела на край кровати и опустила голову:

— Бен любит меня, Клара. И я его люблю. Уходя, он сказал на прощание, что мы теперь принадлежим друг другу. —

Слеза упала ей на руку. — Он считает, что мы проведем вместе остаток жизни.

Клара вздохнула и нежно похлопала ее по спине:

— Мне жаль... Может быть, все как-нибудь устроится.

— Нет, не устроится, — спокойно возразила Зоя, возвращаясь к ним. — Даже если Том и Бен простят нас за то, что мы не были безупречно честными женщинами и не рассказали им о Жан-Жаке, они не смогут нас простить за то, что мы оказались не такими порядочными, какими они нас считали. О, Джульетта, я понимаю, что вы чувствуете! — Зоя села рядом с ней, и они, рыдая, бросились друг другу в объятия.

Глава 18

Два десятка мужчин карабкались по глубокому снегу, покрывавшему склоны озера Линдерман, чтобы срубить рождественскую елку и набрать достаточно топлива на ночь сочельника. Это был великий праздник с пением и танцами вокруг рождественских костров под ясным ночным небом.

На празднике Медведь и его люди выиграли в соревновании по перетягиванию каната. Том пришел вторым в гонках на санях. Шоколадный кекс Клары также взял приз, а Зоя заняла второе место по изготовлению яблочно-хлебного пудинга.

— Вы выиграли все мыслимые и немыслимые призы, — сказала Джульетта, когда они выстроились парами и приготовились к бегу в мешках. — Теперь наша очередь.

— Мы намерены выиграть, — с улыбкой пообещал Бен.

— Не хочется вас разочаровывать, но выигрыш будет наш, — возразил Том. Он и Зоя были упакованы в дерюжный мешок, их ноги были опутаны Зоиными юбками, и они так хохотали, что их заявление вызывало сомнение в успехе, когда послышался стартовый выстрел.

— Никто не сможет побить меня и эту крошку! — загремел Медведь, обхватывая Клару за талию. Он опустил глаза на ее лицо и улыбнулся ей: — Мне нравится быть привязанным к вам.

— Мне тоже, — рассеянно ответила Клара.

В толпе зрителей она заметила попорченное юношескими прыщами, будто оспой, лицо Джека Хорвата. В его взгляде она прочла неукротимую злобу. Два дня назад Клара проходила мимо Хорвата, совещавшегося с группой мужчин. Она слышала, как он бранился, чертыхался и клялся, что разделается с Медведем, даже если это будет последним делом в его жизни. Увидев ее, Хорват вышел из толпы и плюнул ей вслед.

После выстрела две дюжины пар со связанными ногами и в мешках из дерюги прыгнули разом вперед, в то время как зрители издали торжествующий вопль. Мысли Клары все еще были заняты угрозами Хорвата, и она не обращала достаточно внимания на то, что делает. Уже через пять прыжков ее каблук заскользил по льду, и она упала, потянув за собой Медведя. Смеясь, они лежали на утоптанном снегу лицом к лицу. Вместо того чтобы попытаться встать, Клара положила руки ему на грудь и сквозь маску из жира и золы заглянула в его глаза.

— Медведь Барретт, вы когда-нибудь решитесь меня поцеловать?

Он уставился на ее рот, но рука его свободно лежала на ее талии.

— О да. У меня есть планы насчет вас, маленькая леди, — ответил он своим обычным ворчливым тоном. — Нам нужно уединение, и я знаю, где его найти.

Неужели только необходимость в уединении была причиной его медлительности? Клара подумала, что эти мужчины способны свести любую женщину с ума. Каждый вечер Том и Зоя, а также Бен с Джульеттой исчезали в темноте, чтобы целоваться. Клара тоже жаждала этих краденых поцелуев. Медведь, должно быть, прочел ее мысли.

— Нет, мэм, — сказал он, лежа на земле рядом с ней, и теплый пар от его дыхания овевал ее лицо, — я не хочу целовать вас в спешке, урывками, под покровом ночи, прячась позади вашей палатки. Первый поцелуй — это нечто особенное. Когда я тебя поцелую, женщина, ты запомнишь этот поцелуй до конца своих дней. — Он усмехнулся: — Я хочу, чтобы вы были одеты, как в день нашего соревнования. Когда я обниму вас, я хочу ощущать тело женщины, а не куртки, шарфы и свитера и что вы там еще на себя напяливаете.

Они смотрели в глаза друг другу, не задумываясь о своем странном, если не сказать скандальном, положении. Пары тут и там падали на снег. Только Бен и Джульетта проскакали мимо них, крича: «Мы выиграли!»

Подавшись вперед, Клара высвободилась из мешка и принялась развязывать бечевку, стягивавшую ее ноги. Медведь недоуменно заморгал:

— Разве я ничего не говорил вам?

Клару охватило раздражение. Она ударила его в грудь, опрокинув в снег:

— Нет!

Он улыбался, глядя в небо.

— Я столько думал об этом, что вообразил, будто все рассказал вам.

— Ну так сообщите мне сейчас, чтобы я могла решить, нравится ли мне ваш план.

— Не помню, упоминал ли я об этом, но у меня есть собственная хижина на озере Беннетт. Я приглашаю вас составить мне там компанию.

— И само собой разумеется, я должна хорошо выглядеть и хорошо пахнуть, — заметила Клара с улыбкой.

— Я жду этого с нетерпением. Мы с вами там поборемся в силе. Я выиграю и приглашу вас отобедать со мной.

— Вы выиграете? — Клара, прищурившись, оглядела его.

— Я знаю, где раздобыть цыпленка. Это будет стоить семьдесят пять долларов... но плевать мне на это! Я заплачу комунибудь, чтобы самому не возиться со стряпней. Обед будет готов в любой момент, когда бы мы его ни пожелали.

— Я сама могу поджарить цыпленка.

— Когда вы пригласите меня на обед, тогда и будете готовить сами, — ответил он, отпихивая дерюжный мешок ногой. — Если же приглашаю я, то я обо всем позабочусь сам. Кстати, у нас будет ваше любимое немецкое пиво. Это я говорю на случай, если требуется нечто дополнительное, чтобы соблазнить вас.

Клара рассмеялась:

— Я сомневаюсь, но противиться такому соблазну, как пиво, не могу. — Она не могла не думать о том, как и чем закончился рождественский обед для Джульетты.

— Мы будем сидеть у камина и болтать обо всем и ни о чем, потом, перед тем как проводить вас до вашей палатки, я заключу вас в свои объятия... — Клара смотрела в карие глаза Медведя, и дыхание ее на мгновение остановилось, — и прижму вас к себе так крепко, что вы не сможете и дышать.

Она уже не могла вздохнуть.

— Я скажу вам, что вы самая хорошенькая маленькая штучка, какую я когда-либо видел в жизни...

— Маленькая? — Клара снова упала на снег и смотрела в небо улыбаясь.

— А потом я буду целовать вас до тех пор, пока ваши колени не подогнутся.

— О Господи! Мне нравится!

В тот же день, сгорая от нетерпения, она загнала Тома в угол и спросила, когда он намерен двинуться к озеру Беннетт.

— Как я только что объяснил Медведю, — ответил Бен с насмешливой улыбкой, — мы тронемся завтра утром. И будем двигаться со скоростью, на которую способен самый медлительный член нашей группы. А вы не можете идти впереди нашей процессии! Я отвечаю за вас, поэтому вам придется остаться рядом со всеми.

Тяжело вздохнув от разочарования, Клара отправилась разыскивать Джульетту и застала ее пакующей вещи.

— Как вы себя чувствуете? — спросила она, присаживаясь на свою кровать. Джульетта все еще была розовой и возбужденной после скачек в мешках.

— Прекрасно. А в чем дело?

— Дело в том, что для меня важно, чтобы вы не тащились черепахой на следующем отрезке пути.

— Я двигаюсь так быстро, как только могу.

— В таком случае вам придется поднажать. Я спешу добраться до озера Беннетт.

— А в чем дело? — Джульетта перестала складывать свежевыстиранное белье, и брови ее удивленно взметнулись вверх. — Что там особенного на этом озере?

Клара улыбнулась:

— А вот это не вашего ума дело.

— Клара Клаус! — Джульетта уставилась на нее, потом расхохоталась. — Так что вы собираетесь надеть?

— Полагаю, на мне должен быть «ансамбль», приготовленный к соревнованиям на «Аннасетт».

— Подозреваю, что вы сделали наилучший выбор, — ответила Джульетта, садясь рядом с ней. — Клара, никогда еще я не была так несчастна с тех пор, как Бен и я... с тех пор, как мы... — Она не могла продолжать — щеки ее запылали ярким румянцем.

— И тем не менее вы никогда не были так счастливы.

Джульетта откинулась назад и запрокинула голову:

— Знаете, иногда я задумываюсь, которая из нас оказывает наихудшее влияние на остальных.

— Я мечтала побыть наедине с Медведем вне зависимости от ваших с Зоей поступков. — Клара томилась по этому мужчине и жаждала его с того самого дня, как случайно столкнулась с ним.

— Как и я мечтала о Бене, но не думаю, что у меня хватило бы отваги или дерзости пойти на это.

Клара взяла Джульетту за руку:

— Думаю, что хватило бы. Вы не та, какой были при нашей первой встрече. Мы все изменились.

— Возможно, но, Клара, позвольте сказать вам одну вещь. — Серые глаза Джульетты были полны сочувствия. — Вы ведь знаете, что ваша любовь к Медведю не приведет ни к чему хорошему.

— Я ведь не утверждала, что люблю его.

— Вам и незачем об этом говорить.

Джульетта была права. Клара любила его. Ей нравилось, что он такой внушительный, нравилось его изборожденное шрамами лицо. Клара находила его красивым. На его громоподобный смех она отвечала улыбкой. Вероятно, Медведь посмеялся бы, скажи она, что находит его галантным, но он был мягок с женщинами и стремился защищать их и покровительствовать им. Он сумел всего добиться сам и не кичился этим, был готов обсуждать с ней дела и принять ее совет. Но больше всего Клара ценила в нем то, что он не рассматривал ее как выгодное капиталовложение, что его интересовали только ее ум и тело. И она решила вознаградить его за это.

На озере Беннетт располагался самый крупный лагерь, какой только доводилось видеть Кларе после Дайи.

Здесь сходились дороги от Скагуэя и Чилкутского перевала, старатели выплескивались на берег озера с двух сторон. Не менее чем над тысячей палаток висел слой дыма из труб. Некоторые старатели будут толкать свои сани до Доусона с риском погибнуть в снежных заносах, умереть от голода, попасть на обед диким зверям или просто заблудиться. Большинство останутся на берегу замерзшего озера и перезимуют до весны, сооружая плоты или лодки. Многие утонут в реке Юкон после того, как сойдет лед. Это случалось каждый год.

— Нам повезло, что никто из нашей группы не погиб, — сказала Клара. У всех были царапины, потертости, ушибы, синяки, вывихи, но ничего опасного для жизни. Слава тебе Господи!

— Не спешите с выводами, — сказала Джульетта, у которой рот был полон булавок. Она подкалывала платье Клары в талии и на плечах. Это было необходимой мерой, потому что Клара, как и все они, потеряла в весе за время путешествия. Обе женщины повернулись к хлопнувшему клапану, закрывавшему вход в палатку, и посмотрели на вошедшую Зою, вместе с которой внутрь ворвался вихрь снежных хлопьев.

— Я его заполучила! — сказала Зоя с торжеством. Она принялась разматывать шарф, снимать шляпу, варежки, пальто и два свитера.

— Думаю, наша дружба с миссис Эддингтон дала трещину, — заметила Джульетта. — Достаточно скверно и то, что вы купили у нее один пессарий. Она вряд ли сможет понять, зачем вам понадобился второй.

— Почему вы не сказали ей, что он для вас? — спросила Клара.

— Для меня? — Зоя озадаченно захлопала ресницами. — Я ведь замужняя женщина. Возможно, у меня уже есть все, что требуется для брака.

Клара широко раскрыла глаза, продолжая смотреть на нее:

— Никто не знает, что вы замужем, но всем известно, что у вас роман с Томом. Достаточно взглянуть на вас обоих, поэтому не рассказывайте мне сказки о своем браке.

Джульетта переменила позу.

— А почему это у миссис Эддингтон, похоже, нескончаемый запас этих... этих вещей? Это неприлично.

— Миссис Эддингтон очень предусмотрительная женщина. Она предвидела, что в дороге завяжутся романы, поэтому и привезла пессарии на продажу. Она уже заработала на них кругленькую сумму.

— Правда? — спросила Джульетта. — А она назвала имена своих клиенток?

— Миссис Эддингтон гарантирует конфиденциальность.

— Дайте-ка взглянуть, — сказала Клара. — Ага! Точно такой, как я и думала, с розовой ленточкой. — Она принялась развязывать узелок.

— Что вы делаете? — спросила Джульетта хмурясь. — Вам же понадобится ленточка.

Она выглядела напуганной, потому что показала, что знает ее назначение.

— Знаю, но мне не нравится ее цвет. Если уж у меня будет свисать ленточка из... ну, вы знаете откуда, то пусть она будет голубой, от моего первого приза. Сразу будет ясно, что здесь все первоклассное.

Они уставились на нее, потом разразились неудержимым хохотом. Когда приступ миновал и они отдышались, все три уселись на свои кровати, вытирая набежавшие от смеха слезы. И Клара вдруг подумала, что ей будет не хватать этих женщин, когда их долгое путешествие закончится. Она поняла, что станет отчаянно скучать по ним.

Медведь позвал ее на следующий вечер. Все, что Клара могла разглядеть в его лице, — это глаза между полями его шляпы и толстым шарфом, закрывавшим рот и нос. То же самое можно было сказать и о ней.

Барретт взял нарты с собачьей упряжкой и сделал нечто похожее на шезлонг. Как только он усадил Клару и укутал в шерстяные одеяла, то крикнул Зое и Джульетте, что доставит ее обратно еще до утра. Потом Медведь направил сани через весь лагерь вдоль берега, петляя по проложенному следу.

Светила луна, и Клара увидела его хижину, как только сани сделали последний поворот. Казалось, она парила в воздухе, потому что стояла на сваях. Окна были освещены, из трубы в черное небо поднимался кудрявый дымок, казавшийся серым на темном фоне. Медведь протоптал дорожку к крыльцу и к сараю, где держал собак.

— Входите и обогрейтесь, — сказал он, помогая Кларе выбраться из саней. — Я позабочусь о собаках и вернусь через минуту.

Она отворила дверь и оказалась в сводчатом помещении, бывшем, по-видимому, гостиной. Вскоре появился Барретт. Центр комнаты занимал бильярдный стол, вокруг которого стояли обитые кожей стулья. На стенах висели головы животных, по-видимому, охотничьи трофеи — две головы медведей гризли, несколько голов лосей, карибу, пара волчьих голов и голова ощерившейся дикой кошки. Над маленькими столиками было прибито несколько фотографий. На одной был запечатлен сам Медведь возле салуна «Голый медведь» в обществе нескольких мужчин. Справа от Медведя возвышался снежный сугроб, поднимавшийся выше его плеч. На другом снимке Барретт с ружьем в руке попирал тушу убитого медведя. Должно быть, это был один из трофеев, чья голова была прибита над каменным камином.

Кухонька в хижине была маленькой. Когда Клара заглянула туда, она увидела главное и подумала, что ни одна женщина не пожелала бы иметь кухню, где локти упирались бы в стены. Зато в противоположность кухне спальня была внушительных размеров. С того места, где она стояла, Клара заметила бритвенный прибор на бюро, увидела ряд аккуратно выставленных сапог под крючками, на которых была развешана одежда.

Она оценила его аккуратность. Она не могла бы мириться с неряшливым мужчиной. К счастью, она уже вернулась в холл, когда вошел Медведь.

— Разрешите мне поухаживать за вами, — сказал он, разматывая шарф и улыбаясь ей. Он снял с нее шляпу и варежки, помог избавиться от пальто и тяжелых ботинок. Заглянув ей в глаза, он с трудом перевел дух и спросил: — Могу я снять с вас плащ?

Клара подняла руки, и водопад рыжих кудрей обрушился на ее плечи и спину. Она пожалела, что возле вешалки не

Клара оглядела поставленные им у камина стулья и передвинула их поближе друг к другу. Пользуясь преимуществами своего пола, она выбрала один из маленьких столиков, расставленных в разных местах комнаты, и поставила его возле стульев. Отступив назад, она пригляделась — стало намного уютнее. Она создала более интимную атмосферу.

Медведь тотчас же заметил это. Он посмотрел на стулья, потом скользнул взглядом по ней, прежде чем поставить бутылки с пивом и стакан для нее на выбранный ею столик.

— Я подумал, что сегодня вы захотите пить из стакана, — предположил он. Вцепившись в спинку стула, Медведь попытался поставить его на прежнее место.

— Зачем вы отодвигаете его?

— Сладкая, медовая девочка, мне трудно удержаться, чтобы не дотронуться до вас. — Он смотрел на нее с извиняющимся видом. — Сегодня я хочу вести себя безупречно. Я не хочу выглядеть в ваших глазах огромным неотесанным увальнем. Я ведь могу ненароком обидеть вас.

Клара решительно тряхнула головой и выпрямилась, обдав его яростным огнем своих карих глаз. Она вытянула руку и указала на стул:

— Сядьте!

— Что?

— Сядьте немедленно!

Поколебавшись, Медведь сел, потянулся за бутылкой пива и сделал из нее большой глоток, не сводя с Клары глаз. Она опустилась на край стула лицом к нему и сложила руки на коленях.

Она так давно не носила корсета, что и забыла, как в нем неудобно.

— То, что я порядочная женщина, — это правда, — заявила она наконец.

— О черт возьми! Если вы мне указываете на это, значит, я уже в чем-то провинился. Прошу прощения.

— Медведь, вы меня ничем не оскорбили, но нам следует поговорить.

Казалось, он ее не слышал.

— Есть нечто такое, что я собирался сказать вам позже, после того как мы насладимся этим вечером. Впрочем, я давно должен был вам все объяснить. — Откинув голову назад, он сделал еще один глоток из бутылки и, осушив ее, поставил на стол. — Моя мать была шлюхой, Клара. Я не знаю, кто мой отец. Я вырос в чикагском борделе.

— О Медведь! — Ее глаза широко распахнулись от сострадания к нему, но он отмел его стремительным жестом. И внезапно Клара поняла, почему он иногда так неловко чувствовал себя с ней.

— В целом детство у меня было неплохое. Моя мать и ее друзья заботились обо мне. Они старались сделать так, чтобы у меня было все, в чем я мог нуждаться. Когда большинство детей уже лежали в своих постельках, я бродил где хотел, в основном по соседству, при случае мог стянуть пенни, как и другие мальчишки, которым разрешали разгуливать допоздна. Я научился драться, заботиться о себе, я узнал множество вещей, о которых не прочтешь в книгах. Это было детство, которому могли бы позавидовать многие.

— Медведь...

— Подождите. — Он поднял свою ручищу. — Моя мать и ее компания были добры, щедры и в своем роде честны. — По выражению его лица она поняла, что он бросил ей вызов и теперь ждет возражений. Но Клара ничего не сказала, и он продолжал: — Но даже мальчишкой я чувствовал, что большинство людей живут иначе, не так, как мы, и что они не одобряют наш образ жизни. Я знал, что мою мать и ее подруг часто оскорбляют те мужчины, которые позже возвращались к ней снова. Не могу сказать, что я стыдился ее, этого не было. Но я знал, что и она, и я жили в каком-то ином и неправильном мире.

— Ваша мать...

— Моя мать была не такой, как вы. Она потела, сквернословила, пила, как мужик, и не нуждалась ни в прощении, ни в оправдании своего образа жизни и своих удовольствий. Она не была нежным созданием и плевала на хорошие манеры.

Клара начала понимать. Для него респектабельные женщины были прямой противоположностью его матери во всех отношениях. И он считал, что респектабельные женщины стоят на недосягаемой высоте.

— Когда я встречаю таких женщин, как вы, Клара, я снимаю перед ними шляпу, кланяюсь и прохожу мимо. Леди не может одобрить ни моего происхождения, ни моего образа жизни, ни меня самого. Как я ни стараюсь быть другим, я все еще способен сквернословить. Смотрите, сколько раз я уже обидел вас. И поверьте мне, я пытался этого не делать.

— Если вы считаете, что достойная женщина не может увидеть в вас ничего хорошего, то как вы объясните мое присутствие здесь? — мягко спросила Клара.

Медведь нахмурился:

— Вы не знали, как я рос.

— Какой бы ни была ваша мать, она достойна восхищения за то, что вырастила такого прекрасного сына. Вы честолюбивы, удачливы, честны, благородны и полны любви к жизни. Вы стараетесь добиться успеха во всем и ничего не делаете наполовину. При вашем происхождении и среде, из который вышли, вы могли бы стать бог знает кем, но не стали.

— Но вы другая, — сказал он наконец. — Сначала я не знал этого и пытался держаться подальше от вас. Я думал, что нас обоих ждет разочарование. Но я не мог заставить себя отвернуться от вас, вы подали мне надежду, знак, что мое внимание вам не претит.

— Я не так уж отличаюсь от вас, Медведь.

— Каждый, кто встречает вас, видит, что вы респектабельная дама, получившая хорошее воспитание. — Он улыбнулся. — Однако вы явились на наш турнир и выиграли его. И вот я увидел вас в самом центре потасовки, а вокруг лежали поверженные мужчины. Вы умеете вести себя как сильная личность!

Она рассмеялась:

— Сильная личность! А как вы себе представляете респектабельную леди?

Он ответил без раздумья:

— Она ведет уединенную, защищенную жизнь. Она скромна, нежна и женственна. Ее репутация безупречна, и она не якшается со всяким сбродом.

— Медведь, респектабельные женщины сквернословят, потеют, работают, спорят и выходят из себя, как и прочие люди. Точно так же, как ваша мать и ее подруги. Есть добрые респектабельные женщины и низкие респектабельные женщины с дурным характером и наклонностями. Есть респектабельные женщины, занимающиеся бизнесом, женщины, готовые пить прямо из бутылки, женщины, не знающие, как пользоваться вилкой для рыбы. Есть респектабельные женщины, которые не станут воротить нос от такого человека, как вы.

— Клара...

— Дайте мне закончить. Респектабельные женщины часто живут согласно искусственному, неудобному и обременительному кодексу поведения. Часть этого кодекса, возможно, и хороша для общества, но обременительна для женщин. Почему считается неприличным для респектабельной женщины путешествовать в одиночестве, без спутников? Почему мы должны зашивать что-нибудь тяжелое в подол платья, чтобы никто не увидел тень наших лодыжек? Почему считается более респектабельным выйти замуж за хлыща с хорошими манерами, за лгуна и вора, за развратника и ловеласа, чем за человека, выросшего в борделе?

Медведь не сводил с нее глаз, ловя каждое слово.

— Я не отличаюсь от других респектабельных женщин, Медведь. Вы заблуждаетесь, потому что знали их слишком мало. Мы люди с такими же мыслями и чувствами, как и все остальные. И, Медведь... — она подалась вперед и заглянула ему в глаза, — в конце концов, у респектабельных женщин такие же потребности, как и у тех, среди которых выросли вы.

Он молча тяжело и глубоко вздохнул, потом вскочил на ноги:

— Принесу-ка я нам еще по бутылке пива.

Клара со вздохом наблюдала за его бегством. Видимо, ей придется взять все в свои руки. Она принялась раздеваться.

Глава 19

Медведь вышел из кухни с двумя бутылками пива:

— Думаю, я понимаю, о чем вы говорите, но... — Внезапно он с шумом втянул в себя воздух и остановился как вкопанный. Бутылки из его рук полетели на дощатый пол, изрыгая из своего нутра пену и темное пиво. — О Господи!

Клара стояла перед камином, одетая только в черные чулки, белые фланелевые панталоны и отороченный кружевами корсет, подчеркивавший красоту ее великолепных грудей. В ее волосах и ушах сверкали бриллианты И на лице ее было то знойное выражение, в значении которого не ошибется ни один мужчина.

Медведь нерешительно сделал еще один шаг из кухни в комнату.

— О Господи! — снова повторил он, не сводя с нее взгляда, затем медленно снял куртку, под которой оказалась белая рубашка, туго обтягивавшая его широкие плечи.

— Вы невнимательно слушали мою лекцию, Медведь Барретт, поэтому придется показать вам, что представляют собой респектабельные женщины из плоти и крови.

Он попытался откашляться и наконец с трудом вымолвил:

— Солнышко, просветите меня!

— Приготовьтесь!

Если он полагал, что поцелует ее так, что она будет помнить этот поцелуй до конца жизни, то она собирается подарить ему ночь, которую он будет помнить, даже если проживет три жизни. И не важно, во что ей это обойдется! Клара решила, что если она позволит себе многое с Медведем, будучи женой хорька Жан-Жака, то чувство вины не будет ее мучить. Если она позже и станет лить слезы в подушку, то только потому, что не сумела должным образом воспользоваться этой ночью.

Клара быстро направилась к Медведю через разделявшую их комнату. В последнюю секунду она собралась с силами, прыгнула на него и обхватила ногами его талию, а руки ее обвились вокруг его шеи.

Ее напор был настолько силен, что Медведь покачнулся и налетел на один из маленьких столиков. Столик треснул и раскололся, и обломки его полетели на пол. Одна из фотографий соскочила с крючка и запрыгала по полу, когда Медведь отшатнулся к стене. Клара смутно, как в тумане, услышала звон стекла, когда фотография коснулась пола.

Его большие руки обхватили ее ягодицы, жар его рук чуть не прожег ее плоть сквозь фланелевые панталоны. Он обнял ее и прижал к себе. Клара оказалась зажатой между его телом и стеной. Потом его губы нашли ее желанные губы, и он поцеловал ее страстно, жадно и властно. Медведь целовал ее так, будто не существовало никакого завтра, а Клара зарылась пальцами в его густые волосы и ответила поцелуем как грешница, ищущая спасения, отпущения и избавления.

К ее радости, их желания совпали — она жаждала его так же страстно, как и он ее. Клара, почти лишаясь чувств, ощущала напор его восставшей плоти. Она еще крепче прижала его к себе и принялась целовать снова и снова, слегка покусывая губы, скользя по ним языком, вороша густые волосы, поглаживая его лицо, не в силах насытиться его близостью.

— Господи, женщина! — Задыхаясь, с безумными глазами, Медведь поднял голову и огляделся. Взгляд его остановился на бильярдном столе. Он донес ее до него, Клара села на край, и тотчас же его рука смела на пол бильярдные шары, и они с грохотом покатились по полу. Его глаза лихорадочно оглядывали ее, пока он срывал с себя одежду. Его жилет полетел в сторону кухни. Медведь сорвал с себя рубашку, чуть не вырвав рукава.

Сердце Клары подскочило, когда взор ее остановился на густом руне золотых волос, покрывавших его широкую грудь. Он был похож на викинга — гигант с бледно-золотистыми волосами, отливающими мягким блеском. Тело — сплошные мускулы и сухожилия, крепкие, как канаты.

Прежде чем он взобрался на бильярдный стол, Клара разглядела золотистые волосы, покрывавшие его икры и бедра. Его мужское естество выступало вперед из гнезда мягких золотистых волос. Она как зачарованная смотрела на этот возвышающийся, как колонна, орган расширенными от изумления глазами.

И вот Медведь приподнял ее, прижимая к себе. Сначала он поцеловал ее властно и жадно, и Клара почувствовала, что тело ее плавится от этих поцелуев. Она ощущала нажим его мощных бедер и всего его сильного, поджарого тела.

Потом ее руки обвились вокруг его шеи, и она прижалась к нему так крепко, как только сумела, в то время как он осыпал ее лицо безумными страстными поцелуями. И она отвечала ему тем же!

Когда ее губы и язык исторгли у него стон, он схватил ее и попытался перекатиться, чтобы оказаться поверх нее. Соединенные объятием, они катались по бильярдному столу и, докатившись до его края, свалились на пол с грохотом, от которого затряслась вся хижина. Пол содрогнулся от гулких ударов по нему.

— Вы в порядке? — спросил Медведь, удивленно моргая.

— Я приземлилась на вас. А как вы?

Он улыбнулся:

— Снимите эти чертовы панталоны, и я покажу вам, насколько я в порядке.

— А что это были за звуки?

Он поднял голову, глядя сквозь просветы между ножками бильярдного стола.

— Это свалились медвежья голова, две лосиные и голова дикой кошки.

— Итак, у нас уже есть сломанный стол, разбитое стекло от фотографии и головы животных, сорвавшиеся со стен. Стоит ли...

— Не важно, моя медовая девочка, давайте займемся делом.

Когда Клара уже подумала, что умрет, если не сбросит своих панталон и не окажется верхом на этом мужчине, он рывком поднял ее на ноги, сгреб в объятия и отнес в спальню.

Медведь уложил ее на постель, и его большие, неуклюжие руки принялись развязывать шнурки на ее корсете; он был так упорен, что в конце концов сумел с этим справиться и освободить Клару от того немногого, что на ней оставалось.

— Медовая девочка, — хрипло повторил он, — если бы ты знала, сколько раз я представлял себе это!

Сидя рядом с ней, глядя на нее, любуясь ею, он проводил кончиками пальцев по нежной ее груди, потом принялся тереть ее соски указательными пальцами, чувствуя, как они твердеют. Он приподнял ее груди ладонями, и они наполнили их, потом он принялся их целовать, покусывать и лизать, пока Клара не закричала.

Медведь сорвал с нее панталоны и бросил назад через плечо, потом посмотрел на нее, теперь уже полностью обнаженную и распростертую перед ним.

— Вы великолепны! — выдохнул он, и его глаза потеплели. Он почтительно и нежно возложил руку на треугольник рыжих волос между ее бедрами. Жар его руки глубоко проник в ее тело, будто заклеймил ее каленым железом.

— Иди ко мне, — проворковала она, открывая ему объятия.

Его длинное, поджарое тело покрыло ее всю, и их губы вновь слились в поцелуе, а его пальцы запутались в ее густых кудрях. От его поцелуев у Клары захватывало дух, и она почти теряла сознание. Ей было приятно прикосновение шелковистых волос на его теле к ее груди, приятно слышать бешеный стук их сердец, бившихся в унисон. Их ноги переплелись, а руки нашли себе дело, к которому стремились. Ее пальцы обхватили его ствол, и он со стоном уронил голову на подушку:

— Клара, Клара!

Она гладила и ласкала его, повернула голову и слегка подышала ему в ухо, ощущая его трепет.

Медведь приподнялся над ней и нежно развел ее колени. Наклонившись, он поцеловал ее долгим и нежным поцелуем. Медленно и осторожно он двигался внутри ее, не сводя глаз с ее лица, а она вздыхала и изгибалась ему навстречу. Его глаза засияли от радости, и на мгновение он остановился, чтобы крепче сжать ее в объятиях:

— Моя прекрасная малютка Клара!

Если бы и не было иных причин, Клара полюбила бы его уже за то, что он считал ее маленькой.

Страсть, теперь уже ничем не сдерживаемая, захлестнула их обоих, она требовала более грубых, сильных и энергичных движений, свободных излияний и криков восторга. Это было подобно величественному и страстному слиянию богов!

На вершине экстаза пружины, поддерживавшие матрас, одна за другой лопнули с пронзительным звоном, и матрас опустился на пол, выбросив их на ковер. Но они этого не заметили. Теперь Клара перекатилась и оказалась наверху.

Она выгибала шею назад и раскачивалась, ощущая жар его рук на своих бедрах и его губы на своих грудях. Волны одурманивающих, головокружительных ощущений сотрясли ее тело, Кларе показалось, будто земля сошла со своей оси.

На самом же деле это его хижина покачнулась, и ее южный край сполз со свай на мерзлую землю. Послышался громкий треск из гостиной, где бильярдный стол соскользнул со своего места и врезался в южную стену хижины, и остававшиеся еще головы диких животных посыпались на пол. За ними последовали столы и стулья, ломаясь при столкновении со стеной и застревая в горе обломков.

За ними заскользила сломанная кровать и ударилась во внутреннюю стену, где стояло бюро. Теперь бюро оказалось в гостиной. Они услышали треск, когда оно столкнулось с бильярдным столом.

Все еще сжимая друг друга, Клара и Медведь покатились куда-то вниз и ударились о спинку сломанной кровати. Сознание медленно возвращалось к Медведю, и в глазах его забрезжило понимание произошедшего. Он поднял голову и огляделся.

— Бог мой! — выдохнул он. — Мы сломали мою хижину! — Его глаза расширились не то от ужаса, не то от благоговения. — Боже милостивый, женщина! Вы самое великолепное существо, какое только есть на этой земле! Я вас обожаю. Я обожествляю землю, по которой вы ходите.

Смеясь, Клара отвела пряди волос, мешавшие ей видеть, и попыталась сесть.

— Дай мне одну из твоих рубашек! Нам надо посмотреть, что случилось, и убедиться, что не будет пожара.

— Я вижу, мне следует построить для нас дом из камня. Никогда в жизни я не испытывал ничего подобного! Мой дом разрушен, я сам в синяках. Вряд ли я смогу пережить более одного любовного объятия с тобой в день.

Ухмыляясь, Медведь поднялся с пола и потянулся за своей одеждой. Он бросил ей рубашку и натянул брюки. Потом он перегнулся и наклонился к ней:

— Это голубая ленточка?

— Думаю, да, — ответила Клара, стараясь, чтобы голос ее звучал как можно скромнее. Она протянула ему руку, и Медведь поднял ее, а она поспешила натянуть его рубашку. Смеясь, он покачал головой, потом с чувством поцеловал ее.

— Медовая девочка, если я когда-либо видел зад, достойный награды, то это, несомненно, твой.

— Ты и сам выглядишь достаточно внушительно, — сказала Клара, хлопая ресницами и окидывая его восхищенным взглядом. Когда он приблизился к ней, лицо его продолжало хранить выражение изумления и восторга, и она положила руку на его мускулистую грудь. — Давай-ка сначала оценим масштаб ущерба.

Медведь поцеловал ее долгим и нежным поцелуем, потом отыскал в углу спальни свои ботинки на резиновой подошве, которые позволяли ему не скользить по накренившемуся полу.

Они добрались до двери спальни и выглянули. Вся мебель теперь представляла собой кучу лома в южном углу. К счастью, камин тоже был в южном углу и не пострадал. Ни одно горящее полено не вывалилось из него на пол. Но возле двери в спальню начинался небольшой пожар, и Медведь затоптал огонь на ковре. В то же время на кухне печью заклинило дверь.

— Не волнуйся, она не горячая, — успокоил Клару Медведь. — Я думал о холодном ужине, о чем-то вроде пикника с жареным цыпленком. Можем мы добраться до еды?

— Я сумела преодолеть Чилкутский перевал, думаю, что сумею добраться и до плиты.

Кухня представляла собой страшное зрелище — горы битой посуды, помятых кастрюль, рассыпанных по полу муки и сахара. В ноздри ударял запах маринада. Но Клара вернулась в спальню, неся корзинку для «пикника».

Медведь тем временем затушил еще один пожар на краю горы сломанной мебели. Клара некоторое время наблюдала за ним, припоминая, что ее одежда находится под горой обломков. Она решила, что еще не время беспокоиться об этом. Она подумает об этом, когда наступит время одеваться.

— Треснула крыша, и от стен откололись и отскочили куски дерева. Сквозь трещины будет проникать холодный воздух. Но думаю, у нас есть время поесть, а потом выровнять дом, прежде чем мы начнем замерзать.

Ответив улыбкой, Клара протиснулась в спальню. Она попыталась оттолкнуть сломанную кровать и уложить поудобнее матрас, прислонив его к внутренней стене. Они могли теперь сесть на одну его сторону и опереться спиной о другую половину матраса, упирающуюся в стену.

Расчистив место, Клара принялась приводить себя в порядок. Она закатала рукава рубашки, спускавшиеся до запястий, и оправила ее подол, ниспадавший ниже колен. В основном тело ее было прикрыто, но дуновение ледяного ветра уже ощущалось в доме. Что ей сейчас было необходимо, так это щетка для волос. Ее буйные спутанные кудри спускались на спину.

— Почему ты смеешься? — спросил Медведь, протискиваясь в дверь спальни. Он опустился на матрас рядом с ней и открыл принесенную ею корзинку с едой.

— Представляю выражение лиц Зои и Джульетты, когда я вернусь домой взъерошенная, со спутанными волосами и в твоей одежде... — Клара не закончила фразы. — Ты собираешься рассказывать людям, при каких обстоятельствах рухнула твоя хижина?

Медведь передал ей цыплячью грудку и вареное яйцо.

— Если бы я это сделал, мне пришлось бы вступать в кулачный бой с каждым мужчиной на Юконе, потому что они все попытались бы найти путь к твоей двери, — ответил он со смехом.

Клара высоко подняла брови:

— Ты обвиняешь меня в том, что я разрушила твой дом?

— Да нет же, черт возьми, — возразил он, — даю тебе слово! — Он с удовольствием откусил большой кусок от цыплячьей ножки. — Клара, моя девочка, я могу построить другую хижину. Я построю их сотню, и если ты сломаешь их все, я буду только счастлив.

И вот наступил момент, о котором говорили ей и Зоя, и Джульетта. При этих его словах Клара испытала такую чудовищную боль, что ей пришлось податься вперед — она с трудом вдохнула воздух и прижала руку к сердцу.

Медведь легкомысленно полагал, что сегодня они взяли на себя взаимные и нерушимые обязательства. Он уже второй раз заговорил о том, что построит для них дом, где, вероятно, как он рассчитывал, они будут жить долго и счастливо.

Он посмотрел на нее с тревогой:

— С тобой все в порядке?

— Да, — ответила Клара, стараясь незаметно смахнуть набегавшие слезы. — О, Медведь, ты был со мной честен и откровенен, но я... — Она заколебалась. — Ты чувствуешь запах дыма?

— Дыма? — Положив куриную ножку, Медведь поднял голову и принюхался. — Я уверен, что погасил начинавшийся пожар.

— Запах дыма усиливается.

— Ты права, теперь и я чувствую. — Он потянулся за салфеткой, когда вдруг в дальнем конце спальни заполыхало пламя.

На одну минуту они оба окаменели, уставившись на огонь.

— Это невозможно, — хмуро заметил Медведь, — в том углу нет ламп.

Клара вскочила, но не было никакой необходимости тушить огонь. Он был слишком сильным и распространялся с ужасающей скоростью.

— Нам надо выбираться отсюда! — Она в панике оглядывалась, ища, чем бы прикрыть голые ноги.

— Вот. — Медведь бросил ей два разномастных сапога, брюки и жилет. — Скорее беги к двери и выбирайся. Я выйду, как только найду одежду в этом месиве.

Клара посмотрела на огонь, потом повернулась к нему. Огонь уже лизал потолок.

— Если ты не найдешь верхней одежды сейчас же...

— Я выйду. Ступай же!

Сжимая в руках сапоги и кутая грудь, Клара, спотыкаясь, принялась пробираться к двери спальни.

— Медведь! Там тоже огонь!

Дым, клубившийся в углу, прорвался огнем, и пламя с шипением поползло к горе обломков.

— Но это просто невозможно. Я не... Ступай, медовая девочка, поживее!

Скользя и оступаясь, Клара дюйм за дюймом продвигалась к двери на улицу, находившуюся в самой высокой точке перекосившейся, кривобокой хижины. Дверь возвышалась примерно в четырех или пяти футах над землей, и ей придется прыгать. Однако гораздо больше Клару пугал лютый холод. Она не пыталась думать о том, сколько времени они смогут его переносить. Сумеют ли они пройти милю до лагеря на озере Беннетт и уцелеть? Нет, не надо думать об этом сейчас. Сейчас главное — выбраться отсюда.

На самом крутом месте пола ноги ее вдруг поползли вниз, и она беспомощно заскользила вдоль гостиной, приближаясь к пламени. Медведь вовремя поймал ее. Вцепившись в его плечи, Клара смотрела, как сапоги и остальная одежда исчезают в дыму и огне.

— Всё по очереди, — сказал Медведь, поняв ее без слов, — сначала выбираемся, потом найдем лишние одеяла в собачьих будках.

Кивнув, Клара повернулась и ползком добралась до двери. Все, что от нее требовалось, это дотянуться до щеколды, и дверь распахнулась внутрь. Мгновенно от леденящего ветра все тело ее покрылось гусиной кожей от шеи до босых ног.

Перед ней на снегу плясала тень дома, очертания все время менялись в красных и оранжевых сполохах пожара. У нее появилось абсурдное желание зажать нос, когда она выпрыгивала, как бывает, когда прыгаешь не в снег, а в воду. Приземлившись, Клара тут же откатилась подальше, освобождая место для Медведя. Она услышала, как он прыгнул на снег, и тотчас же заставила себя вскочить на ноги, чувствуя под голыми ступнями и пальцами ледяной холод, а потом их будто обожгло огнем.

— Клара! Я понял! Это не случайность! Ложись!

Она услышала глухой стук и тупо уставилась на летящую щепку, отколотую пулей от стенки хижины. Потом перед ней выросла фигура Медведя, и его огромные ручищи схватили ее за плечи.

Он будто окаменел, его пальцы вцепились в нее, потом тело его выгнулось, и он повалился на снег, оставшись лежать лицом вниз. Клара увидела кровь у него на спине. Подняв голову, сбитая с толку, она вглядывалась в темноту леса.

Клара услышала выстрел и почувствовала, как плечо ее обожгло. Она стремительно обернулась, и, прежде чем упала на снег, следующая пуля поразила ее в бок.

Глава 20

Канадец по имени Дилли Дэйм предложил свою хижину, чтобы выхаживать в ней Клару. Миссис Эддингтон и ее муж оказали такую же услугу Медведю. Оба они, Клара и Медведь, были ранены, но не слишком серьезно. Они потеряли много крови и пострадали от небольшого обморожения. Их нашли только потому, что из лагеря заметили пожар. Пламя вздымалось высоко над вершинами деревьев, и мужчины бросились по горному склону к хижине, чтобы узнать, в чем дело, и оказать помощь. И если бы не это счастливое обстоятельство, Клара и Медведь замерзли бы насмерть или умерли от потери крови.

Зоя откинулась на спинку стула, стоявшего возле постели Клары, и закрыла глаза, гадая, не пропустила ли она чего-нибудь. Том удалил пулю из плеча Клары. Пули же, поразившие Клару в бок, а Медведя в плечо, прошли навылет, оставив раны с рваными, неровными краями. Но эти-то раны и беспокоили Зою больше всего.

— Я уже готова встать и походить, — упрямилась Клара, но менее чем через минуту она зевнула и ресницы ее затрепетали, а веки начали упрямо опускаться, прикрывая глаза.

Зоя помогла ей сесть и предложила выпить воды.

— Сейчас главное для вас — покой.

— Температура спала, и лихорадка прошла. Я чувствую себя отлично. Просто устала. А как дела у Медведя?

— Очень хорошо, — успокоила ее Зоя. — Но миссис Эддингтон говорит, что он ужасный пациент. Она не уверена, что ей удастся удержать его в хижине еще на день. Он заставляет ее бегать узнавать о вашем здоровье по четыре раза на дню, и она очень устала от этой беготни, но если о вас не поступает сведений, Медведь пытается напялить на себя одежду, чтобы идти проведать вас самому.

Клара опустилась на подушку, стараясь не причинить себе боли в раненом боку.

— Теперь я знаю, почему вы и Джульетта плачете по ночам, — сказала она тихо, закрывая глаза. — О, Зоя, я так люблю его, но это безнадежно. Что нам делать?

Зоя десятки раз в день задавала этот вопрос самой себе. Как только Том заводил речь об их браке, внутри у нее все сжималось.

— Нам следовало сказать правду с самого начала, — объявила она наконец. — Возможно, мы дали бы пищу для сплетен и насмешек, а может быть, Том, Бен и Медведь тогда не стали бы за нами ухаживать. — Она смахнула слезы и уставилась в бревенчатый потолок хижины. — Но мы бы не чувствовали себя презренными обманщицами.

Когда она посмотрела на Клару, то увидела, что та уснула. Клара все еще спала, когда вернулась Джульетта после своего визита к Медведю и просунула голову в спальню хижины. Она посмотрела на Клару, потом сделала знак Зое.

— Нам надо поговорить, — сказала Джульетта тихо, направляясь в крохотную кухоньку мистера Дэйма.

— Должно быть, это важно, раз вы не снимаете ни куртки, ни варежек.

Скорчив гримаску, Джульетта сбросила капюшон и варежки на стол в кухне и налила каждой из них по кружке крепкого кофе, потом сняла куртку и села за стол.

— Первое — это то, что Медведь еще очень слаб и плохо соображает. Он как мокрая курица, но теперь он почти целый день проводит сидя.

— Клара тоже уже может сидеть по нескольку часов. — Зоя смотрела в пылающие гневом серые глаза Джульетты. — А теперь говорите, что вас так встревожило?

— Джек Хорват. Он бродит по лагерю и похваляется, что свалил могущественного Медведя Барретта и его шлюху, — поморщившись, сообщила Джульетта. — Он говорит, что подстрелил Медведя, потому что тот обманул его во время игры в карты и нечестным путем заполучил его салун «Голый медведь», а Клару он подстрелил, чтобы Медведь знал, каково бывает человеку лишиться того, чем он дорожит.

Зоя нахмурилась:

— Он хвастается?

Джульетта кивнула, поднялась из-за стола и принялась мерить шагами кухоньку.

— Но это еще не все. Он клянется, что покончит с этим делом. Он собирается убить их обоих! Мистер Эддингтон слышал, как Хорват говорил это. Я рассказала Бену о его угрозах, но, оказывается, он знал это и раньше. Он сказал, что они кого-то послали в полицейский участок. — Джульетта посмотрела на Зою. — Бен говорит, что на всей территории Юкона не более двухсот полицейских. И вне всякого сомнения, у них на руках множество еще более серьезных преступлений, чем засада и покушение на убийство.

— Но Хорват хвастался тем, что «закончит начатое дело»? — Сердце у Зои упало. Она гадала, удовлетворится ли он тем, что чуть не убил Медведя и Клару, или предпримет новую попытку.

Джульетта кивнула. Она села за стол и изо всех сил хватила по столешнице кулачком:

— И никто ничего не делает, чтобы остановить его!

— Том пояснил, что среди нас есть группа людей, выступающих против вмешательства. Они говорят — никто не убит, это личные счеты, и касаются только Медведя и Хорвата.

Зоя знала, что Том разрывается между желанием задать трепку Хорвату и не делать лишних движений, особенно не противоречить большинству. Она и сама не знала, к чему склониться.

— Зоя! — Джульетта подалась к ней, сжимая в руках кружку с кофе. — Хорват убьет Клару и Медведя! И никто ничего не хочет предпринимать. Мы не можем этого допустить. Она наша сестра, а Медведь — наш друг.

Медведь был гораздо лучшим другом, чем представляла Зоя. Ведь в конце концов Том рассказал ей, что именно он оплатил большую часть перевозки их багажа в Доусон. Медведь! Подумать только! Она и не подозревала об этом.

— И что вы предлагаете? — спросила она.

— Я предлагаю осуществить гражданский арест и держать Джека Хорвата в его палатке под наблюдением до тех пор, пока не прибудет горная полиция. Если никто не пожелает этого сделать, то мы с вами будем караулить его по очереди.

— Мы? Вы и я? — Зоя никак не ожидала подобного предложения. Первым ее побуждением было расхохотаться, но серьезный кивок Джульетты остановил ее. — Почему вы думаете, что Хорват позволит нам с вами заключить себя под стражу и держать в палатке?

— Если он будет сопротивляться, вы его застрелите.

— Что?

— Вы ведь приехали сюда, чтобы застрелить человека. Так застрелите этого, Зоя! Если Медведь убьет Хорвата, горная полиция арестует его, потому что это будет объявлено актом мести. Если Хорвата убьем мы, то скажем, что он напал на нас.

— Вы все время говорите «мы». Вы что, тоже собираетесь в него стрелять?

— Конечно, нет. Я не умею и не знаю, как обращаться с ружьем. Но я готова быть рядом и помогать вам. И мне плевать, если меня арестуют. Пусть лучше нас с вами арестуют, чем убьют Клару. И, Зоя, мы ведь не знаем, когда Хорват нанесет очередной удар, но я думаю, мы обе понимаем, что это произойдет скоро. Будь вы Хорватом, стали бы вы дожидаться, пока Медведь окрепнет?

Зоя уставилась на нее, ситуация складывалась отчаянная.

— Все, что мы знаем, так это то, что Хорват все время околачивается где-нибудь поблизости. Вероятно, он хочет сначала убить более легкую дичь — Клару.

Испуганная и встревоженная, Зоя встала и попыталась что-нибудь разглядеть сквозь ледяной блок окна. Лед был настолько толстым, что все, что она могла увидеть, было отдельными цветовыми мазками зеленого, белого и коричневого цветов.

— До того как мы попытаемся арестовать Хорвата, нам предстоит сделать очень многое. — Она тяжело вздохнула. — Представьте на минуту, что Хорват нам не подчинится. Представьте, что мне придется застрелить его. В этом случае, когда прибудет горная полиция, она арестует меня за убийство, а вас за пособничество.

— Да? — Джульетта нетерпеливо барабанила пальцами по столу.

— А кто же застрелит Жан-Жака, если меня арестуют?

— Ну, это-то проще простого. Вы передадите ружье Кларе, она продолжит свой путь в Доусон и убьет его.

— Она такая же, как вы, никогда не держала в руках оружия.

— Ну так научится. Или, еще лучше, она может отравить его. Или нанять кого-нибудь, чтобы он с ним расправился.

Зоя пожала плечами:

— Иногда вы меня поражаете.

Трудно было представить, что все это произносила чопорная, жеманная Джульетта, вечно хнычущее, бесхребетное существо.

— Клара возьмет на себя Жан-Жака. Она изобретательна и сумеет это сделать. Мы не должны об этом беспокоиться.

— Есть кое-что еще. Я не знаю, что канадская горная полиция делает с убийцами-женщинами. Может быть, они нас повесят или расстреляют. Но, Джульетта, мы не можем хладнокровно убить человека, не поплатившись за это. Я думаю, вам лучше оставаться здесь с Кларой, пока я разберусь с Хорватом.

— Это было бы несправедливо. Это я предложила расправиться с ним, и меня тоже следует арестовать, если все пойдет, как мы с вами предположили.

— Но ведь это не будет настоящим арестом. И вы чувствуете себя достаточно сильной, чтобы убить Хорвата, а потом быть повешенной за это?

Они уставились друг на друга и смотрели через разделявший их стол довольно долго. Наконец Джульетта опустила глаза на свою чашку с кофе и мрачно сказала:

— Ни у кого из нас нет такого будущего, какого мы могли бы себе пожелать, Зоя. Поэтому не все ли равно, что с нами произойдет? — Она подняла голову. — Я много думала об этом. И мне кажется, легче быть повешенной, чем жить, зная, что я ничего не сделала и позволила этому безумцу убить двоих людей, которых я люблю. Если мы должны покончить с Хорватом, то да, я хочу принять и заслуженное наказание. Я не сомневаюсь, что Клара сделала бы для нас то же самое. Не сомневаюсь!

Зоя испытывала похожие чувства. Она повернула голову, чтобы взглянуть в окно. Ей показалось, что снаружи промелькнула какая-то тень. Самым убедительным аргументом Джульетты было то, что Хорват начнет действовать без промедления. И в глубине души Зоя была с ней согласна.

— Нам надо кого-нибудь найти, чтобы присматривать за Кларой.

— Я не думаю, что миссис Уэбер откажется это сделать. — Зоя встала из-за стола. — Приведите миссис Уэбер, пока я заряжу ружье.

Нет, этот сукин сын не убьет Клару и Медведя. Они с Джульеттой этого не допустят.

— Простите, сэр, где мы могли бы найти мистера Хорвата? — вежливо осведомилась Джульетта.

Приятель Хорвата стоял возле своей палатки, опираясь на топорище. Он оглядел обеих женщин с головы до ног, и на губах его появилась презрительная усмешка.

— Джек должен быть вон там, на горе, — ответил он, показывая большим пальцем куда-то через плечо. — Работает, строит себе хижину. А что вам от него понадобилось?

— Спасибо, сэр, — ответила Джульетта, толкнув в бок Зою, и они двинулись по занесенной снегом улице лагеря между бесконечными рядами палаток.

Зоя была несколько разочарована, потому что им не пришлось проходить мимо палаток Тома и Бена. Какая-то часть ее существа хотела бы, чтобы ее отговорили от их замысла. Она понятия не имела о том, сможет ли убить человека. Но возможно, ей не придется его убивать. Может быть, будет достаточно отстрелить Джеку Хорвату причинное место. Этого будет довольно, чтобы он надолго притих, до тех пор, пока не прибудет горная полиция, а они отправятся дальше, в

Доусон. Но горная полиция то ли прибудет, то ли нет, а Хорват может объявиться в Доусоне. Он ведь во всеуслышание заявил, что «закончит начатое дело». В противном случае его всю жизнь будут дразнить и называть трусом.

— Заметно, что у меня под курткой ружье? — спросила Зоя, стараясь говорить так, чтобы никто, кроме спутницы, ее не понял.

— Ради Бога, не уроните его, — ответила Джульетта, бросая на нее мимолетный взгляд. — Вы волнуетесь?

— Немного. Я ведь прежде никогда никого не убивала, кроме белок.

— В таком случае вам будет легко. Хорват намного крупнее и гораздо отвратительнее.

— Кажется, я вижу сквозь сосны его хижину.

Когда они поднялись по крутой заснеженной тропинке, им удалось разглядеть хижину Хорвата. Стены уже были возведены, виднелась и каменная каминная труба, но у дома еще не было крыши. Зоя услышала стук молотка и проклятия, судя по всему, изрыгаемые хозяином, но других голосов слышно не было. Значит, он был один. Отлично!

— Разрешите мне поговорить с ним, — попросила Джульетта. Они осторожно пробирались по усеянной валунами тропинке. — Мистер Хорват! Мистер Хорват!

Он вышел из хижины и сделал несколько шагов им навстречу, потом остановился:

— А ну-ка посмотрим, кто это у нас там?

Джульетта выпрямилась, настолько разгневанная, что даже перо на ее шляпе затрепетало.

— Мы пришли арестовать вас за то, что вы устроили засаду мистеру Медведю Барретту и мисс Кларе Клаус. Позор вам, мистер Хорват!

— Теперь моя очередь разговаривать! — рявкнула Зоя.

Предвидя самое худшее, она оглянулась вокруг, потом отступила за большой валун, полускрывавший ее. Теперь она могла извлечь ружье из-под плаща незаметно для Хорвата.

— Я знаю вас обеих, — заявил Хорват, хмуро косясь на них. — Вы та самая глупая гусыня, что гуляла по тонкому льду. — Его взгляд скользнул по лицу Зои. — А вы та самая сучка, что сломала мне нос.

— Джульетта, отступите на несколько шагов и встаньте вон за той скалой. Мистер Хорват, будет лучше и удобнее для всех, если вы вернетесь с нами в свою палатку. Мы намерены посадить вас под арест и держать под надзором до прибытия канадской горной полиции.

Сначала это известие, казалось, его ошарашило, потом рассмешило.

— И почему это я должен позволить двум бабенкам арестовать себя?

— Отчасти для вашей собственной безопасности! — крикнула Зоя. — Вам следует знать, что как только Медведь окрепнет, он придет и пристрелит вас. Он не допустит, чтобы вы не поплатились за то, что сожгли его хижину и ранили его даму.

— У меня была причина, чтобы сделать это! — рявкнул Хорват. Он с силой сжал молоток, который держал в руке. — Этот сукин сын обманул меня и умрет за это!

— Вы можете изложить это канадской горной полиции, когда она сюда прибудет. А до тех пор самым лучшим выходом для всех будет подержать вас под стражей.

К удивлению Зои, волнение никак не отразилось на ее речи. Голос ее звучал твердо и уверенно. Вероятно, помогало то, что у нее в руках было ружье, а у Хорвата только молоток. Помогало и то, что всю жизнь она была и чувствовала себя борцом. Люди, подобные Хорвату, трусливые маленькие человечки, склонные винить других за собственные ошибки и приписывать другим свои недостатки, люди, привыкшие стрелять в спину, ее не пугали — по крайней мере не слишком пугали.

— Итак, леди, вам не удастся меня арестовать. И я не собираюсь сидеть под стражей. Горная полиция не прибудет, а если и прибудет, то полицейские признают за мной право наказать того, кто обманом заполучил мой салун.

— Вы сами поставили его на кон, мистер Хорват, — возразила Джульетта тоном, полным глубокого неодобрения. — Нечестно винить другого за собственные ошибки. Вы не джентльмен, сэр!

Его крошечные колючие глазки сверкнули ненавистью.

— Валяйте. И можете сказать Медведю Барретту и его шлюхе, что в следующий раз их никто не спасет. В следующий раз они умрут!

Глаза Зои сузились, и она заговорила сурово и властно:

— Бросьте молоток, мистер Хорват, и ступайте вниз по этой тропе.

— И не подумаю, слышите? Не подумаю! — Он с беспокойством переводил глаза с одной женщины на другую. — А теперь убирайтесь!

Джульетта стояла за скалой.

— Если вы не пойдете, сэр, нам придется застрелить вас. Надеюсь, вы понимаете, сэр, почему. И мы заранее извиняемся. Мы искренне сожалеем, что нам приходится прибегнуть к такой мере, но, поскольку вы пригрозили убить наших друзей, вы не оставили нам выбора. — Она кивнула Зое: — Думаю, вам следует сделать предупредительный выстрел.

Зоя стряхнула снег с камня и вытащила ружье, чтобы Хорват его увидел. Она решила слегка приврать для острастки:

— Я уже убивала, мистер Хорват, и без колебания убью вас, если понадобится. Но я предпочла бы не делать этого! Поэтому лучше вам подчиниться, ступайте вниз, спускайтесь с холма по этой тропинке и отправляйтесь в свою палатку.

Хорват посмотрел на винтовку, потом на Зою, сжал губы и кивнул.

— Похоже, ваша взяла, — сказал он наконец, — дайте только положить инструменты и надеть куртку, и мы пойдем.

Как только он вошел в хижину, Джульетта сказала Зое:

— Все прошло отлично, а вы боялись!

— Если только он не пошел в хижину за ружьем, — ответила Зоя, кусая губу и глядя на незаконченную дверь. — Возможно, это какой-нибудь фокус.

— О, — разочарованно отозвалась Джульетта, — если вы предполагаете, что он пошел за оружием, почему не застрелили его сразу?

— Потому что, возможно, он решил сдаться.

Но Хорват появился из хижины с пистолетом в каждой руке. Прежде чем Зоя отреагировала на то, что увидела, пуля, выпущенная им, отскочила от камня, отколов несколько кусочков гранита. Один из осколков оцарапал ее, и она почувствовала, как по ее щеке стекает струйка крови. Зоя тотчас же нырнула за камень.

— Теперь-то уж все развивается по нашему плану! — прокричала Джульетта из-за скалы, за которой пряталась. — Он пытается прикончить нас, поэтому мы можем убить его без колебаний. Думаю, это законно, никто нас не арестует за самооборону. Он выстрелил первым.

— Для того чтобы стрелять, я должна видеть свою цель, а я боюсь высунуться, потому что он попадет мне в голову, если я подниму ее повыше.

— И вы не подумали об этом раньше? Браво, Зоя!

Зоя скрипнула зубами и попыталась сообразить, сколько же выстрелов сделал Хорват. Она потеряла им счет. Она понимала только одно: положение изменилось в пользу Хорвата. Теперь он диктовал условия. Она и Джульетта оказались в ловушке. Не было никаких сомнений в том, что он убьет их обеих, если они дадут ему хоть малейший шанс это сделать.

Приподнявшись на коленях и не сводя глаз с камня, за которым пряталась, Зоя осторожно оперлась дулом ружья о гранитную вершину валуна и выстрелила вслепую. Не обращая внимания на восторг Джульетты, она произвела второй выстрел.

Град пуль посыпался на скалы, которые их защищали. Услышав смех Хорвата, Зоя поняла, что промахнулась.

— В конце концов вам придется выползти, суки, и тогда я вас прикончу.

— Вы слышали? — прокаркала Джульетта. — Он нам угрожает! Теперь-то у нас есть полное право убить его, но мне бы хотелось, чтобы вы поспешили. Я замерзаю.

— Я пытаюсь!

Зое удалось сделать еще пару выстрелов.

— Мы застряли тут, — сказала она наконец Джульетте. — Мне не удается прицелиться и сделать настоящий выстрел, и мы не можем отступить, потому что Хорват убьет нас.

Утратив иллюзии, Зоя отправилась на Юкон. Она намеревалась застрелить Жан-Жака Вилетта и полагала, что ее повесят за убийство. Она уже настроилась на то, что убьет Жан-Жака, и примирилась с мыслью о собственной смерти еще в Сиэтле. Но теперь, прячась за гранитным валуном от свистевших вокруг ее головы пуль, Зоя поняла, что все изменилось. Она больше не хотела умирать. Она хотела счастливо прожить всю свою жизнь с Томом Прайсом. Ей было все равно, даже если они вернутся в Ньюкасл, главное — быть с ним рядом!

— Похоже, мы в отчаянном положении, — сказала Джульетта тоненьким голоском. — Я думаю, он может нас убить или серьезно ранить, если кто-нибудь в лагере не услышит выстрелы и не поспешит нам на помощь.

— Не рассчитывайте на это. Каждый день в этих холмах охотятся сотни людей. Здесь выстрелы такое же обычное дело, как табачная жвачка.

— Похоже, мы все неудачно рассчитали.

Зоя заставила себя прикусить язык и подавить желание разразиться градом язвительных замечаний, потому что, как ни раздражала ее Джульетта, Зоя не могла не признать, что она была отважным и преданным другом.

Прикрыв глаза, она оперлась о камень. Теперь вопрос состоял в том, насколько хорошим другом окажется Зоя Уайлдер. Она пришла сюда, чтобы спасти Клару, но кончилось тем, что поставила под угрозу жизнь Джульетты. Зоя умела обращаться с оружием. Она умела стрелять, но ей следовало подготовиться более основательно. Джульетта не заслуживала смерти. В конце концов, Зоя отправилась на Юкон, чтобы окончить свою жизнь на виселице. И она напомнила себе, что у нее не было надежды построить свою жизнь с Томом, как бы ни обернулось дело.

— Послушайте, Джульетта. — Она набрала полную грудь воздуха. Честно говоря, перспектива быть подстреленной пугала ее не так, как казнь на виселице. Она ведь могла выжить. Руки ее не дрожали, когда она перезаряжала ружье. — Как только я начну стрелять, бегите, но не по тропинке. Бегите между деревьями. Знаю, что снег там глубокий и двигаться вам будет трудно. И все-таки держитесь деревьев, пока хижина не скроется из глаз.

— Не хочу быть невежливой, но... вы что, потеряли рассудок? Если вы высунете голову из-за камня, Хорват убьет вас!

— Если мы будем продолжать сидеть здесь, то замерзнем.

— Зоя... что бы ни случилось, знайте, что я люблю вас.

— Я тоже, — ответила Зоя, прикусив губу. — Скажите Тому... и Кларе... Ну, вы знаете, что сказать. И постарайтесь не очень огорчать их.

— О Зоя! Черт возьми!

— Приготовьтесь, как только я сосчитаю до трех — бегите.

— Раз, — она повернулась лицом к камню и устроилась поудобнее, — два, три!

Вскочив, Зоя принялась стрелять, несмотря на обрушившийся на камень град пуль. Пули метили в нее, но пролетали мимо. Она заметила, что Хорват стреляет куда-то дальше того места, где находилась она. Он метил в тропинку.

— Ложись! Прячься!

Неужели это голос Тома? Совершенно сбитая с толку, Зоя опустилась на колени и спряталась за валуном, вглядываясь в тропу. Не менее дюжины мужчин бегом поднимались по ней во главе с Медведем, за которым следовали Том и Бен. Все они были вооружены и непрерывно стреляли, целясь в хижину Хорвата. И ни один из них не пытался укрыться, как заметила Зоя.

Медведь с одной рукой на перевязи и лицом, раскрасневшимся от тяжелого подъема, стрелял и ревел, как раненый гризли.

— Ах ты, мерзавец! Сначала ты выстрелил мне в спину, потом попытался убить мою женщину, а теперь хочешь прикончить моих друзей, двух беззащитных женщин!

Вдоль всего горного склона прокатилось эхо выстрелов, перестрелка продолжалась. Зоя закрыла уши, но не глаза и видела, как мимо промчалась толпа мужчин.

И вдруг наступила тишина. Зоя и Джульетта медленно поднялись из-за своего укрытия. Хорват был мертв, и мужчины собрались вокруг его трупа, пытаясь определить, чья пуля его прикончила. Пока Зоя наблюдала за ними, Том отделился от толпы, и их глаза встретились.

— Ты ранена? — тревожно спросил Том.

— Нет, — ответила Зоя, видя, как Бен бросился к Джульетте, — порез у меня на щеке не больше чем царапина.

— Прекрасно, это чудо, что никто не ранен. А теперь скажи, черт возьми, о чем вы думали? — Он уперся кулаками в бедра, зеленые глаза метали молнии. — Только Богу известно, что могло случиться, если бы в холмах несколько мужчин не наблюдали за Хорватом! Вас обеих могли убить!

Зоя не сводила с него изумленного взгляда.

— Ты и другие мужчины следили за ним?

— Конечно! — Его голос стал резким от гнева. — Он же грозил добраться до Клары и Медведя. И ты полагаешь, мы бы ему позволили? — Сдвинув свою шляпу, он провел рукой по волосам. — Черт возьми, Зоя! Если бы Эбнер не поднял тревогу, Хорват мог убить вас обеих!

— Нам показалось, что никто ничего не делает, чтобы остановить его.

На тропинке появился Медведь:

— Эбнер видел то, что происходило, но Кэл Рэй и слышал, и видел. Эти дамы пытались произвести гражданский арест, Хорват отказался подчиниться. — Медведь широко раскрыл глаза. — Хорват выстрелил первым. — Он окинул взглядом ружье. — Все, что случилось позже, было самозащитой. С горной полицией не возникнет никаких сложностей, у нас есть дюжина свидетелей, которые подтвердят, что видели, как Хорват стрелял в Зою и Джульетту.

Том продолжал в упор смотреть на нее.

— Я догадываюсь, как это произошло. Вы решили спасти Клару и Медведя. Верно?

— Да! — Зоя вызывающе вздернула подбородок. — И я не собираюсь извиняться.

— Если бы ты сначала поговорила со мной, черт возьми, то поняла бы, что Хорват не мог сделать и шага, чтобы мы об этом не узнали!

— Ладно! Черт с ним! Этой женщине надо отдохнуть, — проревел Медведь сквозь зубы и скосил глаза на тропинку, на которой появилась Клара, спешившая к ним. Она, должно быть, собиралась в спешке. Шляпа ее съехала набок, рука болталась на перевязи, пальто было застегнуто кое-как. Они заметили, что шарф она потеряла на тропинке.

Клара бросилась к Джульетте, чуть не опрокинув ее:

— Миссис Уэбер сказала мне, куда и зачем вы обе отправились. Никто никогда не делал для меня ничего подобного! Благодарю вас от всего сердца и хочу сказать, что люблю вас!

Джульетта вынырнула из складок ее пальто, чтобы набрать воздуха в легкие, а Клара ринулась выше по тропинке и схватила в объятия Зою.

— Благодарю вас! — сказала она, сжимая ее здоровой рукой так, что у Зои перехватило дыхание. — Я так люблю вас обеих! У меня никогда не было таких друзей, как вы и Джульетта! — Она посмотрела на Медведя. — Я счастливая женщина.

Медведь обнял Клару за плечи свободной рукой, а Бен обхватил Джульетту за талию, и они двинулись вверх по тропе. Но Том все стоял неподвижно, глядя на Зою и сжимая кулаки.

— Во всем этом деле есть кое-что загадочное для меня. — Он махнул шляпой в сторону ружья, все еще прислоненного к гранитному валуну. — Я могу понять, почему вы решили покончить с Хорватом, но не понимаю, зачем ты захватила на Юкон ружье. Это первое, а второе, что мне еще неясно, почему ты решила свести счеты с жизнью именно сегодня?

Он был рассержен и обижен тем, что Зоя поставила под угрозу их будущее. Она видела выражение его лица, видела вопрос в его глазах и знала, что должна дать ему объяснение, которое он согласился бы принять, но правды сказать не могла.

— Зоя, я уважал твое право на личные тайны, — заговорил Том снова, как если бы забыл о существовании других, — но если бы тебя сегодня убили, я бы казнился до конца своей жизни, потому что не настоял на том, чтобы ты мне все рассказала. Дорогая, пора мне получить ответы на некоторые вопросы.

Плечи Зои опустились, и она приложила руку ко лбу.

— Я устала от лжи, — сказала она тихо. Подняв глаза, Зоя бросила умоляющий взгляд на Клару и Джульетту: — Пожалуйста! Я не могу больше так жить. Мне надо рассказать Тому правду, а ему необходимо ее знать.

Клара и Джульетта обреченно кивнули. Клара отстранилась от оберегающей руки Медведя.

— Да, я думаю, время пришло, — сказала она, тяжело вздохнув.

Джульетта тоже отошла от Бена в сторону и уставилась на тропинку под ногами. Щеки ее окрасил яркий румянец.

— Я так боялась этой минуты, и мне хочется поскорее покончить с этим.

Хмурясь и все еще ничего не понимая, Том продолжал смотреть на Зою.

— Говори!

Она распрямила плечи и чуть отступила. Сердце ее билось как бешеное. Бросив взгляд на мужчин, все еще толпившихся вокруг недостроенной хижины Хорвата, в надежде, что они не услышат ее, она встретила взгляд Тома.

— Ты знаешь, что я отправилась сюда в поисках одного человека. Его имя Жан-Жак Вилетт, и я приехала сюда, чтобы убить его. Вот почему я захватила с собой ружье.

Никто не произнес ни слова.

— Почему ты хочешь убить Вилетта? — спросил наконец Том.

Ресницы Зои затрепетали, потом она взяла себя в руки.

— Ты как-то упомянул, что слышал о моем замужестве, но я сказала тебе, что брак расстроился. Я солгала, Том. Жан-Жак Вилетт — мой муж.

— Он и мой муж тоже, — неохотно призналась Клара, глядя на свои ботинки.

Джульетта продолжала смотреть вниз, на тропинку.

— И мой, — прошептала она.

Глава 21

Наступило время объяснений, но хижина Хорвата была неподходящим местом для серьезного разговора. Они вернулись в дом мистера Дэйма и уселись в кухне за столом — мужчины по одну его сторону, женщины по другую. Они смотрели друг на друга — женщины с беспомощностью, мужчины с недоверием и гневом.

— Такова наша история, — закончила свой рассказ Зоя, не поднимая глаз. Она смотрела на свои руки, вяло лежавшие на столе. — Поэтому мы отправились в Доусон, чтобы найти Жан-Жака Вилетта и убить его за то зло, которое он причинил нам.

— Сейчас нам уже не кажется таким важным наказать его, — вступила в разговор Клара, приглаживая облачко своих рыжих кудрей, падавших ей на лоб и щеки.

— Знаете, — вмешалась Джульетта, бросив взгляд на окаменевшее лицо Бена и тотчас же отводя взгляд, — больше я не думаю о том, почему Жан-Жак женился на всех нас. Если бы он сейчас вошел сюда, мне было бы нечего ему сказать.

— Вилетт не войдет в эту дверь, и вы не найдете его в Доусоне, — решительно возразил Том. Его зеленые глаза неотступно следили за Зоей.

Зоя облизнула пересохшие губы:

— Почему ты так уверен?

— Потому что знаю, где он. В первый день, когда мы встретились на берегу в Дайе, если бы ты доверилась старому другу, который любит тебя, я мог бы отвести тебя прямиком к Вилетту.

Женщины подались вперед и уставились на Тома.

— Он был в Дайе? — спросила Зоя, и сердце ее подпрыгнуло.

— Вилетт нанял моих индейцев, чтобы они доставили его груз в Чилкут и перенесли через перевал. Но он не смог подняться на Чилкутский перевал и вернулся в Дайю. Там я и встретил его. Он хотел получить часть своих денег обратно, потому что моим людям не пришлось переправлять его груз через перевал. Он сказал, что болен, и я направил его к доктору Попову. Попов сказал, что Вилетт болен чахоткой, и посоветовал ему вернуться на первом же уходящем оттуда пароходе.

— Думаю, мне ясен конец истории, — сказал Бен, и голос его прозвучал напряженно и скованно.

Медведь кивнул:

— Этот сукин сын отплыл на «Аннасетт».

Когда Том подтвердил его догадку, лицо Зои побелело. Она услышала, как одновременно вздохнули Клара и Джульетта.

— Значит, Жан-Жак был в Дайе, когда мы туда прибыли, — прошептала она. — Все, что мы претерпели, напрасно. Это все моя вина.

— Потому что ты не доверилась мне, — согласился Том, гневно кивнув, — и солгала.

— Вы все лгали, — подытожил Бен. Он смотрел на Джульетту, и глаза его были сердито прищурены. — Вы заставили нас поверить, что свободны и не связаны никакими обязательствами.

Лицо Медведя стало суровым.

— Я все рассказал тебе о себе, Клара. Я дал тебе возможность сделать выбор. Я ничего не утаил. — Клара виновато опустила голову. — Если бы ты оказала мне любезность сказать правду, я бы откланялся и пошел своей дорогой. Я совершил немало поступков, которых стыжусь, но до сих пор ни разу не соблазнил замужнюю женщину. — В голосе его звучало отвращение.

Том встал и посмотрел на Зою совершенно бесстрастным взглядом.

— Нам надо поговорить наедине.

Зоя, кивнув, повела его в гостиную. Слегка поколебавшись, Клара сделала знак Медведю, чтобы тот последовал за ней в спальню. Джульетта и Бен остались на кухне.

Зоя остановилась у камина и повернулась к Тому:

— Я не рассказала тебе о Жан-Жаке, потому что не хотела, чтобы мать узнала правду о моем браке с Жан-Жаком из сплетен на складе компании, где ей отпускают товар.

Брови Тома изумленно взлетели.

— Ты настолько не доверяла мне, что не стала бы даже просить меня не сообщать об этом домой? О чем ты думала? Что я соглашусь хранить твою тайну, а потом нарушу обещание? Неужели ты считаешь меня бесчестным человеком?

— Я не хотела, чтобы ты узнал, какую глупость я совершила. Вот почему я солгала. Я не хотела, чтобы ты узнал, что я поверила сказке и чистым ногтям, что я была настолько глупа, что верила только красивой лжи и не сумела разобраться в этом человеке.

— Ты думала только о том, что проедешь по Ньюкаслу в карете и каждый увидит, насколько ты лучше других! — огрызнулся Том.

Зоя вздрогнула и опустила глаза:

— Я заслужила твои упреки. Да, возможно, в глубине души я мечтала об этом.

— Мне плевать на этого мерзавца и не важно, почему ты вышла за него замуж. Для меня важно доверие, Зоя. Я думал, что мы с тобой доверяем друг другу, потому что оба из Ньюкасла и знаем друг друга всю жизнь.

Он смотрел на нее как на незнакомку, и от этого его взгляда Зоя чувствовала острую боль в сердце.

— Ты доверила мне свою жизнь в ту ночь, когда нас застигла снежная буря, но не свою тайну. Если ты настолько не доверяла мне, то что нас связывает?

— О Том! — Зою душили слезы.

Повернувшись, Том отошел от камина.

— Я ухожу. Вернусь, когда хорошенько все обдумаю.

Зоя, обессиленная, рухнула на ближайший стул, стоявший перед умиравшим огнем. Она знала, что все это не кончится добром. Она знала, что Том больше возненавидит ее за недоверие, чем за то, что она допустила их близость, будучи замужней женщиной.

Теперь, оглядываясь назад, Зоя не могла понять, почему считала столь важным скрыть от него правду. Она закрыла лицо руками и зарыдала.

— Я ничего не хочу знать о нем! — рявкнул Бен. — Вы, все трое, должны были обратиться к адвокату. Вы должны были сделать это немедленно, но вы оказались между двух стульев. —

Он перестал мерить шагами крошечную кухоньку и теперь остановился и мрачно уставился на Джульетту. — Ты хоть понимаешь, какой скандал разразится, если всплывет, что владелец и президент «Бэй-Сити бэнк» соблазнил замужнюю женщину, к тому же одну из вкладчиц своего банка?

— Бен...

— Публика требует от банкира безупречной репутации. Если все эти обстоятельства обнаружатся, это будет губительно как для меня самого, так и для моего банка.

— Я хотела рассказать тебе, — сказала Джульетта, смахивая слезы и ломая руки. — Конечно, ты должен понять, почему я не смогла этого сделать.

— Нет, Джульетта, я ничего не понимаю. Неужели ты вообразила, что я выдам тебя? За кого, черт возьми, ты меня принимаешь? Неужели ты думала, что я буду болтать направо и налево, что у меня интрижка с женой многоженца? Ради всего святого!

Слезы катились по щекам Джульетты, блестели на ресницах.

— Я люблю тебя, Бен. Я подумала, что если ты узнаешь о Жан-Жаке, то покинешь, откажешься от меня... — Она закрыла мокрое лицо платком.

— Возможно, я сохранял бы дистанцию между нами. А возможно, и нет. Учитывая мое отношение к тебе, я бы послал все к черту, пренебрег скандалом. Ты для меня важнее! Но тебе следовало оставить мне право и возможность выбора.

Джульетте нечего было возразить. Бен был прав. Он безжалостно смотрел на нее своими синими глазами.

— Я готов был прозакладывать все свое имущество, будучи уверен, что ты не способна на обман, что обман просто не в твоем характере. Теперь остаток жизни я проведу, гадая, как я мог так ошибиться.

— Бен, пожалуйста! Прошу тебя... — Джульетта видела, что теряет его.

Он смотрел на нее с недоумением и печалью, потом плечи его распрямились, лицо посуровело, и он вежливо поклонился ей:

— Прощайте, миссис Вилетт, нам больше не о чем разговаривать. — И, не бросив на нее последнего взгляда, вышел из кухни, ушел из ее жизни.

Джульетта упала на пол и лежала, скорчившись, как сломанная кукла. Она смотрела невидящим взглядом на ножки стола и жалела, что Хорват не застрелил ее.

В другое время Клара посмотрела бы на повязку Медведя и принялась шутить и поддразнивать его, называя их обоих ранеными птичками. Но время шуток для них прошло.

— Мне жаль, — сказала она тихо, садясь на край кровати, — мне следовало сказать тебе о Жан-Жаке.

— Я не хочу ничего слышать об этом сукином сыне, с которым ты побывала в постели! Но ты права — тебе, черт возьми, следовало сказать мне о том, что ты была замужем!

— Но я не знаю, замужем ли я по-настоящему. Все три наших брака не могут считаться законными.

Медведь подошел к ледяному блоку, заменявшему окно, и теперь смотрел в сгущающуюся темноту.

— Черт возьми, Клара! — Он хватил кулаком по стене с такой силой, что хижина задрожала. — Я считал тебя достойной всякого уважения дамой. И я так гордился тем, что такая достойная женщина пожелала меня! Я все время твердил, кто я, и это тебя не отпугнуло. — Он ударил себя кулаком в грудь. — И черт возьми! Что-то у меня внутри просто таяло от счастья. И вот теперь я ощущаю пустоту. Я даже не могу найти названия этому чувству, но я всю жизнь теперь буду носить это в себе.

— О Медведь!

— И не говори мне, что ты была замужем. Ты произносила брачные обеты, но не разведена, не овдовела. У тебя где-то есть муж, и он жив и здоров, и ты приехала сюда искать его. Знаешь, почему я не женился до сих пор? — спросил он вдруг.

— Думаю, я догадываюсь, — ответила Клара шепотом.

— Респектабельная, уважающая себя женщина не пожелала бы выйти за такого мужчину, как я, а другой жены я не хотел. — На мгновение его голос снова стал нежным: — Медовая девочка, я думал, что солнце снизошло на меня. Я думал, что ты самое прекрасное существо на свете, какое мне довелось встретить. Но ты оказалась не лучше меня.

Клара молчала, но теперь слезы покатились из ее глаз.

— Я была не лучше тебя или кого-либо другого, даже когда ты возвел меня на пьедестал, Медведь. — Клара подняла здоровую руку, но тотчас же уронила ее на колени. — Мне очень жаль.

— Я никогда не притворялся. И верил, что и ты тоже. Я с первого взгляда догадался, что у всех вас есть какая-то тайна, какой-то секрет, но я думал, что, возможно, вы бежали из своих семей в поисках приключений. Или что вы старше или моложе, чем выглядите. И я подумал, что если я расскажу тебе все о себе, то и ты доверишь мне свой секрет.

— Я и собиралась все рассказать. Ты не знаешь, как сильно мне хотелось все рассказать тебе.

— Мы вместе могли бы что-нибудь придумать, Клара, если бы ты мне доверилась. Я думаю, ты была права там, на горном склоне, когда сказала, что ты счастливая женщина. Все, что Вилетт получил от тебя, — это твои деньги. Я был бы рад, если бы ты взяла у меня только деньги, но ты перевернула мне всю душу.

Когда Клара подняла глаза, Медведя уже не было в комнате.

Этой ночью никто не спал. В конце концов женщины нашли некоторое утешение, тепло и дружескую поддержку, собравшись вместе у камина. Они плакали, пока их глаза не распухли и не заболели.

И ничто не могло поднять их с места до тех пор, пока ближе к утру не вернулся Том. Клара и Джульетта молча поднялись с места и собрались удалиться, чтобы предоставить Тому и Зое возможность побыть наедине.

— Нет никакой причины уходить, сидите, — хмуро сказал Том, затем обратился к стене над головой Зои: — Когда Вилетт вернулся в Дайю, он оставил свою поклажу на Чилкутском перевале. Мои индейцы решили, что в первую очередь им следует переправить поклажу наших постоянных клиентов и не заставлять их ждать, а уж потом доставить багаж тех, кто отказался от дальнейшего путешествия. До того как Вилетт отплыл в Сиэтл на «Аннасетт», он попросил меня отправить его пожитки в Лома-Гранде в штате Калифорния следующим пароходом. Так я и сделал.

— Калифорния, — пробормотала Джульетта со вздохом.

— Он был тяжело болен? — спросила Клара.

— Я видел людей с более серьезными болезнями, преодолевавших Чилкутский перевал и добиравшихся до Доусона, — сказал Том ровным голосом, — но Попов поставил диагноз «чахотка» и посоветовал Вилетту поскорее уезжать. — Он пожал плечами и заложил руки в карманы куртки. — Откровенно говоря, мне наплевать, даже если он стоит одной ногой в могиле или, напротив, преувеличил свое недомогание, чтобы иметь вескую причину вернуться домой.

Зоя повернула голову и смотрела в камин. Джульетта приложила руки к вискам, как будто у нее заболела голова. Клара баюкала свою раненую руку, прижимая ее к груди.

— Когда вы хотите отбыть?

Все оцепенели и с ужасом уставились на него.

— Я думаю, у нас больше нет причин продолжать путь до Доусона, — сказала наконец Клара, прерывая затянувшееся молчание.

Джульетта прижала дрожащие пальцы к губам:

— Да, у нас больше нет никаких причин для этого.

— Думаю, мы уедем, как только заживут плечо и бок Клары и она сможет бежать за собачьей упряжкой, — сказала Зоя, обращаясь к камину.

Том стоял перед ними — красивый, отважный и опытный мужчина, лицо его было жестким и холодным, как лед озера.

— Раз вы не отправляетесь в Доусон, вам не потребуется годовой запас пищи и снаряжения. Вы можете облегчить свое путешествие, если продадите все лишнее, все, что вам не понадобится во время быстрого пробега до Дайи. Облегчив поклажу, можно будет усадить Клару на одни из саней. Вы сможете отбыть завтра утром.

Зоя посмотрела на подруг и сцепила руки, лежащие на коленях.

— Думаю, мы будем готовы.

Остальные согласно кивнули.

Она подняла полные отчаяния глаза на Тома:

— Ты отвезешь нас обратно?

— Нет, Люк доставит вас в Дайю и посадит на пароход. — Том посмотрел ей прямо в глаза, и этот взгляд длился несколько дольше обычного. — Прощай, Зоя, когда увидишь своего брата Джека, передай ему мои наилучшие пожелания.

Он поколебался, потом, пробормотав что-то невнятное, кивнул Кларе и Джульетте, приподнял шляпу, и дверь мягко затворилась за ним.

— Мы возвращаемся домой, — прошептала Зоя, когда молчание стало невыносимым, — завтра.

Клару тронуло то, что немало народу собралось их проводить и попрощаться. Пришли миссис Эддингтон и ее муж и большинство женщин. Но среди них не было лица, которое она так жаждала увидеть.

Клара все еще продолжала надеяться, когда Люк застегнул ремни на плотно укрывавших ее одеялах и выкрикнул команду, после чего сани должны были тронуться. И только тогда Клара позволила себе признать, что Медведь не попытается ее удержать.

Потом, когда сани тронулись, она все еще продолжала надеяться, что он побежит за ней следом. Медведь легко мог бы догнать их, если бы пожелал. Но он этого не сделал. Последней ее надеждой было встретить его вечером, когда они станут лагерем на ночь. Она нетерпеливо оглядывалась вокруг в надежде, что Медведь приготовил для нее сюрприз.

— Я знаю, на что вы надеетесь, — сказала Джульетта печально. — Но они не последовали за нами.

— Смотрите-ка, — сказала Зоя с какой-то особенной интонацией, — чилкуты расставляют нашу палатку, и, кажется, Генри собирается готовить нам ужин.

Услышав ее, Люк с улыбкой подошел к ним:

— Мистер Том просил нас хорошенько позаботиться о вас, леди.

Лицо Зои побледнело под слоем золы и жира, и она, резко повернувшись, отошла в сторону.

Каждый вечер в течение следующих четырех недель они заползали на ночь в спальные мешки, измученные своими противоречивыми чувствами и быстро меняющимися настроениями. Иногда они начинали разговор вопросами «А помните, как...» и заканчивали хохотом, от которого у них начинали болеть бока. Потом кто-нибудь из них вздыхал, и они начинали лить слезы.

В начале шестой недели путешествия Клара настояла на том, чтобы ей позволили бежать за санями и чтобы они ехали в пустых санях по очереди. В результате каждая могла отдыхать каждый третий день, и обратный путь не утомил их так, как дорога в Доусон. К тому же теперь они могли двигаться быстрее, потому что часть пути медлительная Джульетта ехала на санях.

— Люк говорит, что мы сможем сэкономить недели две, если погода продержится не хуже этой, — заметила Зоя, склоняя лицо к чашке с дымящимся кофе. Они стояли возле печки, на которой готовил Генри, время от времени топая ногами, когда на них замерзали пальцы. В долгие ночные часы температура сохранялась на отметке тридцать градусов ниже нуля, днем она поднималась иногда до пятнадцати.

Клара рукой разгоняла пар, вылетавший с каждым словом или вздохом изо рта.

— Никогда не забуду, как здесь красиво! Горы, снег... У меня просто дух захватывает от этой красоты. И какие здесь звери! Сегодня я видела орла, лося и волка!

— Должно быть, здесь красиво весной, — пробормотала Джульетта сквозь шарф, закрывавший ей рот. — Что мы будем делать, когда доберемся до Сиэтла? Продолжим искать Жан-Жака?

— У меня теперь не хватит духу убить его, — заметила Зоя.

— А мне уже и не хочется получить назад свои деньги, да, вероятно, у него их и нет.

— Я подумала, куда я поеду. В Лома-Гранде, — сказала Джульетта, кивая в ответ собственным мыслям, — больше мне ничего не остается. Я собираюсь разыскать его и плюнуть ему в лицо.

— Ну уж! Мой Бог! — воскликнула Клара, изумленно уставившись на нее. — Если вы отправляетесь в Лома-Гранде, то и я с вами!

Они обе посмотрели на Зою.

— Не знаю, — сказала та, — я снова начинаю входить в раж. Может быть, у меня все-таки хватит духу пристрелить Жан-Жака. Ведь из-за него меня отверг человек, которого я люблю. Я знаю, знаю, я лгала Тому. Но мне не пришлось бы этого делать, если бы не Жан-Жак. — Зоя выплеснула остатки своего кофе на снег. — Да, я хочу сказать пару теплых слов этому развращенному мерзавцу. Да, я еду с вами в Лома-Гранде!

— Мы выстроимся в ряд и плюнем ему в лицо, — пообещала Джульетта. — Не могу поверить, что я воображала, будто люблю его! До встречи с Беном я и не знала, что такое любовь!

И тут они поняли, что плакать на морозе не очень разумно. При тридцати градусах ниже нуля слезы замерзают на щеках.

Глава 22

Как бы то ни было, но путешествие в Штаты оказалось хуже, чем представляли себе это три мадам Вилетт. Первый пароход, отплывавший из Дайи, назывался «Белая звезда» и направлялся в Сан-Франциско. Они могли тотчас же отплыть на нем, но Зоя предпочитала проторчать лишний месяц в Дайе в ожидании другого парохода. Однако вернулась только «Белая звезда», и Кларе с Джульеттой пришлось буквально силой тащить Зою на борт.

Все три женщины разрыдались от счастья, когда «Белая звезда» стала на якорь в бухте Сан-Франциско. А ступив на доски причала, они вновь заплакали, потому что их сердца остались среди северных снегов.

Они решили провести неделю в калифорнийском отеле «Астор», чтобы дать Зое время оправиться и отдохнуть, и Джульетта настояла на том, чтобы заказать самый лучший многокомнатный номер.

— Возможно, вас это удивит, — сказала как-то Зоя, — но после того как мы найдем Жан-Жака и выскажем ему все, что думаем о нем, я вернусь домой, в Ньюкасл. Я хочу остаться со своими родителями. Теперь я буду смотреть на Ньюкасл и на них иными глазами.

— Вы надеетесь, что Том в конце концов туда вернется? — мягко спросила Джульетта.

— Возможно, — прошептала Зоя. — Трудно поверить, что если я полюбила его так сильно и глубоко и он отвечал мне взаимностью...

— Да, я понимаю, о чем вы хотите сказать, — тяжело вздохнула Клара. — А что касается меня, то, будь на то моя воля, я бы внесла свою лепту в «золотую лихорадку» и понастроила отелей, в которых подавали бы отличную домашнюю еду. Я сделала бы на этом состояние. — Она снова вздохнула. — Но, вернувшись на Юкон, я непременно встретила бы там Медведя, и это разбило бы мне сердце. Поэтому, вероятно, я куплю небольшой отель или пансион в Сиэтле.

Джульетта запрокинула голову на спинку своего стула.

— Какой позор! Я была бы отличной женой для банкира, а вы, Зоя, едва ли найдете себе более подходящего человека, чем Том. Да и Клара с Медведем составляют чудесную пару.

— Мы ведь дали друг другу слово не обсуждать это, — сказала Зоя. — Мне пора закончить укладываться. Разве вы не говорили, что карета будет ждать нас завтра утром в семь часов? — Она с трудом улыбнулась Джульетте: — Благодарю вас за эту неделю в отеле. Она была сказочной. И за карету, которую вы наняли, чтобы она доставила нас в Лома-Гранде. В ней нам намного удобнее, чем в дилижансе.

— Не стоит благодарности, — вежливо ответила Джульетта, улыбнувшись.

— Ну что, теперь легче произносить слова благодарности? — благодушно спросила Клара, и в глазах ее заплясали смешинки.

— Да, — процедила Зоя сквозь зубы.

Потом женщины расхохотались, смахивая невольно навернувшиеся на глаза слезы. Их долгое совместное путешествие подходило к концу, и каждая из них знала, что никогда не поделится ни с какой другой женщиной своими тайнами и никогда не узнает другую женщину так, как они узнали друг друга.

* * *

Как множество похожих местечек в Калифорнии, Лома-Гранде вырос вокруг католической миссии много лет назад. Это был сонный зеленый городишко, оживлявшийся только в дни, когда работала еженедельная ярмарка.

— Этот городок напоминает мне Линда-Виста, — сказала Джульетта, оглядываясь после того, как возница подал ей руку, помогая выйти из кареты.

Над немощеной Мэйн-стрит нависали тенистые ветви больших лиственных деревьев. Она тотчас же углядела здание почты, большой дамский магазин, магазины, где продавались продукты и семена. Остальную часть города легко было представить: несколько больших домов на Мэйн-стрит и прилегающих к ней улицах, позади них более скромные строения. Среди низких холмов, окружавших Лома-Гранде, должно быть, расположились фермы, поставлявшие на местный рынок фрукты и овощи.

Клара стряхнула пыль с юбок и принялась разглядывать единственную гостиницу глазами нелицеприятного судьи.

— Веранду надо покрасить, но цветы хороши — яркие и привлекательные, так и приглашают войти.

— Здесь где-то живет Жан-Жак, — напомнила Зоя, облизнув губы. — Странно в это поверить.

— Если только он снова не отбыл в неизвестном направлении на поиски новых жен, — резко заметила Клара.

Отказавшись от услуг возницы, она подхватила свой саквояж и направилась прямо к веранде. Дверь тотчас же широко распахнулась, и на пороге показалась приветливая и улыбающаяся крошечная женщина.

— Я миссис Уилсон, — объявила она, вставая за конторку в холле. — Вы, леди, желаете здесь остановиться? — спросила она, перевертывая страницы регистрационного журнала.

— Мы проведем здесь часть дня сегодня и, вероятно, останемся на завтра.

После того как Зоя и Джульетта расписались в журнале, вперед выступила Клара и взяла перо. Она дружески улыбнулась миссис Уилсон.

— Когда мы въезжали в ваш городок, нам пришло на ум, что у нас здесь есть знакомый — его зовут Жан-Жак Вилетт. Возможно, вы могли бы сообщить, где его дом. Нам хочется сделать ему сюрприз.

Глаза миссис Уилсон округлились, и она окинула их внимательным взглядом:

— О Господи Боже мой!

Клара никак не могла взять в толк, что она хочет этим сказать. Миссис Уилсон тяжело вздохнула, но было ясно, что этой женщине знакомо имя Жан-Жака Вилетта. Внезапно миссис Уилсон засуетилась, взяла регистрационный журнал и принялась внимательно изучать их имена.

— Я ничего об этом не знаю, мисс Клаус...

— Прошу прощения?

— Но я знаю человека, которому кое-что известно. Я немедленно пошлю за мистером Гласконом.

Она позвонила в колокольчик, находившийся тут же на конторке, и тотчас же появился человек. Миссис Уилсон попросила его отнести багаж леди в отведенные им комнаты. Потом, одарив их самой искусственной улыбкой, какую они только видели, сказала:

— У вас есть время освежиться, так как обед будет сервирован через несколько часов. Вы можете побеседовать с мистером Гласконом в столовой, и никто вас не побеспокоит.

Через минуту Клара, хмурясь, обратилась к Джульетте:

— Вы умеете вежливо беседовать ни о чем и понимаете этот язык. Можете объяснить нам, что происходит?

— Я уже не владею этим языком как в прежние времена, но могу с уверенностью утверждать: миссис Уилсон знает, зачем мы приехали.

Зоя покачала головой:

— Не может быть.

— Похоже, миссис Уилсон проинструктировали, что делать, если кто-либо спросит о мистере Вилетте. Она и повела себя в соответствии с инструкциями.

Они последовали за носильщиком, поднялись на один пролет лестницы и прошли за ним по коридору.

— Нас вряд ли ждали, — решительно возразила Клара. — Я согласна с Зоей. Жан-Жак и не предполагал, что мы будем охотиться за ним.

— А кто этот мистер Гласкон? — спросила Зоя, прежде чем пройти в чистую и светлую комнату.

— Скоро узнаем, — откликнулась Джульетта с порога своей комнаты. — Встретимся в столовой через десять минут. Согласны?

Клара и Зоя выглянули в коридор и уставились на нее:

— Вы не можете командовать, вы никогда этого не умели.

— Неужели вы не заметили? Я теперь другая женщина. Я путешествовала, я поднималась на Чилкутский перевал. Мне не нравится командовать, но если я должна, то готова взять это на себя, — ответила Джульетта с улыбкой. — Итак, через десять минут.

На столе у окна с видом на теплую пыльную долину по распоряжению миссис Уилсон уже был сервирован кофе.

— Это ведь виноградники? — спросила Клара.

Джульетта кивнула:

— Кое-кто пытался разводить виноград в Линда-Виста, но все попытки закончились неудачей. Возможно, здесь климат лучше.

Зоя налила кофе из серебряного кофейника. Потом вспылила:

— Как вы можете рассуждать о природе? Неужели вы не волнуетесь? Еще до того как мы опустошим этот кофейник, мистер Гласкон скажет нам, где Жан-Жак! — Она вытянула вперед руки. — Посмотрите на меня. Я вся дрожу.

Французские двери распахнулись, и слегка запыхавшийся мужчина с папкой для бумаг под мышкой поспешно вошел в столовую. Джульетта сразу отметила, что он высок, седовлас и настоящий джентльмен. В нем чувствовались изысканность и хорошее воспитание. К тому же в глазах его светилась доброта, когда он поклонился и спросил, может ли присоединиться к ним.

— Я Генри Гласкон. А вы мисс Марч, — он кивнул Джульетте и сел за стол, — а вы, должно быть, мисс Клаус, а вы мисс Уайлдер.

Женщины в недоумении воззрились на него.

— Я не волшебник. Миссис Уилсон назвала мне ваши имена. Гораздо раньше мне описали каждую из вас, поэтому нетрудно было сопоставить имена с вашей внешностью.

Вот оно что! Никто не мог бы описать их, кроме Жан-Жака Вилетта. Наконец-то они нашли его!

— Где он? — спросила Клара, прерывая затянувшееся молчание.

Джульетта глубоко вздохнула:

— Права ли я, предполагая, что вы поверенный мистера Вилетта, мистер Гласкон?

— А, кажется, и я понимаю, — сердито сказала Зоя. — Жан-Жак послал вас договориться с нами, так? — Она взмахнула рукой. — Нет ничего, что мы могли бы обсуждать с вами или с этим мерзавцем, ничего из того, что нам мог бы предложить этот подонок. Ничто не может искупить того зла, что он причинил нам.

— Леди... — Взгляд мистера Гласкона скользнул по их обручальным кольцам. — Я действительно поверенный. И знаю, кто вы и почему приехали сюда.

Его взгляд выразил, что он искренне сожалеет об их несчастных обстоятельствах.

— Каждая из вас вышла замуж за мистера Вилетта, полагая, что она его единственная жена. Каким-то образом судьба свела вас вместе, вы узнали кольца и приехали в Лома-Гранде, чтобы встретиться с ним.

— Да! — ответили они хором, не сводя с него глаз.

— Встречи быть не может, — сказал он мягко, — мистер Вилетт умер вскоре после того, как вернулся домой с Юкона.

Несчастные женщины испытали шок.

— Вы не увидите наших слез, — сказала наконец Клара.

Зоя согласилась:

— У меня такое ощущение, что меня снова надули.

— Как вы узнали о нашем существовании? Неужели на смертном одре он рассказал о нас? — Джульетта услышала горечь в своем голосе.

— Во-первых, вы, конечно, захотите узнать, кем он был. — Мистер Гласкон кивнул в сторону виноградника, ровные ряды которого шли по дну долины. — Это виноградник Вилетта.

Три головы повернулись к окну.

— Эти лозы были посажены Луи Вилеттом, отцом Жан-Жака, примерно десять лет назад, как раз незадолго до смерти Луи. Этот виноградник никогда не процветал. — Он чуть заметно пожал плечами. — Отец и сын верили, что в Калифорнии можно производить вино высокого качества, но им это не удалось. Возможно, они выбрали не ту часть Калифорнии. Возможно, высадили неподходящие сорта винограда. Трудно сказать, в чем причина их неудачи, но человек, которого вы знали в качестве своего мужа, приехал в Калифорнию из Франции, чтобы стать здесь виноделом.

Зоя прикрыла глаза рукой:

— Хоть один из наших браков можно считать законным?

— Сожалею, но нет...

Мнимые жены обреченно вздохнули.

— Почему мы должны вам верить? Откуда нам знать, что Жан-Жак не сидит сейчас у себя на веранде, ожидая, пока вы не вернетесь и не уверите его, что мы проглотили новую порцию лжи?

По-видимому, этот вопрос не удивил мистера Гласкона.

— Меня ждет экипаж. Пройдет не более минуты, и мы окажемся на кладбище Лома-Гранде. Возможно, когда вы увидите памятник на могиле мистера Вилетта, это поможет вам примириться с его потерей.

— Мы и так прекрасно с ней миримся, — сказала Джульетта, — но вид его могилы убедит нас в том, что его действительно больше нет.

— Прежде чем мы туда отправимся... — Мистер Гласкон взял свою папку для документов со стола, открыл ее и извлек из нее три конверта. — Мистер Вилетт оставил это для вас.

— Я не ожидала этого, — пробормотала Клара, она казалась удивленной и испуганной. — Это как голос из могилы.

— Как он посмел! Мы просто порвем письма и плюнем на бумагу, — вспыхнула Зоя.

— Мистер Гласкон, — спросила Джульетта, глубоко вздохнув, — сколько писем еще оставил вам Жан-Жак?

Мягкая улыбка показалась на губах мистера Гласкона и тотчас же исчезла.

— Я не имею права отвечать на этот вопрос.

— Это означает, что есть еще несколько подобных писем, — подытожила Зоя.

— Я могу сказать вам, что Жан-Жак Вилетт обожал женщин. Он близко знал чрезвычайно много на редкость замечательных дам, и я искренне верю, что он всем сердцем любил вас всех.

— Вы хотите сказать, что он обесчестил всех нас и исковеркал нам жизнь! — огрызнулась Зоя.

Женщины посмотрели друг на друга, сорвали одинаковые кольца со своих пальцев и бросили их в папку мистера Гласкона. Потом принялись читать адресованные им письма.

Глава 23

Уже сидя в карете по пути на кладбище, они обменялись письмами и читали их в тишине экипажа. Они были уже прочтены, когда мистер Гласкон свернул на тенистую дорогу к кладбищу.

— Ну, может быть, он и не был полным мерзавцем, — сказала наконец Джульетта.

— Думаю, мы должны признать, что в нем было некоторое обаяние, — согласилась Клара, покусывая губы и запихивая письмо в свою сумочку.

Зоя вздохнула:

— Никогда не думала, что скажу это, но, кажется, я рада, что не пристрелила его.

— А знаете, в известном смысле брак с Жан-Жаком и его последующее бегство пошли мне на пользу, — сказала Джульетта задумчиво. — Если бы не он, я никогда бы не покинула Линда-Виста. Я никогда бы не штурмовала Чилкутский перевал и не поднялась бы на него, а это нечто такое, чем я смогу гордиться всю жизнь. Я никогда бы не узнала, бесхребетная я или во мне есть хоть капелька отваги, и я никогда бы не встретила Бена и вас обеих.

Зоя сжала руки и кивнула:

— А я бы не встретила снова Тома и никогда бы не узнала, кем я хочу быть.

— Если бы не Жан-Жак, я бы все еще оставалась владелицей гостиницы и, должно быть, вышла замуж за Гуго Боша, — сказала Клара, содрогнувшись. — А теперь я многое повидала и совершила то, что удается не многим женщинам. Я встретила хорошего человека и двух хороших женщин, которых никогда не забуду.

— Жан-Жак причинил нам ущерб, — медленно произнесла Джульетта, — но он дал нам кое-что ценное, возможно, даже больше, чем получил от нас.

Клара кивнула:

— Кто поймет человеческое сердце? Может быть, он по-своему любил нас. — Она первая вышла из экипажа возле кладбища, кивнув мистеру Гласкону в благодарность за помощь.

Аккуратные ряды надгробий покрывали заросшее травой кладбище, где было достаточно солнца, чтобы оно казалось мирным и приветливым, и достаточно ветра, чтобы получить небольшую передышку после дневного зноя.

— Немного напоминает кладбище Ньюкасла, — сказала Зоя, стараясь идти в ногу с мистером Гласконом, — если не считать того, что там преобладают сосны, а не тенистые лиственные деревья.

Они умолкли, приблизившись к белому камню, украшенному резьбой, представлявшей собой переплетение виноградных лоз и гроздьев. Под этим бордюром стояло имя Жан-Жака и даты его рождения и смерти. Ниже была надпись: «Да почиет он с миром, и пусть его грехи не отягощают его загробной жизни. Уильям Шекспир».

— Пусть его грехи не отягощают его загробной жизни, — повторила Джульетта. Закрыв глаза, она подняла лицо к солнцу, и весь гнев ушел из ее сердца. Все ушло — боль, ярость и раздражение.

Когда она открыла глаза, то увидела Зою и Клару, которые тоже выглядели умиротворенными. Кажется, они тоже сказали «прощай» Жан-Жаку, и на них снизошел покой. При звуке колес приближающегося экипажа мистер Гласкон бросил взгляд на железные ворота. Его брови высоко поднялись, а плечи распрямились.

— Мои дорогие, прошу прощения за то, что должно сейчас случиться, но Лома-Гранде — маленький городок, и новости здесь распространяются чрезвычайно быстро.

— Что?

— Леди узнала о вашем прибытии и хочет с вами встретиться.

— Кто, ради всего святого?..

Женщина в черном вдовьем наряде вышла из экипажа и поспешила им навстречу. Ни ее лицо, ни фигура не вызвали у них никаких воспоминаний, но четверо маленьких мальчиков, следовавших за ней, были очень похожи на Жан-Жака.

На лице мистера Гласкона появилась вымученная улыбка, потом он представил им миссис Жан-Жак Вилетт. В ту самую минуту, как он назвал имена Джульетты, Клары и Зои, лицо Мари Вилетт просияло, и она, по-видимому, не заметила изумления на лицах трех женщин.

— Я всех вас знаю! — сказала она восторженно. Она говорила с очаровательным французским акцентом. — Я все знаю о прекрасных кузинах Жан-Жака. Он говорил о вас с такой нежностью.

— Кузинах? — переспросила Клара слабым голосом.

— Да, хотя до недавнего времени я и не имела удовольствия познакомиться с более дальними родственниками Жан-Жака, но у меня такое чувство, будто я давно знаю вас всех.

При улыбке на щеках Мари Вилетт появлялись пленительные ямочки, у самых уголков рта. Если бы Клару попросили назвать самое красивое во внешности Мари Вилетт, что, должно быть, привлекло и восхитило Жан-Жака, она бы побилась об заклад, что он влюбился в эти ямочки.

— Что? — спросила Джульетта. — Простите, я любовалась вашими сыновьями и не расслышала.

— Кажется, вы богатая наследница и любите читать, мисс Марч. А вы, мисс Клаус, я думаю, все еще владеете и управляете замечательной гостиницей на побережье океана в Орегоне. А вы, мисс Уайлдер, происходите из многодетной семьи. Мой муж так много говорил о вас и так хорошо о всех отзывался!

Джульетта украдкой бросила взгляд на мистера Гласкона в надежде на то, что тот подаст знак, как вести себя в столь шокирующей и неприятной ситуации. Но мистер Гласкон стоял, заложив руки за спину, и не собирался вмешиваться.

Если бы приезжие «жены» Жан-Жака вздумали рассказать о себе поподробнее и раскрыть Мари Вилетт глаза на то, как чудовищно она была обманута, он и тут бы им не воспрепятствовал.

— Пожалуйста, — обратилась к ним Мари Вилетт с улыбкой, — возвращайтесь со мной на виноградник. Мы выпьем чаю и мило поболтаем.

Зоя дернулась, будто невидимая рука потянула ее за невидимые нити и заставила выпрямиться.

— О! Благодарим вас, миссис... миссис Вилетт, но... — Она с отчаянием посмотрела на Клару, не находя предлога для отказа.

Клара ринулась на помощь:

— Мы бы очень хотели узнать вас поближе, но, видите ли... мы... — Она бросила умоляющий взгляд на Джульетту.

— К сожалению, мы должны отклонить ваше приглашение. Мы прервали чрезвычайно важное для нас путешествие, чтобы отдать последний долг у этой могилы, — сказала Джульетта без запинки. — Возможно, в следующий раз, когда мы окажемся в этом прелестном месте, мы с радостью примем приглашение.

Ну не странно ли было, что они проделали столь долгий путь, чтобы защитить Жан-Жака? А может, они защищали Мари и маленьких мальчиков? Но Джульетта не сомневалась, что они поступают совершенно правильно. Двигаясь как во сне, она шагнула вперед и пожала руку Мари Вилетт:

— Я всем сердцем сострадаю вам и скорблю о вашей потере.

Клара и Зоя уставились на нее, потом последовали ее примеру. Они приблизились к Мари, пожали ей руку и выразили свои соболезнования.

— Он был таким добрым, хорошим человеком, — прошептала Мари Вилетт, и глаза ее наполнились слезами. — Он был прекрасным мужем и замечательным отцом.

— И я не сомневаюсь, что он сумел обеспечить вас, — сказала Клара мрачно.

— Действительно, это так, мистер Вилетт оставил нам приличные средства.

Прежде чем Клара успела уточнить методы Жан-Жака по части добывания денег, Зоя толкнула ее локтем в бок.

— Примите мои самые искренние соболезнования, — пробормотала она при этом.

Зоя была искренней, ей было откровенно жаль Мари Вилетт. Ни одна добрая женщина еще не выходила замуж за человека с таким количеством «кузин»!

— Мне бы хотелось, чтобы вы посетили наш виноградник. Не могли бы вы выкроить несколько минут? Я бы...

— О нет, нет, уже поздно, — ответила Джульетта. — Мистер Гласкон, право же, мы должны... ехать, если вы ничего не имеете против.

Мистер Гласкон кивнул. Они поспешно попрощались, пожали руки миссис Вилетт, прижались щеками к ее щекам и щедро надавали лживых обещаний поддерживать отношения... Наконец Джульетта, Клара и Зоя взобрались в экипаж, а мистер Гласкон на козлы, и карета тронулась.

— Ну, — сказала Джульетта невыразительным, тусклым голосом, — теперь все.

Клара нахмурилась:

— Я снова передумала. Все-таки он был гнусной ядовитой змеей! Как он мог так с ней обращаться? И с нами тоже!

— А мне интересно знать, сколько еще у него «кузин», — сказала Зоя достаточно громко, чтобы мистер Гласкон мог ее слышать. Но мистер Гласкон никак не прореагировал.

— Я чувствую себя почти так же скверно, как тогда, когда поняла, что Жан-Жак не вернется домой, — заметила Джульетта, прижимая руки в перчатках к вискам, — возможно, даже хуже.

— Вы не должны так говорить! — с жаром откликнулась Клара. — Не могу поверить, что у вас сохранилась хоть капля привязанности к этому несчастному хорьку.

— Не сохранилась. Я тоскую по Бену, — ответила Джульетта без всякого жеманства. — Если бы только он знал, что Жан-Жак умер...

Они замолчали, потом Зоя прошептала:

— Я бы отдала все на свете, чтобы еще раз увидеть Тома. Хоть на минуточку.

— Перестаньте! Перестаньте вы обе, а то я заплачу! — завопила Клара.

Мистер Гласкон обернулся и крикнул им через плечо:

— Леди, посмотрите! Видите облако пыли? Сюда скачут всадники.

Зоя оглянулась и изумленно заморгала.

— Господи! — Высунувшись из окна кареты, она прошептала, задыхаясь: — Должно быть, у меня галлюцинации!

— У вас такой голос... — Клара перегнулась через Зою, чтобы посмотреть в окно. — Это они! Это Медведь! Это и в самом деле они!

— И Бен? И Бен с ними? — Джульетте пришлось чуть ли не взгромоздиться на них, чтобы что-нибудь увидеть. — О Господи! Остановите карету, сэр! Мы знаем этих джентльменов.

Четверо мужчин, осадивших коней прямо возле кареты, представляли собой зрелище, приятное для глаз любой особы женского пола. Все они были свежевыбриты и отлично причесаны. Все четверо одеты в костюмы-тройки, защищенные плащами-пыльниками и от солнца, и от грязи. И все вооружены до зубов. Четвертого джентльмена Клара не узнала, но это не имело значения. Она не могла наглядеться на этот мираж, представший перед ее глазами, опасаясь, что он исчезнет.

— Это правда вы? — спросила она шепотом.

— Нам потребовалась неделя, чтобы найти вас, медовая девочка. — Медведь улыбнулся кривой и простоватой улыбкой. — Потом Том сказал: «Какого черта? О чем мы думаем?» А Бен поддержал его: «Мы должны их найти». И я решился: «Мы должны убить этого сукина сына, и проблема будет решена. Тогда они станут вдовами и за ними можно будет ухаживать».

Бен смотрел на Джульетту жадным взглядом, потом спросил:

— А где Вилетт?

— Если вы поедете дальше по этой дороге, потом свернете налево, а потом въедете в высокие железные ворота...

Прежде чем они ускакали, окутанные облаком пыли, Том успел чмокнуть Зою:

— Ты хорошенькая кулинарка, и я прошу у тебя прощения, черт бы меня побрал!

Как только они скрылись из виду, Клара и Зоя повернулись к Джульетте:

— Зачем вы отослали их на кладбище?

— Нам нужно время, чтобы прийти в себя, — ответила Джульетта, и говорила она в сто раз спокойнее, чем чувствовала себя. — Мы должны решить, простим ли мы их. — Она обратилась к мистеру Гласкону: — Поезжайте дальше, пожалуйста, мы хотим вернуться в гостиницу.

Клара с трудом перевела дух и приложила руку к сердцу:

— Нам надо решить, собираемся ли мы их простить?

Зоя нахмурилась:

— Джульетта, но ведь это мы провинились!

— Ну, я так не думаю. — Она гордо вздернула подбородок. — Мы во всем признались, но они нас не простили. Им потребовалась целая неделя, чтобы понять, что они не правы. Они нас подвели.

— Но в конце концов они ведь поняли, что мы не могли рассказать им о Жан-Жаке, и вот они здесь! Я только хочу броситься на шею Медведю!

— Ну вы и должны это сделать, но только после того, как он попросит у вас прощения и вы решите простить его. — Джульетта знала, что говорит жеманным и чопорным тоном, но не могла остановиться. — Тетя Киббл всегда говорила, что коли уж ты что решил, то должен продолжать в том же духе. Думаю, это отличный совет. Неужели вы хотите провести всю оставшуюся жизнь, постоянно принося извинения и надеясь на прощение? Или вы предпочитаете, чтобы извинялись перед вами и чтобы вы сами даровали прощение?

Зоя задумчиво кивнула:

— Клара, я думаю, Джульетта права.

— Я понимаю, понимаю. И сколько времени нам потребуется, чтобы простить их? — Клара принялась лихорадочно щипать себя за щеки, чтобы на них вернулся румянец, и приглаживать непокорные рыжие кудри, вившиеся вокруг лба. — Как я выгляжу?

— Как всегда, восхитительно.

Зоя разыскала в сумочке крошечный флакончик духов, дотронулась пробкой до мочек ушей, потом передала флакон Джульетте.

— Держитесь сколько сможете, Клара, прежде чем решите простить его. Джульетта, у меня не вывалились шпильки из волос?

— Да, несколько прядей выбились из прически, но это выглядит обворожительно. — Джульетта подушила себе шею под подбородком и передала флакон Кларе. — Скажите, я выгляжу трогательно? — Она поморгала и попыталась придать своему лицу нежное, но обиженное выражение.

— Вы выглядите так, что это немедленно заставит Бена упасть перед вами на колени.

Они выпрыгнули из экипажа, торопливо выкрикивая слова благодарности мистеру Гласкону, потом поспешили в холл своего отеля.

— Они должны прибыть через несколько минут после нас.

— Черт возьми! У нас почти нет времени на то, чтобы привести себя в порядок!

Клара шагнула навстречу удивленной миссис Уилсон.

— Сейчас сюда прибудут несколько джентльменов, нам снова понадобится ваша столовая.

Снаружи до них донесся топот копыт. Не ожидая согласия миссис Уилсон, они, приподняв свои длинные юбки, ринулись во французские двери, как раз когда хлопнула парадная дверь гостиницы и в холле послышался топот сапог.

Медведь ворвался в столовую, пожирая жадным взглядом Клару:

— Конечно, ты гораздо достойнее и респектабельнее меня. — Он говорил так, будто продолжал разговор, начатый минуту назад. — Что же касается остального, то я круглый идиот.

— Я держалась сколько могла. Ты прощен! — Ринувшись через всю комнату, Клара бросилась в его объятия, и он закружил ее по комнате, а потом обнял и прижал к себе.

— Я понимаю, почему ты не могла мне сказать...

Но Клара заглушила его слова поцелуями.

Бен резким движением сорвал шляпу и остановился перед Джульеттой:

— Я был зол и наговорил бог знает что. Все это было неправильно. Мне плевать, если вся эта история в каком угодно виде выйдет наружу и скандал, вызванный ею, потрясет весь Сан-Франциско. И мне плевать на Вилетта. Единственное, что для меня важно, это ты, Джульетта. Я люблю тебя и хочу провести свою жизнь рядом с тобой. Можешь ты меня простить?

— О Бен! Я всегда готова простить тебя и всегда буду любить. — Счастливая улыбка осветила лицо Джульетты, и она бросилась в его объятия. — Я так тосковала по тебе!

Том посмотрел на Зою сверху вниз:

— Я люблю тебя и верю, что и ты меня любишь. Вместе мы все преодолеем.

— Я лгала тебе, Том.

— Знаю, и мне это не нравится, поэтому больше так не делай.

— Не буду. — Зоя смотрела на него, любовалась его красивым мужественным лицом и видела веселые искорки в его зеленых глазах. — Тебе потребовалась неделя, чтобы разобраться во всем?

Он рассмеялся и привлек ее к себе:

— Никогда в жизни не видел троих столь несчастных мужчин. Господи, я так скучал по тебе, дорогая! Ты простишь меня?

— Я тебя прощаю, — прошептала Зоя, когда его губы прильнули к ее губам.

— Леди! Джентльмены! — Человек, приехавший с ними, откашлялся и ввел озадаченную миссис Уилсон в столовую. — Сядьте, пожалуйста.

— Что это за человек? — спросила Клара, едва дыша.

— Может быть, мы слишком много на себя берем... — начал Медведь, беспокойно вглядываясь в ее лицо и изучая его выражение.

— Это достопочтенный Уэйнрайт, — сказал Бен, улыбаясь Джульетте. — Мы наняли его, чтобы он отпел Вилетта и поженил нас.

Том прижался губами ко лбу Зои:

— Мы решили приехать сюда, избавиться от Вилетта и жениться на вас, не дав вам времени сказать «нет». И сейчас мы хотим приступить ко второй части программы.

Достопочтенный Уэйнрайт махнул им рукой, делая знак выйти вперед.

— Миссис Уилсон согласилась быть свидетельницей на свадьбе. Не будут ли так любезны невесты встать здесь, а женихи вон там?

— Я не уверена, что мы обсудили все случившееся, — усомнилась Джульетта, но ее серые глаза сверкали от радости.

— Дорогая, всю оставшуюся жизнь мы сможем обсуждать случившееся, если ты только пожелаешь к этому вернуться. — Не выпуская ее руки, будто боясь потерять, Бен повел ее вперед.

— Медовая девочка! Скажи мне, что ты меня любишь, — попросил Медведь, прижимая руку Клары к своей широкой груди. — Я всю жизнь ждал, когда такая женщина, как ты, скажет мне слова любви.

— Я люблю тебя, — прошептала Клара, глядя в его карие, как у медведя, глаза, — я полюбила тебя, как только увидела.

— Сегодня вечером грядет еще один погром, — пообещал он хрипло, полными счастья глазами заглядывая ей в глаза и держа ее за руку.

— Зоя, я хотел жениться на тебе большую часть жизни, — заявил Том, обнимая ее за талию, — но ты должна знать: не важно, где мы будем жить, — я уроженец Ньюкасла с головы до ног и останусь им. Я не принц и не обещаю тебе радужной жизни.

— О да, ты такой, — ответила она тихо, смахивая слезы счастья, — но ведь и я из Ньюкасла, Том.

— Это все, что я хотел выяснить.

— И я тоже. Только мне понадобилось больше времени, чтобы понять это. О, Том, я так тебя люблю!

Он нежно и страстно поцеловал ее, потом, широко улыбаясь, повел Зою вперед, чтобы присоединиться к остальным. Достопочтенный Уэйнрайт улыбнулся трем сияющим невестам и кивнул троим нетерпеливым женихам.

— Мои дорогие, мы собрались здесь, чтобы в присутствии свидетельницы соединить узами брака...

— Джульетта Марч, вы берете в законные мужья Бенджамина Джеймса Дира?

— Да!

— Вы, Клара Клаус, готовы взять в мужья Бернарда Т. Барретта?

— Да!

— Вы, Зоя Уайлдер, берете в мужья Томаса Джона Прайса?

— Да!

И жили они долго и счастливо...

Литературно-художественное издание

Осборн Мэгги
Да! Да! Да!

Редактор Е.Н. Кондрашова
Художественный редактор О.Н. Адаскина
Компьютерный дизайн: Ю.Ю. Миронова
Компьютерная верстка: А.В. Боголюбова
Технический редактор Н.К. Белова
Младший редактор А.С. Рычкова

Общероссийский классификатор продукции
ОК-005-93, том 2; 953000 — книги, брошюры

Гигиеническое заключение
№ 77.99.11.953.П.002870.10.01 от 25.10.2001 г.

ООО «Издательство АСТ»
Лицензия ИД № 02694 от 30.08.2000 г.
674460, Читинская область, Агинский район,
п. Агинское, ул. Базара Ринчино, д. 84
Наши электронные адреса:
WWW.AST.RU
E-mail: astpub@aha.ru

**Отпечатано с готовых диапозитивов
на Книжной фабрике № 1 МПТР России
144003, г. Электросталь Московской обл., ул. Тевосяна, 25.**